極上御曹司の裏の顔

槇原まき

Maki Makihara

JN095630

エタニティ文庫

目次

極上御曹司の裏の顔

0

「はぁあああぁぁ――……」

重たく暗いため息をついた及川真白《おいかわましろ》は、胸程の高さの柵に、そっと手を置いた。

赤、白、ピンクに黄色。目の前には、見頃を迎えたローズガーデンが広がっている。

ここはドイツの古城をモチーフにしたレストハウスと、アンティークな装飾がなされたガーデンが売りの観光施設だ。山の頂上付近にあり、ロープウェイでしか来られないため観光客で大混雑するといったことこそないものの、空は青く、目映《まばゆ》い太陽の光を浴びた花々はまさに絶景。おとぎ話のような美しさをバックに、訪れた人達は皆、思い思いに写真を撮っている。

賑《にぎ》やかなイベントや催《もよお》し物はないが、それがまたゆったりとした大人の時間を楽しむのに一役買っていて、ここを退屈――いやいや、特別で、神聖で、ロマンティックな場所にしているのだ。

そんな中で、真白ひとりが浮かない顔をしている。腕を絡ませあった若いカップルが、今にもキスをしそうなほど唇を近付けて自撮り写真を撮っているのがチラリと視界に入った。

わざわざ新幹線に乗って、泊まりの予定《プラン》まで立ててやって来た旅先で、なにが楽しくて他人がちちくりあっている様《さま》を見せつけられなければならないのか。羨《うら》ましくて羨《うらや》ましくて、泣いてしまいそうだ。

（ああ、もう、そういうの家でやって。お願い。ホントもう……お願いします。あぁ……わたしだって今頃は、良平《りょうへい》と……）

大学時代から付き合っていた恋人、中村《なかむら》良平を思いだして、真白は思いっきりズズッと鼻を啜《すす》った。

ここには彼と来るはずだった。

就職してから半年の秋。そろそろ仕事にも慣れてきたたし、付き合って三年記念日に合わせて計画したのがこの旅行なのだ。

旅行好きの真白が練《ね》ったプランは完璧だった。ロマンティックな雰囲気たっぷりなこのローズガーデンを見ながらふたりで手を繋いで歩き、次はロープウェイに乗って麓《ふもと》に下りて、観光バスで文化遺産を巡りながらの知的な会話。ワークショップを楽しんだら、夜はちょっと背伸びをしたラグジュアリーなホテルのレストランで食事。そのまま一泊して、キングサイズのベッドでいちゃいちゃするはずだった。

なのに、前日にかかってきた彼からの電話は、予想外にも別れ話で——

『前々から思ってたんだけどさ、やっぱ俺、おまえとは合わない。旅行とか興味ないし。おまえ、セックスも下手だし、基本まぐろじゃん。おまえみたいなつまらない女、一緒にいる意味がない』

完全に開き直った良平の口調を思いだしたら、じわっと涙が滲《にじ》んできた。

旅行には、今まで何度もふたりで行っていた。そのとき良平は、いつも楽しそうにしていたのだ。それを別れ際になって、実は興味ありませんでしたと言われても……困惑しかない。そして告げられた、女として魅力がないと言わんばかりの台詞《せりふ》。

良平は真白にとって、初めての彼氏だった。大学二年の頃に同じ授業を取っていたのがきっかけで話すようになり、彼からの告白で付き合うようになったのだ。

キスもセックスも、初めては全部彼に捧《ささ》げた。真白は優しい良平が大好きだったし、趣味が合っていると思っていたのだ。

地味な顔立ちなりに、彼好みの服を着たり、髪型をしたりして、小綺麗にしていた。料理も、彼好みの味付けを覚えた。ちょっと意地っ張りな自覚はあるけれど、良平に対しては可愛い彼女として振る舞っていたつもりだ。

だからお互い別々の会社に就職して、会うのが週末に限定されても、約束をドタキャンされることが増えても——自分たちは大丈夫、うまくいっていると信じていた。それなのに――

初めての恋に浮かれて、恋をしているという状況に夢中になっていたのかもしれない。その結果がこれだ。肝心の恋の相手をちゃんと見ていなかったんだろう。

本当は良平にずっと無理をさせていたんじゃないか、良平はずっと前から別れたがっていたのに、間抜けな自分は彼の気持ちに気付こうともしていなかったんじゃないのか……

付き合って三年記念だからと張り切ってこんな旅行を計画する前に、もっとやるべきことがあったのかもしれない。

本当に馬鹿だ。

そしてなにより真白を惨《みじ》めにさせたのは、電話の向こうから聞こえてきた他の女の声で――

（……良平、ずっと浮気してたのかなぁ……わたしのこと、嫌いだったのかなぁ……）

しょぼんと肩を落とした真白は、また大きなため息をついた。

（やっぱり、旅行なんかやめとけばよかったかも……）

これは前々から予定していた旅行だったから、ホテルもレストランも、代金は全額払い込み済み。昨日は別れ話のショックで呆然としていたこともあって、キャンセルまで頭が回らなかったのだ。

ひと晩経てば、もう旅行当日。

「一緒に行かない？」と、友達に声をかけてはみたものの、当日の朝に、しかも泊まりの旅行の誘いはなかなかハードルが高い。当然のごとく誰も捕まらなかった。

旅行自体をやめてしまうことも考えたのだが、ホテルの当日キャンセル料は問答無用で一〇〇％。もう代金は払っているのだから、行かねば損である。それに、ひとり暮らしのアパートにいても、気落ちするばかり。行けば気分転換になるかもしれないと思ってこうして出かけてきたのだが――

「あー」

人生に疲れた声を出して、真白は気怠《けだる》げに宙を仰いだ。

あのラブラブカップルが、まだ写真を撮っている気配を感じる。

もしかしたら、撮った写真に加工アプリでハートマークなんか描いて、スマートフォンの待ち受け画面にした挙《あ》げ句《く》に、「めっちゃラブラブなの～」なんて他人に自慢をするのかもしれない。いや、そうに決まっている。羨《うらや》ましすぎる！

（…………）

真白は斜め掛けしていたポーチから無言でスマートフォンを取り出すと、カップルに対抗するようにカメラアプリを起動した。

いいのだ。ひとりでもリア充してやるのだ。世の中、〝おひとり様〟が流行《はや》っているというではないか。真白もローズガーデンを背景に笑顔で写る自分の写真を友達に見せて、「ひとり旅も悪くなかったよ!」と、言ってやるのだ。

良平と別れたことを知った友達に、同情されるのなんて真っ平だ。

そう意気込んで、ローズガーデンを背景に自撮りを試みる――が、うまく撮れない。

腕をめいっぱい伸ばしても、ローズガーデンはちょこっとしか写らず、むくれた自分の顔がアップになるだけだ。

(あーあ。なんでよりによって自撮り棒を忘れたんだろ、わたしの馬鹿)

旅行にマストアイテムの自撮り棒を忘れるなんて、普段は絶対にないのに。これも失恋の痛手か。

自撮りは諦めて、ローズガーデンの写真を何枚か撮ってみる。

だが何枚か撮ったところで、こうやって風景だけ撮影している自分が無性に寂しい人のように思えてきた。

これではいけない! ひとり寂しい失恋傷心やさぐれ旅行の記録を残してどうする。ひとりでも、充実した旅行を楽しんでいるという記録を残さなくては!

真白は誰かに写真を撮ってもらおうと辺りを見回した。

(誰かいないかな? カップル以外で!)

もともと観光客はそう多くないし、いてもカップルやシニア世代のグループ客ばかりだ。

ロープウェイでしか来ることのできない山頂のレストハウスと、アンティークなローズガーデンなんて時代錯誤なものを、わざわざひとりで見て回ろうなんて酔狂な輩《やから》は真白くらい——

(あ、いた)

少し離れたベンチに、若い男の人がひとりで座っている。背凭《せもた》れに身体を預け、本を読むわけでも、スマートフォンをいじるわけでもない。青空の下で、ただ座っているだけだ。

グレーのスラックスに包まれた長い脚を前に伸ばして、前髪を秋風にそよがせながら、彼は気持ちよさそうに目を細めていた。

デートの最中で、レストルームへ行った彼女を待っている……というわけではなさそうだ。

(よかった。わたし以外にもぼっちな人がいる!)

真白が直感的に彼がひとりだと感じたのは、こんなところにひとりで来る同志がほしかったからかもしれないし、彼にどことなく特別な雰囲気があったせいかもしれない。

そんな自分の深層心理はそっちのけにして、真白は小走りで彼に近付いた。

「あの、すみません。写真を撮ってもらってもいいですか?」

自分のスマートフォンを差し出しながら話しかけると、彼はゆっくりと目を開けて、真白の顔をじっと見た。

遠くからでは気付かなかったが、恐ろしく綺麗な顔だ。青空もローズガーデンも、彼の引き立て役にしかなっていない。

年は真白と変わらないか、少し上くらいだろう。白いシャツにジャケットを羽織《はお》っているだけなのに、爽《さわ》やかでどこか気品がある。こんな美形はテレビや雑誌でしかお目にかかったことがない。サラサラな前髪から覗くすっきりとした切れ長の目に見つめられて、真白はドキリとした。

「ああ、写真ね。いいよ」

少しばかり低くて、耳に優しい声だ。

（わぁ、声までイケメンだ）

真白がスマートフォンを渡すと、彼は立ち上がって辺りを見回した。とても背が高い。

「ひとり？」

「え、ええ……」

彼は真白が誰かと一緒だと思ったらしい。やっぱりひとりだと不自然なんだろうか。

しかし次の瞬間には、彼はなんでもないように首を傾げた。

「じゃあ、どう撮る？」

「ローズガーデンをバックにお願いします。レストハウスも入ったら嬉しいです」

通りすがりの観光客——しかも女ひとり旅——のスナップ写真の構図まで気にしてもらえたのは嬉しい。とても感じのいい人だ。さっきひとりかと聞いてきたのは、ただの確認だったのだろう。

「了解。じゃあ、もう少し下がって」

言われた通りに後ろに下がって、柵の前で振り返る。ウェーブした栗色の髪を軽く整え、意識して口角を上げてみた。

惨《みじ》めな顔で写りたくない。少しでも可愛く写りたかった。失恋なんて本当になんでもないんだと、友達にも自分自身にもアピールしたかったのだ。

「撮るよ。ハイ、ポーズ」
二、三枚シャッターを切ってくれた彼が、「これで大丈夫？」と、スマートフォンの画面を見せてくる。近付いた拍子にふと身体が触れ合って、思わず息を呑《の》んだ。
香水だろうか、強すぎないほのかな甘さと、男らしいセクシーな香りが漂ってくる。いい匂いのはずなのに、なぜだか身体が内側からゾクゾクしてきた。

「はいっ！　大丈夫です！　ありがとうございます！」

上擦《うわず》った声でそう言って、真白は受け取ったスマートフォンの画面をろくに見ずにポーチにしまった。どうにも落ち着かない。この人から早く逃げたほうがいい——本能がそう訴えている気がする。

写真を撮ってくれた親切な人なのに、なぜ？

「ありがとうございました」

もう一度お礼を言ってから軽く会釈《えしゃく》をして、真白はすぐにその場を離れた。

しばらくガーデンを歩いて、花を眺めるふりをしつつそっと背後を盗み見る。彼がさっきのベンチに座っているのが見えた。

SNS映えする写真を撮ったら満足してさっさと次に移る観光客が多い中、彼だけは違う。確かにこのローズガーデンは見事なものだが、ひとりでずっと見ていて楽しいかというと、それは少し違うだろうに。

（……薔薇《ばら》が好きなのかな？）

そんなことを考えながらポーチからスマートフォンを取り出し、さっき彼に撮ってもらった写真を表示した。

そこにはリクエスト通りの、ローズガーデンとレストハウスを背景にした写真が収められている。中央にいる真白も、はにかみながらもちゃんと笑顔だ。アングルのせいか、それとも彼の撮影技術が高いのか。地味な顔立ちの自分が、実物以上に可愛くなったように見えた。

今まで旅先でたくさんスナップ写真を撮ってきたが、こんなに可愛く写っている写真はない。

（わ〜、こんなに綺麗に撮ってくれたんだ！）

嬉しくなって振り返ったのだが、あのベンチに彼はもういなかった。

ローズガーデンでいい写真を撮ってもらってからテンションの上がった真白は、良平のことを頭から追い出す勢いで、予定していた観光地を全部回った。

異人館《いじんかん》に旧居留地《きゅうきょりゅうち》。ワークショップでは、植物標本ともいわれる流行のハーバリウム作りにチャレンジしたし、中華街ではおいしいと評判の小籠包《しょうろんぽう》を買い食いした。そのあとは都市型の海浜公園を回り、展望タワーにも上った。

そうして遊び倒してから、駅のコインロッカーに預けていた荷物を回収してホテルにチェックインしたのは、予定通りの午後六時半だ。

ふたりで予約したのに、ひとりでチェックインしたらなにか言われるだろうかとドキドキしていたが、意外なことにフロントではなにも言われなかった。

荷物を持ってひとりで部屋に入る。

記念日を過ごすためにと選んだ客室は、無駄に豪華だ。部屋はオーシャンビューで、窓から一望できるのは、夜景と調和の取れた海。カーペットはふかふかで、置いてある調度品もランクが高いのがひと目でわかる。普段暮らしているひとり暮らしのアパートとの差は言うまでもない。

ここは非日常だ。

記念日でもなければ、こんな豪華なホテルなんか予約しなかった。

極めつけは、キングサイズのベッド。

（…………）

真白は軽くシャワーを浴びることにした。そして、持ってきていた白いワンピースに着替える。

予約したホテル内レストランは、ミシュランガイドの三ツ星だ。

披露宴会場も備わっているホテルだから、お客もドレスアップしている人が多い。外を歩き回ったチュニックとジーンズなんて格好でうろつくのは躊躇《ためら》われた。

落としたメイクをやり直して、部屋に設《しつら》えられた美しい縁《ふち》取りのされた大きな鏡に顔を映す。鏡の端に入り込んできたベッドから、真白は意識的に目を逸《そ》らした。

これ以上、なにも考えてはいけない。

「さてと、ご飯食べに行こーっと！　レビューだと超おいしいらしいし、楽しみっ！」

自分以外に誰もいないのに、わざわざ声に出して部屋から出た。

エレベーターに乗ってレストラン階に移動する。

真白が予約したのは、イタリアンレストランだ。豪奢《ごうしゃ》なシャンデリアが吊り下げられた広いホールには、ピアノが置かれている。とても雰囲気がいい。客層もよく、カップルや上品な家族連れが目立った。

ボーイに名前を告げると「こちらへどうぞ」と案内される。辿り着いたホールのテーブル席を見た真白は、思わずギョッとした。

席には当然のように、ふたり分のカトラリーセットが用意してあったのだ。

(しまった! 人数を変更するの完璧に忘れてた!)

真白は既にコース料理を予約している。しかも良平を喜ばせようと思って無駄に張り切ったため、ワインやアニバーサリー用のホールケーキまで注文していた。

(どどどどうしよう!?)

席を目の前にして硬直《こうちょく》した真白は、内心冷や汗ダラダラだ。座るに座れない。

席まで案内してくれたボーイがなにも言わなかったのは、真白の連れがあとから来るんだと思っているからかもしれない。

アニバーサリーケーキまで予約した客が、ひとり寂しく料理を食べに来るなんて思いもしないのだろう。

(今からでも人数を変更してもらえるかなぁ……)

そのためには、事情を説明しなくてはならないかもしれない。

『実は一緒に来るはずだった彼氏に昨日フラれまして、わたしひとりなんですよ。ハハハハハ。付き合って三年目記念日が、失恋記念日になりました』

……おお、神よ。こんな自分の傷口に自分で塩を塗《ぬ》りたくるようなことを言えというのか。あまりにも殺生《せっしょう》じゃないか。

だが、言うしかない。

けれど恥を忍んで事情を説明し、コース料理をひとり分にしてもらったところで、別注したアニバーサリーケーキだけはどうにもならないだろう。「Happy Anniversary」なんて書いてもらうようお願いしていたから、他のお客には出せないはずだ。

真白がいらないと言えば、確実にゴミになるケーキである。お店の人にわざわざ作らせておいて、ひと口も食べないなんて、そんな失礼なことをできる神経は真白にはない。

（ぐっ……ここは腹を括《くく》ってやけ食いを……）

ふたりで食べるケーキだから一番小さな三号サイズにしたが、曲がりなりにもホールケーキ。ひとりで完食できるだろうか……想像するだけで胸焼けがしそうだが、ここは頑張るしかない。

しかし、彼氏にフラれて旅行をドタキャンされた挙《あ》げ句《く》に、ひとりでアニバーサリーケーキを貪《むさぼ》り食う女の姿なんて、「惨《みじ》め」のひと言以外にないじゃないか。絶対に周りのお客はドン引きすること間違いない。なんて恥ずかしい！

(ああ……やっぱり旅行自体をキャンセルするんだった……)

友達が誰も捕まらなかった時点でそうすればよかったのだ。そうしたら恥をかかずに済んだのに。

真白がそう考え肩を落としたとき、すぐ横を見覚えのある人影が通り過ぎた。

「あっ!」

思わず声を上げる。するとボーイに先導されていたその人が、足を止めてゆっくりと振り返った。

「ああ、昼間の」

その人は昼間のローズガーデンで、真白が写真撮影を頼んだ男の人だった。あのときと変わらないジャケットと白いシャツ、そしてグレーのスラックスという出で立ちだ。簡素な服装でも、相変わらず整った顔立ちは際立っている。真白が彼にすぐ気が付いたのもそのためだろう。

「また会ったな」

彼は真白に向き直ると、人好きのする笑みを浮かべた。

「旅行は楽しんでる?」

「ええ、とても」

今の気分は最低最悪だが、真白は取り繕《つくろ》って頷いた。

「あなたも旅行ですか？」

「ああ。ぶらりとね」

「おひとりで？」

「そうだよ。あんたもだろう？」

そう言って笑った彼を前にして、真白は急にあることを思い立った。

彼に頼めば、恥をかかずに済むかもしれない。

（この人には変に思われるかもだけど……）

この広いホールで、周りの客に見られながらひとり寂しくアニバーサリーケーキをやけ食いすることに比べれば、断然マシというもの。背に腹は代えられない。

真白はおずおずと口を開いた。

「あの……もうお食事は決められましたか？」

「ん？　ここで食べるメニューを決めたかってこと？　まだ来たばかりだからな。これからだよ」

（やった！）

真白は藁《わら》をも掴む思いで彼に言った。

「あの、よかったらご一緒してもらえませんか？」

「俺が？」

真白の急な申し出に驚いたようだったが、それでもこちらに事情があることは察してくれたらしい。速攻で断られてもおかしくなかったが、彼はそうしなかった。たぶん、いい人なんだろう。だから真白は勇気を振り絞って続けた。

「実は、ここに一緒に来るはずだった人が急に来られなくなりまして……。コースももう頼んでいて、お金も払っているんですけれど、キャンセルするしかなくて……。その……よかったら食べてもらえませんか？　お金はいりませんから」

「ああ、そういうこと」

真白が手を添えたテーブルに、ふたり分のカトラリーセットが並んでいるのを見て、彼は案内をしていたボーイにひと言ふた言なにか告げた。

「じゃあ、甘えるかな」

「ありがとうございます！　助かります」

彼の答えに安堵《あんど》して、真白は大きく息をついた。

「どうぞ座ってください」

ホクホク顔で真白が席を勧《すす》めると、彼はクスリと笑って、ゆったりと椅子に腰掛けた。

ローズガーデンでも思ったが、この人はとても感じがいい。ちょっとぶっきらぼうな口調ではあるが、動作はとても洗練されている。

宿泊客か、レストランに食事に来ただけかはわからないが、ひとり旅にこんなホテルディナーを選ぶくらいだ。育ちがいいのかもしれない。

どうしてローズガーデンで、この人から逃げなくてはなんて思ったんだろう？

（かっこよすぎるから、かな）

こんなイケメンが近くに来たから、あのときの自分は妙に焦ってしまったのかもしれない。本当に綺麗な男の人だ。どこか蠱惑的《こわくてき》ですらある。

真白が席につくと、彼はテーブルに添えてあったメニューの一覧表を手に取って眺めた。

「へぇ、一番いいコースじゃないか」

「それにプラス、ワインとケーキも頼んであります」

「そりゃ奮発《ふんぱつ》したな。なんかめでたいことでもあったのか？」

なんでもない調子の彼の問いかけに、胸がズキンとする。

そう、これはお祝いだった。少なくとも真白にとっては、大切な記念日だったのだ。

そして、これからも一緒にいることを良平と誓い合えたらいいと……

もっとも、そう思っていたのは、真白だけだったようだが。

「……まぁ、そんなところです。でもナシになったので……」

「ふぅん？　まぁでも、俺にとってはラッキーだな。可愛い子とタダで飯が食える」

ニッと笑った彼に見つめられて、真白ははにかみながら俯《うつむ》いた。

（……可愛いって言われた……）

場を和《なご》ませるためのお世辞だとわかりながらも、可愛いと言われれば嬉しくなる。

そんなとき、カートを押したソムリエがやって来て、グラスにワインを注いでくれた。

「ご注文のシャトー・レ・ザムルーズ・コトー・ドー・ラルディッシュ・グルナッシュでございます」

綺麗な赤色に満たされたグラスを見つめて、なんとも言えない気分を味わう。

レ・ザムルーズ——フランス語で「恋人たち」を意味するこのワインは、記念日にぴったりだとホテルの人にすすめられたもの。

就職してからワインに凝《こ》りはじめた良平が喜んでくれるかもしれないと思って注文したのだが、まさかこんなことになるとは……

（このワインはもう二度と頼まないだろうなぁ）

真白が苦笑いしていると、向かいに座った彼がボソリと独り言《ご》ちた。

「……なるほどね」

「え？」

思わず聞き返す。だが彼は答えずに、そっとグラスを掲《かか》げた。

「偶然の出会いに乾杯」

自分達のことを言っているのだと気が付いて、真白は笑いながら同じようにグラスを掲《かか》げた。

「ありがとうございます。乾杯」

ワインに少し口を付けて、運ばれてきた前菜に舌鼓《したつづみ》を打つ。生ハムにイチゴがトッピングされていたり、人参《にんじん》にオレンジムースが合わせられていたりと、カラフルな見た目も可愛らしい。

彼はナイフとフォークを綺麗に使いながら、話を振ってくれた。

「ローズガーデンのあとはどこを回ったんだ？」

「いっぱい行きましたよ。異人館《いじんかん》でしょ、中華街でしょ、それに展望タワーも。工房ではハーバリウムを作ったんです。知ってます？　ハーバリウムって。乾燥させたお花をビンに入れて、特殊なオイルに浸《ひた》して飾るんです。とっても綺麗なんですよ。わたし、体験型のイベントとか大好きなんです。思い出にもなるし」

見知らぬ人相手に、饒舌《じょうぜつ》に話す。楽しかったんだと彼に聞かせながら、その実、自分に言い聞かせているのかもしれない。

「へぇ、いいね。俺も体験型のイベントは好きだな。前にもここに来たことがあるんだけど、そのときに陶芸《とうげい》や、トンボ玉なんかもやったんだ」

「素敵！　わたしもやってみたいな。どこでできるんですか？」

「陶芸《とうげい》は民間の教室で、トンボ玉は美術館のイベントだったかな。俺は現地の人に教えてもらって飛び入り参加したんだけど、たぶんそういった情報はガイドブックに載ってるんじゃないか？　どっちも見てるぶんには簡単そうなんだがなぁ。なかなか難しい」

彼は手で轆轤《ろくろ》を回す仕草をしながら、平らな皿を作るのが精一杯だったと笑った。

「教えてくれる方は楽そうにやってるのに、いざ自分がとなると、全然できないですよね。でも、やってみないことにはわからないじゃないですか。意外と才能があるかもしれないし」

「あはは、そうだな。あんたは器用そうだ。なんでもそれなりにやれるんじゃないか？」

「そんなことないですよ。ほんとぶきっちょで、恥ずかしいくらい」

手先はそれなりかもしれないが、恋はどうしようもないくらい不器用だ。一生懸命になったら、猪《いのしし》みたいにまっすぐで、周りが見えていないから空回りばかり。

真白は笑いながら、痛む胸からそっと目を逸《そ》らした。

「機会があったら、今度は山手《やまて》のほうに行ってみるといい。ガイドブックには載ってない温泉があるんだよ」

「知らなかった！　秘境の温泉ですか？」

「そう。なかなかの絶景でね。俺は今日行ってきたんだ。もうちらほら紅葉がはじまっていたよ。まぁ、だいぶ歩くけどね。近くに釣り堀もある。マス釣りもしてきたよ」

「わ、すごい。釣れました？」

「マスは結構簡単に釣れるんだ。餌《えさ》も虫とかじゃないから大丈夫。釣ったマスをその場で調理してくれるんだけど、マスの唐揚げって食べたことある？　おいしいよ。塩焼きよりいけるかもしれない」

「唐揚げ？　珍しいですね。じゃあ、わたしもマス釣りしたら唐揚げにしなきゃ！」

「塩焼きは結構どこでも食べられるからさ、試してみてよ。最高だから」

　この人の話は楽しい。

　彼はガイドブックに頼るよりも、現地の人におすすめされた場所を回るのが好きなんだそうで、今回ローズガーデンに行ったのも、今が見頃だと教えてもらったかららしい。

「あとは空港から一番近いホテルに泊まろうと思ったら、ここになったわけ」

「なるほど。ここ、空港がすぐそこですもんね」

　真白は新幹線で来たが、このホテルは空港にも新幹線の駅にもアクセスがいい。電車一本でどちらにも行けるいい立地だ。彼は日本国内のみならず、世界各国にも足を延ばしているらしく、真白が旅行好きだと知ると、色々なおすすめの場所を教えてくれた。

「いろんなところに行かれてるんですね。いいなぁ、わたしも行きたい」

「現実逃避を兼ねて、ね。あんたもだろう？」

　そう言った彼の視線に射貫《いぬ》かれて、真白は一瞬、ドキッとした。まるで失恋旅行をしていることを見透《みす》かされているみたいだ。

「…………」

真白がまごついているうちに、デザートのアニバーサリーケーキが運ばれてきた。

小振りのホールケーキは白い生クリームでデコレーションされ、てっぺんにイチゴが花のように載せてある。両サイドには生花が飾られて、お皿にはチョコレートで「Happy Anniversary」と書いてあった。なにもかも注文通りの仕上がりだ。

なのにそのケーキが目の前に置かれたとき、真白の頬をぽろりと涙が伝った。

「あ、あれ？　なんで……だろ……？　ごめんなさい……わたし……」

慌てて指先で涙を拭《ぬぐ》うが、涙腺《るいせん》が馬鹿になったみたいに、次から次へと涙があふれてとまらない。いったいどうしたというんだろう？　突然泣き出した真白に、周りのお客からチラチラと視線が向けられる。

これでは晒《さら》し者だ。恥ずかしいし、なにより一緒に食事をしてくれている彼に申し訳ない。早く泣きやまなくては……そう思うのに、できない。

このケーキを一緒に食べるはずだった人は、今頃他の女のところにいるんだろう。

本当はだいぶ前から、飽きられていたのかもしれない。

もしかして、真白のことなんか初めから好きでもなんでもなかったのかもしれない。

なのに自分は言われるまで気が付かなくて、張り切ってこんなケーキまで用意して……

（わたし、馬鹿だ……）

そのとき、ボロボロと涙をこぼす真白の目の前で、ケーキのど真ん中にフォークがぶすりと突き立てられた。

「っ⁉」

驚いて、目を見開く。

固まっている真白をそっちのけで、ケーキからフォークが引き抜かれた。フォークを突き刺したのは、今、目の前にいる彼。

ぶっきらぼうなりにも、彼は今まで礼儀正しかった。そんな人の突然の奇行に、なにも言えない。

彼はフォークで貫《つらぬ》いたイチゴにチョコレートを付けながら、にっこりと綺麗な笑みを見せてきた。

「泣くほど喜んでるんだ？　こんなケーキなんかで」

唇の前に、フォークに刺さったチョコ付きのイチゴが差し出される。

彼のひと言を聞いた周囲の空気が、明らかに柔らかくなった。

（あ……）

庇《かば》ってくれたのか。

真白と彼の関係をなにも知らない他の客からしてみれば、サプライズのアニバーサリーケーキに感激して泣いた彼女に、彼がケーキを食べさせようとしているふうに映っているのだろう。いや、そう見えるように、彼がしてくれたのだ。

真白がおずおずと口を開けると、イチゴが口の中に入ってきた。甘酸っぱいイチゴの味が口内に広がる。

「あーあ、チョコ付いてる」

彼は真白の唇を人差し指で撫《な》でて、チョコレートを拭《ぬぐ》う。そして、チョコレートの付いたその人差し指を、自分の口に含んだ。

目の前で当たり前のように繰り広げられた彼の行動に、カアァッと顔に熱が上がる。

涙なんか知らないうちにとまっていた。

「俺も食《く》っていいか？　ケーキ」

ニッと上目遣いで見つめられて、視線が泳ぐ。

「ど、どうぞ」

なんとかそれだけを言った真白は、動揺しながらワインに手を伸ばした。そのままキューッと一気飲みしてグラスを空にする。

（い、今の、かかか間接《かんせつ》キス⁉）

唇を直接舐《な》められたような気分だ。ドクドクと心臓がけたたましく鳴っている。これはワインのせいではないだろう。

空になったグラスをテーブルに置きながらチラチラと彼を盗み見ると、彼は真白にイチゴを食べさせたフォークで、平然とケーキを口に運んでいる。唇に付いた生クリームを彼が舌で舐《な》め取るのを見て、その艶《なま》めかしさに背筋がゾクッとした。

(〜〜〜っ！)

真白は自分を落ち着けようと、ウエイターから注がれたワインを再び一気に飲み干した。

「ワインばかり飲むと酔いが回るぞ？　ほら」

再びフォークに載ったケーキが差し出されて、ドキドキしながら口を開ける。

「残りはあんたの分だ」

半分になったケーキを皿ごと目の前に置かれる。見ると、皿に書かれていたはずのチョコレート文字が、いつの間にか跡形もなく綺麗に消えていた。彼がケーキを食べている間に消してくれたのか。

(なにも話していないはずなのに……)

彼の気遣いに、胸がぎゅっと締めつけられる。嬉しいのか、悲しいのか、自分でもわからない。真白はぎこちない笑みを浮かべて、ケーキを頬張った。

甘酸っぱいイチゴのケーキは失恋の味だ。終わった恋を忘れたくて、ワインを喉に流し込む。

「おいしいですね、このケーキ！」

「そうだな」

彼が頬杖を突いて、こちらを眺めながら目を細める。

冷めているようで、程よく熱いその瞳がなにを考えているかなんて、初対面の真白にわかるはずもない。

ただ真白は、今ひとりでなくてよかったと、無性に思ったのだった。


「あ〜〜もぉ、お腹いっぱぁい……」

顔を真っ赤にした真白は、一緒に食卓を囲んでくれた彼に支えられながらレストランを出た。

「ったく。言わんこっちゃない。バカスカ飲みやがって。おい、部屋はどこだ？」

「えへへ。七〇六ですぅ」

完全に呆れ口調で言われているのに、真白は機嫌よくへらっと笑った。足元がふわふわして気分がいい。こんなに気分よく酔ったのは初めてだ。

酔っぱらいの見知らぬ女なんか、ホテルの人間に任せて放っておくこともできたろうに、そうしないこの人はたいがい面倒見がいい。それに自分を支えてくれるこの人は、とてもいい匂いがする。真白は彼の肩にすりっと頬を寄せた。

旅の恥はかき捨て……とはよく言ったもので、見知らぬ男の人の肩に凭《もた》れるなんて地元では絶対にできないのに、今はできてしまう。

真白とこの人が、実は名前も知らない者同士だなんて、周りにはわからない。それでなくても、真白に興味のある人間なんかいやしない。

仮にこの場に良平がいても、きっと知らんぷりをする。

自分は大切に想っていた人からの関心も失った女なのだ。なにをしても、ここには真白を咎《とが》める存在なんかいない。そのことが虚《むな》しいのに、どこか清々《すがすが》しくて笑いが込み上げてくる。

「ふふ……ふふふ……あははは」

やって来たエレベーターに笑いながら乗り込むと、彼は苦々しく舌打ちした。

「『あはは』じゃないだろ。『あはは』じゃ。――あんた、付き合ってた男に捨てられたんだろう？　無理して笑ってなくていいよ。見てるこっちがしんどくなる」

「っ！」

一気に酔いが醒《さ》める。

この人には詳しい事情はなにも話していない。ただ、「一緒に食事をする相手が来られなくなった」と言っただけだ。確かにアニバーサリーケーキを見て泣いてしまったが、すぐに泣きやんだし、相手に急用が入ったとか、祝い事自体がキャンセルになったとか、他にもいろいろ考えられるはずだ。それだけで「男に捨てられた女」になるはずがない。

「……な、んで……」

驚きを隠せない真白を一瞥《いちべつ》した彼は、小さく嘆息《たんそく》して七階のボタンを押した。

「カップルだらけの観光地をひとりで回って、レ・ザムルーズのワインにアニバーサリーケーキなんて、わかりやすすぎだろ。ローズガーデンで自分がどんな顔してたかわかってる？」

笑っていたはずだ。少なくともローズガーデンで彼に写真を撮ってもらったときには、ちゃんと笑えていたはずだ。

「わ、わたしは――」

否定しようとした真白の声を、カラッとした彼の声が掻き消した。

「旅行のキャンセルきかなかったところを見るに、いきなりフラれたとか、当日すっぽかされたとか、その辺りだろう？　写真撮るときも無理して笑ってさ」

図星《ずぼし》だ。

図星《ずぼし》だが無性に悔しさが湧《わ》き出てきて、「今日じゃないです。昨日フラれたんです」と小声で呟く。彼は「どっちでもいいよ、そんなこと」と吐き捨てて、ぐしゃぐしゃっと真白の頭を撫《な》でてきた。彼のその手つきが乱暴なようでいて優しくて、急に鼻の奥がツンとする。もう泣きそうだった。

「……電話で、『別れよう』って言われました」

「ふぅん」

髪で隠れた顔を俯《うつむ》けてボソボソと話す真白に対して、彼の返事は素っ気ない。知らない女から愚痴《ぐち》られても困るだろう。そんなことはわかっているのに、真白はとめることができなかった。

「三年付き合ってたんです。今日が記念日で。なのに別れ話が電話ですよ。わざわざ時間作って会う価値もないってことなんでしょうね。……電話の向こうで女の人の声が聞こえました」

「なんだよ、浮気されて捨てられたのか」

呆れた声に、現実を突きつけられる。

そうだ。三年も付き合った男に浮気されて、電話一本で捨てられたのだ。

真白は自嘲気味《じちょうぎみ》に嗤《わら》うと、コツンとエレベーターの壁に頭を凭《もた》れさせた。

「『セックスが下手』って、『まぐろ』って言われました。まったく……誰と比較してるんだって話ですよ。わたしは良平しか知らないのに……。わたしにセックスを教えたのは……良平なのに……。わたしみたいなつまらない女は、一緒にいる意味がないって彼は言ったんです」

「…………」

エレベーターが七階にとまり、無言の彼に促《うなが》されて降りる。お互いに口を開くことなく廊下を進み、薄暗い部屋に入った。

無駄に豪華な部屋はシンとしていて、今までいたところより温度が下がったように感じる。

開けっ放しにしていたカーテンから夜景がうっすらと射し込んでいて、真白を余計に惨《みじ》めにさせた。

本当なら今頃、ここで良平と無邪気に笑っていたはずなのに――

（あぁ、なんでこんな部屋とっちゃったんだろ……わたし、ひとりなのに……）

「うう……う……」

涙が出てくる。

床に崩れ落ち、三人掛けのソファに突っ伏して嗚咽《おえつ》を堪《こら》えながらボロボロと涙をこぼす。そんな真白の頭を、彼がポンポンと優しく撫《な》でてくれた。

「まぁ、なんだ。男は他にもいるんだ。浮気するような男と別れられてよかったじゃないか」

言葉を選んで慰めてくれているのがひしひしと伝わってくる。でも涙はとまらない。

真白が好きになった良平は、浮気をするような男ではなかった。そんな男だと知っていたら、三年も付き合わないし、そもそも好きになんかならない。

ちょっと優柔不断《ゆうじゅうふだん》なところもあったが、それは優しいからだ。根は真面目だし、明るくて人当たりもいい。少なくとも真白の知っていた良平はそういう男だったのだ。だから好きになったのに。

浮気するほうが悪いなんてことはわかっている。でも、裏切られた悲しみが拭《ぬぐ》えない。

確かに真白はセックスに積極的というわけではなかったが、代わりに拒絶したこともない。

女性誌に書いてあるような、「イク」感じがいまいちわからなくても、好きな人に触れてもらえるだけで幸せになれたし、気持ちよかった。ドキドキした。

もしかして、わからないなりにイッたふりや、雰囲気を盛り上げるために感じたふりをしてみればよかったのだろうか？　それとも、もっと積極的に良平の上で淫《みだ》らに腰を振ったり、自分から彼の物を咥《くわ》えたりすればよかったのだろうか？

セックスさえつまらなくなかったら、上手に良平を満足させてあげられていたら――浮気されることも、捨てられることもなかったのだろうか？

「わたしは……そんなに、つまらない女なんでしょうか……？」

「え？」

聞き返してきた彼をガバッと振り返る。

真白は目にいっぱいの涙を溜めて、彼を見上げた。

「わたしは……、わたしはつまらない女ですか!?　——抱いてください！」

確かめたい。自分の女としての価値を確かめたい。そんな思いで叫ぶ。冷静さなんかなかった。一緒にいることの意味すらないと言った良平の言葉が頭から離れない。

誰でもいい。誰かに「そうじゃない」と言ってほしい——

彼は一瞬驚いたようだったが、苦笑いしながら真白を見つめてきた。

「抱いてくれって……俺的にはあんたは好みだからいいけどさ、あんたはそれで後悔しないのか？」

「好み……なんですか？　わたしみたいなのが……？」

俄《にわか》には信じがたい。

地味な顔立ちというか、言葉を選ばずに言うならば、真白は完全にモブ顔だ。メイクをしてもノーメイクのときと違いがない。色白なのはいいが、肌の色が薄いついでに存在感も薄い。

しかもこの人の前での真白は、精神的に不安定になっているせいか、いきなり泣き出すわ、酔っぱらうわ、ベッドに誘うわで、相当面倒くさい女のはずだ。なのに、好みだなんて。

（……この人は、ものすごく女慣れしているんだな……）

もしくは、蓼《たで》食う虫もなんとやらというやつ？

胡乱《うろん》な眼差しで見つめると、彼の手が伸びて真白の頬に優しく触れた。

「好みだね。可愛いと思うよ。このホテルを選んだのも、レストランを予約したのもあんたなんだろ。ただ大好きな彼氏を喜ばせたかっただけなんだよな？　でもそれが彼氏には伝わらなかった。だから泣いてるんだろ。そういうのって最高に可愛いじゃないか。適当な気持ちで付き合ってた男相手に泣く女はいないよ。あんたの泣き顔は一生懸命だったからこそなんだから」

（あぁ――……）

また涙が流れた。

彼の言葉は、女の弱さにつけ込んだ甘言《かんげん》だ。そんなこと、頭ではちゃんとわかっている。

彼にとって自分はただの据《す》え膳《ぜん》。そこに特別な感情はない。

なのに嬉しくてたまらない……可愛い女だと、好みだと言われたのが、無性に嬉しい。

恋に一生懸命だった気持ちを優しく肯定する言葉が、自棄《やけ》になっていた心に染《し》み込んでくる。

そう、真白はただ、良平のことが好きで、初めての恋に一生懸命だっただけなのだ。

そしてそれが、報《むく》われなかっただけ。

彼は真白の頬を伝う涙を触りながら顔を近付け、耳元で囁《ささや》いた。

「ほんと、可愛い——もっと泣かせてやりたくなる感じで」

「っ！」

思わず大きく目を見開く。そうして見た彼の視線に射抜かれた途端、背中にゾクッとなにかが走った。

これは男の目だ。女を性的な獲物として見る、男の目。

誘ったのは自分のほうなのに、怖くなって視線を外す。しかし次の瞬間、真白はソファに押し倒されていた。

「きゃっ！」

薄明かりの中で、両手をソファの座面に押し付けられ、のし掛かられる。

抵抗しようとしても、男の力には抗《あらが》えない。

息を呑《の》む真白を悠然《ゆうぜん》と見下ろしながら、彼はニヤリと笑った。

「怯《おび》えてる？　やっぱり可愛いな。彼氏は他の女を抱いてるのに、あんたは彼氏以外の男を知らないなんて不公平だろう？」

台詞《せりふ》は嘲《あざけ》り以外のなにものでもないはずなのに、声が優しい。

彼は押さえつけていた手を離すと、両手で真白の頬を包み込んできた。

大きくて、あたたかい手。その手の持ち主は、唇が触れてしまいそうなほど顔を寄せて、甘く囁《ささや》いてきた。

「あんたも他の男に抱かれてみればいいんだよ。浮気する男に操《みさお》を立てる義理なんかない」

囁《ささや》きと共に、唇を親指でなぞられた。一気に脈が上がる。彼の指の感触だけでなく吐息まで感じて、お腹の奥がゾクゾクした。

彼の瞳の中に泣いている自分を見つけたとき、真白の唇は彼のそれに塞《ふさ》がれていた。

「……っぁ……んぅ！」

小さく声が漏れるのと同時に唇の合わせ目をこじ開けられ、口内に舌が入ってくる。絡まった舌を吸われて、真白の心臓は大きく跳《は》ねた。

これは知らないキスだ。

舌の付け根から先までをつーっと舐《な》め上げ、軽く甘噛みされる。とろみを帯びた唾液を掻きまぜるように口内を蹂躙《じゅうりん》されて、息が上がった。

「ん……は……ぁうんっ！」

ようやく唇が離れて息をつこうとすれば、また強引にキスされる。

苦しさに身を捩《よじ》っても、彼は離してくれない。それどころか真白の腰を抱き寄せ、噛みつくように唇を貪《むさぼ》ってくる。触れ合っているところを中心に、熱が広がっていく。

知らない男の人にキスされているのに、絡む舌を気持ちいいと感じてしまう。そんな淫《みだ》らな自分の一面を恥じ入る気持ちと、どうにでもなってしまえという破れかぶれな気持ちが合わさって、身体から力が抜ける。

真白はソファに押し倒されたまま、いつしか柔らかく目を閉じていた。

「ん……は……」

くちゅくちゅと音を立てて真白の唇を味わい尽くした彼は、ようやく唇を離した。そして、コツンと額《ひたい》を重ねる。

自分を映す瞳と目が合った。

「どうする?」

甘い囁きはずるい誘惑だ。この人に抱かれてみれば、心にあいた穴は埋まるだろうか?

その確証はないが、少なくとも、今夜はひとりにならなくてすむ。なにより、この人の腕の中はあたたかい。

今はこのぬくもりが欲しい――

真白は目を伏せて視線を外すと、ポツリとこぼした。

「……抱いて、ください……」

彼は真白の頬を手の甲で軽く撫《な》でると、返事の代わりにまたキスをくれた。

くちゅり、くちゅり……ちゅうっと、重ねた唇を吸い上げるキスは、気持ちよくて泣けてくる。

ここには愛も恋もないのに、こんなに優しいキスがある。

ソファの下に落とした脚に彼の手が這《は》って、ワンピースのスカートの中に入ってきた。太腿《ふともも》からショーツに包まれた臀部《でんぶ》を撫《な》で回され、ビクッと身体が震える。そんな真白に、彼はキスをしながら囁《ささや》いてきた。

「怖いか？　でも自分で望んだことだろう？」

囁《ささや》きながら彼は、ショーツのクロッチを人差し指と中指で撫《な》で上げる。それから花《か》弁《べん》に埋もれてひっそりと震える真白の蕾《つぼみ》を、ぐりぐりと押し潰してきた。

「っ！」

キスの次は胸を触る。そうして徐々に服を脱がして――。そんな決まりきった手順の愛撫《あいぶ》しか、真白は知らない。

確かに彼に抱かれることを望んだのは自分だけれど、いきなり下肢を辱《はずかし》められるなんて思わなかった。しかも、今感じたあの疼《うず》きはなんだろう？　自分の身体にこんなに敏感な処《ところ》があるなんて知らなかった。

反射的に脚を寄せ、手で彼の胸を押し返そうとした。が、逆に掴まれ、頭の上で両手を押さえつけられる。彼は余裕で、左手ひとつで真白を動けなくした。そして抵抗は許さないとばかりに、敏感な蕾《つぼみ》をぎゅっと摘《つ》まむ。

「ひぅっ!!」

思わぬ強い刺激に、ビクッと腰が跳《は》ねる。

「彼氏より気持ちよくしてやるよ。——あぁ、もう元彼か。別れたんだから」

怯《おび》えて震える真白を見下ろして、彼は不敵に笑いながら布越しに蕾《つぼみ》を嬲《なぶ》りはじめた。

「あっ！　ゃっ！」

人差し指と中指で蕾《つぼみ》を引っ掻く。硬くしこってきたそれをくりくりと強弱を付けながら摘《つ》まんで、ねちっこく捏《こ》ね回す。ここをこんなに触られたことはない。

両手を押さえつけられた真白は、腰をビクビクさせながら眉を寄せて唇を噛んだ。

「ふぅぁ……んんんぅ……」

(な、に……これ……)

心臓が暴れて息ができない。蕾《つぼみ》を触られるだけで、お腹の奥がズクズクしてくる。まだ準備のできていない女の身体が、強引な愛撫《あいぶ》によって無理やり熱くさせられていくみたいだ。

知らない男の人に身体を弄《もてあそ》ばれているのに、怖いはずなのに、吐く息がどんどん熱を帯びていく。

「噛むな。抵抗する必要なんかないだろう?」

噛みしめた唇を、彼の舌先がチロチロと誘うように這《は》い回る。その瞬間、クロッチの脇からぬるりと彼の指が入ってきた。

「あぁっ!!」

閉じていた割れ目を指で広げられ、怯《おび》えて震える蕾《つぼみ》を直接嬲《なぶ》られる。彼は仰《の》け反《ぞ》ってあらわになった真白の喉に熱い舌を這《は》わせながら、花弁《かべん》の奥でヒクつく蜜口にゆっくりと触れてきた。

「濡れてる」

「っ!」

自分でも気付いていなかった身体の変化を指摘され、カァッと顔に熱が上がる。自分で自分が恥ずかしい。

自分から男を誘って、触られて簡単に濡れて……どれだけ飢《う》えているんだ。

顔を背《そむ》けて腕で顔を隠そうとするが、そもそも腕が押さえつけられているからできない。

真白が顔を真っ赤にして震えていると、蕾《つぼみ》がピンと弾《はじ》かれた。

「ひゃぁああっ!?」

目の前に火花が散って、身体がビクビクと跳《は》ねる。まるで電気を流されたような衝撃に、真白は目を見開いた。

(い、今の、なに?)

良平とのセックスでは感じたことのない衝撃だ。良平はあまりそこを触らなかった。胸はたくさん触ってきたが。

真白が密かに動揺していると、頬に掛かった髪をどかすようにスリスリと頬擦《ほおず》りされた。

「なかなかいい声じゃないか。これでまぐろはないなぁ」

「え……？」

揺れる視線を向けると、頬にちゅっとキスされる。彼は真白の蕾《つぼみ》を弄《もてあそ》びながら、男と女で多少解釈が違うがと前置きして、話を続けてきた。

「『男にとってのまぐろ女』は、男がなにしたって反応がまるっきりない女のことだ。あんたは感度はいいよ？　むしろ、よすぎるくらいだ」

「ああっ！」

中に指が入ってきて、そのままぐるりと掻き回される。いきなりのことに唇を噛むのも忘れて、真白はあられもない声を上げた。

「いやぁっ！　ぁ、あうっ！」

みっちりと蜜口を埋められ、中を引き伸ばされる感覚。たぶん、一本じゃない。二本……もしかしたら三本、指を挿《い》れられているかもしれない。いきなりたくさんの指を挿《い》れられて、お腹が熱くなる。

「ううう……」

彼は悶《もだ》える真白の中で軽い散策でもするかのように二、三度、指を出し挿《い》れした。そしてじゅぽっと指を引き抜く。

「はぁんっ！」

「それに濡れやすい。見てみなよ俺の指」

目の前に掲《かか》げられた彼の指が、薄明かりの中でもはっきりとわかるほど、テラテラと濡れている。彼が人差し指と親指を軽く擦《こす》ると、指の間を粘り気のある細い糸が引くのが見えた。

「～～～っ！」

自分のいやらしい汁を見せつけられて、真白は涙目になって顔を逸《そ》らした。

知らない男の人に触られて、あんなに濡れてしまう自分が信じられない。そしてなにより恥ずかしいのは、彼の指でこじ開けられていたあそこが、ヒクヒク疼《うず》くことだ。

身体の奥からいやらしい汁が垂れてきて、真白は思わず内腿を寄せた。だが彼は気にした素振りすら見せずに、真白の耳の裏を舐《な》めてくる。

「ひぅっ！」

普段、人に触られることのない処《ところ》を舐《な》められて、咄嗟《とっさ》に変な声が出る。そんな真白を見てふっと笑うと、彼は押さえつけていた手を離した。

「こんなに感度のいい女をまぐろ扱いって。さてはあんた、彼氏にイカされたことないな？」

本気でギクリとした。

確かに真白は、絶頂というものを知らない。触られて、それなりに気持ちいいとは感じるが、それ以上の快感は知らなかった。雑誌の体験談に書いてあるようなドラマティックな性的快感は、AVと同じで完全にフィクションだと思っているクチなのだ。

「やっぱりな。可哀想に。濡れやすい体質だからって雑な前戯《ぜんぎ》しかされてなかったんだな。せっかちな男なら、女が濡れたらすぐ挿《い》れるだろうし。そして自分だけ気持ちよくなって、ハイお終い。どうせ挿《い》れてる時間も短かったんじゃないのか？」

「…………」

なんでこの人はそんなことまでわかるのだろう？

確かに真白は良平とのセックスで、すぐ濡れていた。キスされただけでも濡れた。それは彼のことが好きだからと思っていたのだが、それが体質だったって？

真白が濡れたら良平がすぐ中に入ってくるのも、求めてくれていたからじゃなかったのか。ただ、自分が気持ちよくなりたかっただけ？

良平が動いている時間が長いか短いかなんて、比べる相手がいないからわからない。けれどとりあえず、ラブホテルの時間延長はしたことがない。

良平が終わったらセックスは終わりだし、二回目は良平の気分次第。セックスとは、そういうものだと思っていたのだが――

（も、もしかして……違うの？）

ショックを受けているのが顔に出ていたのか、彼は真白を見て軽く嘆息《たんそく》した。

「あのな、男だけ気持ちよくなってどうするんだよ。惚れた女が自分の腕の中で乱れるのを見るのが最高に楽しいのに。聞いてるとさ、あんたの彼氏はメンタルが童貞《どうてい》だ。自分に都合のいい女を求めてる。あんたを大事にしてない。下手くそなくせに浮気して、自分を想って泣いてくれる女捨てるって何様だよ。気に入らないな！」

ここにはいない良平に向かっていきなり怒りだした彼に呆気《あっけ》に取られて、反応ができない。

でも、不思議と心のどこかがすっきりした。

もしかして真白は、誰かに同情してほしかったのではなく、誰かにこの理不尽を怒ってもらいたかったのかもしれない。悪いのは真白じゃないと。

「あ、ありがとう……そう言ってもらえると、なんだか――」

――嬉しい。そう言おうとした真白の声を、彼が突然遮《さえぎ》った。

「俺があんたをイカせてやるよ」

「え？　あ、きゃぁっ⁉」

彼の言葉を理解する前に、スカートが捲《めく》られる。驚いて、自由になっていた手でスカートを押さえようともがいた。

「な、なに？」

「俺があんたに、本当のセックスを教えてやる」

そう言った彼の目は、今まで以上に熱く鋭くなっている。

その目に怯《ひる》み、思わず動けなくなったとき、ショーツのウエスト部分から彼の手が入ってきた。

「あ、やっ！」

脚をバタつかせるが、ぱっくりと開いたあそこに無理やり指をねじ込まれた。

また、指を挿《い》れられてしまった。何本挿《い》れられたかわからないが、とろとろに濡れているから、根元まで簡単に入っていく。

「あ……ぁあ……」

「大丈夫」

震える真白のこめかみにキスをして、彼はゆっくりと指を動かしてきた。

長い指を奥まで挿《い》れられ、ぞろりと肉壁をなぞられる。さっきよりも深いところを触られ、いやらしい汁がじわっと滲《にじ》んだ。

（ま、た……濡れて……）

どこまで自分は濡れやすいのだろう？　これが体質？　ワンピースは着たまま、下着の一枚だって剥《は》ぎ取られていない。なのに真白のあそこは、濡れていく。恋人でもない、知らない男の人とキスをして、その人の指を咥《くわ》え込んで喘《あえ》ぐ。そんな自分があまりに淫《みだ》らで、羞恥心《しゅうちしん》だけで死んでしまいそうだ。

「ンッ……だめ……」

「ここか？」

探るような動きで、お腹の裏にあるザラついた処《ところ》をしつこく擦《こす》られ、真白は呻《うめ》くように声を漏らした。そこを攻められると、なんだか身体の奥がズクズクするのだ。

真白の膣がぎゅぅうっと引き締まると、彼の指の動きが突き上げるようなそれに変わった。そこを擦《こす》り上げながら、奥を突かれる。突き上げの圧が凄《すご》い。何本もの指で、自分の中が奥から広げられていくのがわかる。

もがいた手は、いつの間にか彼のシャツを握りしめていた。

「んぅ～……は、ぅぁ……んんぅ……なに、これ……やだ……こんな、やだ……」

怖くて、恥ずかしくて、熱くて、気持ちいい。

知らない男の人の指が自分の中を好き勝手に動いているのに、気持ちよくなってしまうのが怖い。未知のなにかが、身体の奥から迫《せ》り上がってくるようだ。こんなの知らない。

このなにかから逃げないと、取り返しのつかないことになってしまう気がする。

「や、やだ……こわいぃ……やめて、やめて、おねがいぃ……だめ、だめなの！」

「怖くない。気持ちいいだけだ」

泣きそうになって見上げると、囁《ささや》きと共にぎゅっと抱きしめられる。彼は、優しい表情《かお》をしていた。

こんなに優しく抱きしめないでほしい。出会ったばかりのくせに。恋人でもなんでもないくせに。こんな、まるで大切な女《ひと》を抱くような……

「大丈夫。大丈夫……俺に任せて。俺はあんたを傷付けたりしない」

指が深くなるのと同時に、唇が塞《ふさ》がれる。

「んっ…………んは…………やぁぁ……」

吐息にまじって、ふたり分の唾液があふれて顎《あご》を伝った。口内に舌がねじ込まれ、呼吸もままならない。上からも下からもいっぱい挿《い》れられて、苦しくてたまらない。自分以外の体温に内側から侵食《しんしょく》されているのに、その熱が気持ちいいのはなぜ？

膣肉が勝手に蠕動《ぜんどう》して、悦《よろこ》んで男の指を貪《むさぼ》っている。こんなのは屈辱だ。そう思うのに、身体は一方的に快感に堕《お》ちていく。

身体の中から、自分の意識だけがどこかに飛んでいきそうだ。

真白が堪《こら》えるように目を瞑《つむ》ったとき、蕾《つぼみ》がくにゅっと押し潰された。

「――――ッ⁉」

身体がビクッと仰《の》け反《ぞ》る。その反応に合わせるように、中をいじる指の数がいきなり増えた。

「～～～‼」

入り口がみっちりと引き伸ばされ、指が激しく出し挿《い》れされる。もうこれ以上入らないのに、奥まで挿《い》れられて、しかも蕾《つぼみ》まで捏《こ》ね回されるなんて。

逃げたいのに逃げられない。頭の中が真っ白になっていく。

強すぎる快感に翻弄《ほんろう》されて、真白は彼に、泣きながら縋《すが》っていた。

「あはぁぁあんっ！　いやぁぁ！　うっ、ううう……」

キスをしたまま泣き叫んで、一気に脱力する。自分がどうなったのかわからない。

「はぁはぁはぁはぁ……んっ、はぁはぁはぁはぁ……」

目を閉じて、肩で息をしながらぐったりとソファに沈む。そんな真白の頬に、そっとキスが落とされた。

「イッたな」

囁《ささや》きながら、眦《まなじり》からあふれる涙を舐《な》め取られる。

（……こ、れが……イクって、こと……？）

過去の記憶のどこにもない快感を与えられて、心と身体が戸惑う。今までのセックスの価値観がひっくり返されそうだ。

知らない男の人に、イカされてしまった。こんなことがあっていいのだろうか？

良平にテクニックがなかったとしても、彼のことが好きだったから、抱いてもらえるだけで満足していたつもりだった。なのにそれが全部、自分の身体に否定された気分だ。

混濁《こんだく》した意識の中に沈んでいた真白の身体が、急にふわりと浮いた。

（え？）

重たい瞼《まぶた》を持ち上げると、壁紙が動いているのが視界に入る。不自然な現象に目を見開くと、なんと、彼に横抱きに抱き上げられているではないか！

「え⁉　な、なに⁇　なにするの⁉」

驚いて、自分を抱く人を見上げる。すると彼は不敵に笑って、真白をベッドに寝かせた。

「『なにするの』って、セックスだけど？」

「～～～っ！」

どストレートな物言いに、真白のほうが赤面してしまう。

（た、確かに、わたしが誘ったんだけど！　だけど！）

あんな激しい絶頂を体験させられたばかりで、まだ自分の中で整理がついていない。

本当にこの人に――知らない人に――抱かれてもいいものかと迷う自分もいる。それに身体のほうも気怠《けだる》い。しかし彼はずいぶんと乗り気のようで、及び腰の真白を前に、躊躇《ためら》う素振りもなく自分のジャケットを脱いだ。

清潔な白いシャツのボタンがひとつずつ片手で外されていく。あらわになっていく首元と広い胸板を見て、勝手に心臓がドキドキしてきた。

枕元のランプが、彼の男らしい肉体を朧気《おぼろげ》に照らす。

この人は魅力的だ。彼の綺麗な顔立ちに、真白の知らない性技。そして確かな優しさも感じる。でも、知らない人だ。知らない人とこんな深い関係になるべきではないと、自分の中の良識が咎《とが》める。

「あ、の……わたし……やっぱり……」

ベッドの上をじりじりと後退するが、この人に絶頂を味わわされてしまったばかりの身体は思うように動かない。

上半身裸になった彼が、どこから出したのか避妊具片手に面白がるように迫ってきた。

「俺じゃ不満か？　浮気した彼氏よりは、あんたを大事にしてやれるし、満足させてやれると思うけど？」

ベッドヘッドに手が当たった。もう壁際だ。これ以上逃げられない――そこまで追い詰められたとき、ふわりと彼が微笑んだ。

「本音を言うよ。あんたを俺の女《もの》にしたくなった」

「え……？」

出会ったばかりで、この人はなにを言っているんだろう？　意味が理解できない。呆けて固まっているうちに、そのまま抱きしめられた。

優しい抱擁《ほうよう》だった。あたたかくて、いい匂いがして、ドキドキが加速する。へたり込んだ真白が逃げないのをいいことに、彼は真白の顎《あご》を持ち上げると、そのままキスしてきた。

（あ……）

挿《い》れられた舌が口内で絡む。もう何度この人にキスされただろう？　唾液を纏《まと》った舌を強引にすり合わせ、絡めて吸う。吐息ごと奪うような激しいキスなのに、どこか甘い。逃げなければと思うのに、甘さに酔った身体が動かないのだ。

彼はキスをしながら、真白の背中に手を回し、ワンピースのファスナーを下ろした。

「んぅ……は……んっ……」

真白の肩がピクッと強張《こわば》ると、キスがより深くなる。彼は唇を舐《な》めるようにねっとりと口付けながら、真白の肩からワンピースとキャミソールを同時に落とした。

ブラジャーが見えて、慌てて胸を押さえようとする。しかし、その手は一瞬で掴まれてしまった。

「あ……」

彼は真白の両手を握り、そっと指を絡めてきた。両手を恋人繋ぎにして、キスに没頭する。

くちゅり、くちゅり、くちゅ……

舌が絡む音と共に、ゆっくりと唇が離れた。散々吸い付かれた唇は腫《は》れぼったくて、熱い。唇だけでなく、身体も――

上半身裸の彼を前にして、目のやり場に困る。真白が視線を泳がせると、首筋に唇が当たった。首筋、鎖骨、胸の膨らみ――なぞるように落ちていくその唇に、ぶるりと肌が粟立つ。

息を呑《の》んだ真白に、彼の低い声が届いた。

「ああ……いいな。真っ白だ……」

「っ！」

名前を、呼ばれたのかと思った。

教えてもないし、ただの偶然だ。なのに心臓の高鳴りがとまらない。それと同時に、「この人に、最後まで抱かれたらどうなるんだろう？」という思いが生まれる。それはただの興味というより、女の本能だったかもしれない。

「いいだろう？」

見上げてくる彼の眼差しが熱い。女を求める男の目だ。その目が、真白の中の女に火をつけた。

「……ん」

小さく頷くと、彼の目がすぅーっと細まって、唇が弧《こ》を描く。不気味なくらいに綺麗な笑みだった。

トサッと軽い音を立てて、彼が横向きにベッドに倒れ込む。すると手を繋がれたままの真白も、当然つられる。彼は手を繋いだまま、口だけで真白の乳房を愛撫《あいぶ》してきた。大きくもなければ、小さくもない。そんな平均的な乳房が甘く囓《かじ》られて、くいくいと乳首を擦《こす》るようにブラジャーが押し上げられる。それはもどかしい疼《うず》きだ。

今すぐこの手を離して、ブラジャーを剥《は》ぎ取れば、舐《な》めるのも揉むのも思いのままだろうに、この人はそうしない。

ブラジャーに顔を擦《こす》りつけ、谷間に鼻を埋《うず》めて、カップからあふれた乳房を舐《な》める。まるで焦らされているみたいだ。ぷっくりと立ち上がった胸の先が熱くなってくる。

今すぐこの人の口でここを吸ってほしい――舐《な》めてほしい。しゃぶってほしい。噛んで……

（そ、そんなはずは……）

自分の身体の欲求を否定し、プイッと顔を背《そむ》ける。けれどあそこから、ぬるぬるした汁が次から次へとあふれてくる。さっき指でイカされたからだと心の中で言い訳してみても、いやらしい汁はとまらない。ショーツのクロッチはもうぐちょぐちょで、恥ずかしいことになっている。

（ど、どうしよう……わたし……こんな……）

本当にどうしてしまったんだろう？　頭の中は彼に乳首を吸ってもらいたくて、そのことばかり考えている。でも言えない。

真白は身体をモジモジさせ、自然に胸の谷間を寄せていた。するとブラジャーのカップが浮いて、乳首が覗く。本当ならそのことにこそ羞恥心《しゅうちしん》を抱かなくてはならないのに、こうすれば彼の舌がそこを舐《な》めてくれる気がしたのだ。

ドキドキする。彼に自分から乳首を見せるようなことをしていると知られたくない。でも、そこを吸ってほしい。

真白が平静を装《よそお》っていると、覗いた乳首に気付いた彼が、舌を伸ばしてそこを舐《な》めてきた。立ち上がった乳首がくいくいと舌先で押し上げられ、そのままハムッと咥《くわ》えられる。

お腹の奥が疼《うず》いて、また濡れた。

「はぁはぁ……はぁはぁ……んっ……」

くちゅくちゅ、くちゅくちゅ……あれほど饒舌《じょうぜつ》に迫ってきた彼が、今は言葉もなく、息を荒くしながら一生懸命に真白の乳首をしゃぶっている。舌先で包み込み、口蓋《こうがい》でぎゅっぎゅっと扱《しご》きながら吸われると、たまらない気持ちになってきた。

「もっと吸って。舐《な》めて……囓《かじ》って。反対も……

「ブラ、外して。反対も舐《な》めたい。あんたの身体、甘い」

胸に顔を埋《うず》め、上目遣いで懇願《こんがん》してきた彼にゴクッと生唾を呑《の》む。なぜだかわからないが、異常なまでにゾクゾクした。

「……手……離して……」

声を絞り出すと、すぐに解放される。真白は自由になった両手を背中に回して、自分でブラジャーを外した。しかしすぐに乳房を隠すように、身体を倒してうつ伏せになる。

恥じらいが半分。残りの半分は淡い期待だ。こうやって焦らせば、もっとこの人に求められるかもしれないという期待。

真白がドキドキしながら窺《うかが》っていると、突然腰が持ち上げられた。自分がシーツに突っ伏す体勢にさせられたことに、目を白黒させる。

「や、だ……こんなっ！」

こんなことを求めていたんじゃない。なのに、真白の腰でもたついていたスカートを捲《めく》って尻を撫《な》でながら、彼はわざとらしい声を上げた。

「なんで？　今度はこっちを触ってほしかったんじゃないのか？　さっきはしゃぶってほしいからって、胸見せてきたくせに」

「っ!!」

バレていた恥ずかしさから、シーツに顔を押し付ける。どんな顔をしろというのか！

一気に立場が逆転した気分だ。

真白が顔を上げないのをいいことに、彼は腰を押さえつけ、片手で剥《む》くようにショーツを引き下げてきた。

濡れたショーツが、つーっと糸を引くのを感じる。あそこが全部丸見えで恥ずかしいのに、動くことができない。

シーツを握りしめて震える真白の蜜口に、彼の指先が触れる。とろとろになったそこを撫《な》で回しながら、彼が真白の耳元で囁《ささや》いた。

「ヘンタイ」

「っ!!」

恥ずかしい……恥ずかしい！　恥ずかしい!!

でもなにも言えない。

屈辱的なことを言われているのに、あそこを触られて気持ちよくって、身体はますます濡れていく。

真白が羞恥心《しゅうちしん》に震えていると、ずぶずぶと彼の指が入ってきた。一本だけではない。

二本か、三本か……

「あぁ、奥までとろとろ。さっきより濡れてる」

右回転、左回転。身体の中で彼の指が回って、節くれ立った関節で襞《ひだ》が強く擦《こす》られる。

「あ、あ、あ……あ、ぁ……」

あまりの快感に、真白の内腿は自然と痙攣《けいれん》していた。

「俺の指は気持ちいいか？」

聞かれて、唇を噛みしめながら小さく頷く。

「いやらしい女。あんたに満足しない彼氏とかアホだな」

彼は嘲《あざけ》るように嗤《わら》うと、ズンズンと奥を突いてきた。子宮の入り口に指の腹を当てながら上下に擦《こす》り、今度は指を変えて奥から中を広げる。真白は快感に目を見開いた。

「あぁ……ぅ……はぁはぁ……はぁはぁうぅう……ぉあ……あぁ……」

気持ちいい。きっと手慣れているのだろう。彼の指は、女の身体を女より知っている。的確に気持ちいい処《ところ》を探り当てて、そこを入念に突いてくるのだ。

恥辱《ちじょく》的に犯されているのに、身体はどうしようもなく悦《よろこ》んでいる。男と女に、こんなに気持ちのいい世界があるなんて知らなかった。

今までの自分は、良平に抱かれてなにを満足していたんだろう？

本当の快感を知ったばかりの真白の身体は、蜜口をヒクヒクさせながら彼の指を咥《くわ》え込んだ。

いやらしい汁が垂れて、シーツに染《し》みを作る。

（ぁああ……あぁ……も、もぅ……だめ……きもちぃい……きもちいぃ……）

真白が二度目の絶頂を極めようとしたとき、不意に指が引き抜かれた。

「え？　やだ！　どうして？」

快感を奪われ悲痛な声を上げて振り向くと、そのまま仰向けに押し倒された。膝を胸に押し付けられ、脚をMの字に開かされる。中途半端に脱がされたショーツのせいで、脚が下ろせない。

「本当に可愛い。すっげえ、そそる」

真白の身体を押さえつけ、自由を奪ったまま片手でベルトを外す彼の目は、欲情した獣《けだもの》そのものだ。その目を向けられた真白は、恐怖するどころか、信じられないことに明らかに興奮していた。

今、自分は、女として求められている――そして、この人を男として求めている。

熱い息を吐いた彼は、雄々《おお》しく屹立《きつりつ》した物を取り出して、真白の秘裂《ひれつ》に擦《こす》りつけてきた。

それは良平の物とは太さも長さも段違いだった。あれがほしいと、真白の子宮が疼《うず》く。

互いの体液が擦《こす》れ合って、いやらしい音がした。

「あっ」

熱くて硬い肉棒が、花弁《かべん》を開いて真白のそこを滑る。何度も何度も繰り返し擦《こす》られているうちに、先がくぽっと蜜口に入った。それが出たり入ったりを続ける。蕾《つぼみ》をツンと突かれ、緊張と期待が高まった。

このまま挿《い》れられたい。この人に抱かれたい。欲望に侵《おか》されてみたい。

一度火の付いた真白の欲望はとまらない。

そんな真白を悠然《ゆうぜん》と見下ろしながら、彼は意地悪な声で囁《ささや》いた。

「どうしてほしい?」

「…………」

そんなこと、恥ずかしくて言えない。

「言えよ。言わないならやめるぞ」

試されているのだとわかっていても、実際に蕾《つぼみ》を擦《こす》っていたのをやめられると、泣きたくなってくる。

欲望が、羞恥心《しゅうちしん》と理性を上回った。

「……い、れて……ほしぃ……」

口の中で、モゴモゴと唱える。

「どこに?　なにを?」

彼は余裕だ。真白を誘うように蜜口を丸く撫《な》でて花弁《かべん》を開き、ぷっくりと立ち上がった蕾《つぼみ》をぎゅうぎゅうと摘《つ》まむ。

「わ、たしの、なかに……ぁなた……の……を……」

真白はもう涙目だ。

快感を求める身体の言いなりになる自分が恥ずかしい。でも抗《あらが》えないのだ。心も身体も辱《はずかし》められているのに、この人のくれる快感を求めてしまう。本当はいけないことだとわかっているのに……

真白が折れた心で見上げると、彼の目が蠱惑的《こわくてき》に細まった。

「しょうがないな。あんたがあんまり可愛いから、特別に挿《い》れてやるよ」

避妊具を着けると、彼は真白の泣いた蜜口にそれを充《あ》てがった。それだけで、媚肉《びにく》が蠢《うごめ》いて期待に喘《あえ》ぐ。その瞬間、一気に彼の物が身体の中に入ってきた。

「あぁぁああっ！」

たっぷりと濡れた身体を最奥まで貫《つらぬ》かれ、悲鳴を上げながら目を見開く。指とは比べ物にならない圧と快感に襲われて、真白の意識は一瞬飛んだ。

「ううう……」

「見てみな。俺のがあんたの中に全部入ってる」

彼はぐったりとした真白の頭を持ち上げ、見せつけるように腰を前後させた。いやらしい汁を纏《まと》った屹立《きつりつ》が、じゅぶじゅぶと音を立てながら、真白の中に出たり入ったりしている。

（わ、わたし……本当に、されてる……）

イケナイコトなのに、知らない人とのセックスに、こんなに身体を熱くしている自分が怖い。

「すごい締まり。中、熱っ。気持ちぃい。あんたもだろう？」

「あぁ……あぁぁあっあぁ……………」

「…………」

そんなの、恥ずかしくて言えない。

頬を染める真白の子宮口をぐりぐりと抉《えぐ》りながら、彼は真白の乳房を鷲掴《わしづか》みにしてきた。

「やめてほしくなかったら、正直に言いな」

乳房をめちゃくちゃに揉みしだきながら囁《ささや》かれる重低音に、子宮がゾクゾクしてたまらない。気持ちのいいところを擦《こす》られて、蜜路は喘《あえ》ぐようにヒクつく。もう、それが答えだ。やめてほしくない。もっと……されたい……

「……気持ち、いぃです……」

真白が声を絞り出すと、彼はねっとりとした腰使いで中を掻き回し、乳房にますます指を食い込ませた。

「いい子だ。いい子にはご褒美《ほうび》をやらないとな」

押し出された乳首が、人差し指で捏《こ》ね回されて硬く赤くなっていく。それをじゅっと口に含まれて、真白は甘い吐息を漏らした。

ちゅぱちゅぱ、くちゅくちゅと音を立ててしゃぶられ、甘いご褒美《ほうび》に媚肉《びにく》が締まる。まるで、「もっと！　もっと！」と強請《ねだ》っているようだ。

「ああ、胸が好きなんだな」

彼は徐《おもむろ》に口を開けて舌を出すと、真白の乳房をゆっくりと舐《な》めた。生温かい舌が肌の曲線に沿って這《は》い回るのが、まるで第三の指に触られているみたいでゾクゾクする。

「ああ……」

真白が感じきった声を漏らすと、彼の手が乳房をやんわりと揉みしだいた。

「気持ちいいか？」

「あ、あぁ……あぁ……うぅ……」

気持ちよすぎて答えられない。でも身体がぎゅうぎゅうに締まって、「気持ちいい」と勝手に答えている。

彼は額《ひたい》を重ねると、真白の目をじっと見つめながら抽送《ちゅうそう》をゆっくりにしてきた。身体を探るような刎体をつけたその動きに、頭がクラクラする。激しくされたときよりも、襞《ひだ》が万遍《まんべん》なく擦《こす》られているのがわかる。根元まで挿《い》れられて、蕾《つぼみ》が押し潰される。それを今度はギリギリまで引き抜かれ、また深く挿《い》れられる……その繰り返しだ。彼は真白の髪を両手で掻き乱し、目を見つめながら唇を合わせてきた。腫《は》れぼったくなった唇を食《は》んで、舐《な》めて、齧《かじ》って、吸う。

そんな優しいキスなんか、しないでほしい。

キスをしながら奥を優しく突き上げられ、快感の渦《うず》に溺れる。

苦しい。苦しくて、気持ちいい。

全身から汗が噴き出す。過ぎる快感は拷問だ。腰に纏《まと》わり付いたワンピースを、何倍も重たく感じた。

「んっ、んっ……ああ……もぉ……ゃ……だめ……やめてっ……」

「だめだよ。ここでやめたら、あんたの身体が辛くなるぞ？　大丈夫、あんたは俺の言うことを聞いて、全部俺に任せればいい。ほら、舌出してみな。キスしよう」

優しかった突き上げが瞬間的に激しくなって、服従を強《し》いる。抉《えぐ》るように腰を使われ、中を掻き回された。真白は、震えながら舌を出す。それがゆっくりと、彼の口の中に含まれた。

呼吸が奪われ、思考が奪われ、身体が奪われ……やがて心も奪われる。

真白が縋《すが》るように彼の背中に手を回すと、彼も真白の背に両手を回して抱きしめてくれた。

（ああ……）

自然に涙が出た。

愛がなにで、セックスがなんなのか、わからなくなる。

本当はそんなもの、初めから知らなかったのに、なぜかわかった気になっていただけなんだろう。愛も恋もない。ここには快感以外なにもない。でも、こうして抱かれていると、確実に満たされるものがある。この人のぬくもりに、溶かされていく。

ひとりの男しか知らなかった自分が変えられていく――

真白は我を忘れ、大きく背中を反らせて押し寄せる快感の波に身を任せた。

「ああっ――……！」

真白の意思とは関係なく、膣がぎゅうぎゅうに締まって中に埋められている物を扱《しご》き上げる。

彼は真白の口の中を念入りに舐《な》め回して、身体を離した。痙攣《けいれん》する膣から彼の漲《みなぎ》りが引き抜かれる感覚にさえ、感じてしまう。

「っ、ハァハァハァハァ……ハァハァハァハァ……」

肩で息をする真白の身体を、男の舌と手が這《は》い回る。触れられた処《ところ》全部に、知らない熱が染《し》み込んでいく。

「ギブアップにはまだ早いな。本番はこれからだよ」

「え？　ああっ!?」

彼は愉《たの》しげに笑うと、真白をうつ伏せにして腰を持ち上げた。そしてそのまま、後ろから中に入ってきたのだ。

「ああっ！」

淫《みだ》らな身体をずぽずぽと奥まで掻きまぜられて、執拗《しつよう》に突かれる。身体は痙攣《けいれん》し続け、快楽に涎《よだれ》を垂らす。

彼が中を出たり入ったりする度に、身体が強制的に高められてしまう。それは真白を内側から押し上げて、啼《な》かせた。

「ゃ、やだあ！　なんかくる、——こわいっ！」

真白は藻掻《もが》いて快感から逃れようとしたが、逆にしっかりと腰を掴まれて、根元まで深く挿《い》れられる。

「大丈夫、怖がらなくていい。それが気持ちいいってことだ。あんたは今、俺とのセックスで感じてるんだよ。そのまま気持ちよくなっていい。ほら、ここを突かれるともっと気持ちいいだろう？」

「はっ、はっぁあ、あっ、あっ！　そこだめ！　もぉ、こわれちゃ……」

「大丈夫、大丈夫……壊れてもいいいんだよ。たくさん気持ちよくなろうな。そしていやなことは全部忘れな」

「ぁあっぅ、う……あっ、あっ、あっ――」

パンパンパンパン――ベッドに前のめりになったままお尻だけを高く上げた格好で、子宮口を徹底的に突き上げられる。気持ちのいいそこばかりを念入りに侵《おか》された真白のあそこから、ぶわっと快液が噴き出した。

「挿《い》れられて潮《しお》噴いてる。相性がいいな。俺があんたを感じさせた初めての男だな。忘れるなよ」

後ろから乳房を揉まれ、膣の収縮を操《あやつ》られる。

熱い。身体の中が火傷《やけど》したように熱い。内側から自分が燃えていく。この熱はどうやったら消えるのだろう?

もう戻れないいんだろうと、真白は直感的に感じた。

好きな人にただ抱かれて、無邪気に満足していたあの頃に、自分はもう戻れないのだ。

真白はもう、性的に支配される悦《よろこ》びを知ってしまった。

真白はあまりの快感に、泣きながらシーツを掻き毟《むし》った。その手をぎゅっと握られる。

太腿《ふともも》の内側を、熱い体液がダラダラと流れてとまらない。身体が絶頂を極めていく。

「ああ――……」

太腿《ふともも》からつま先までガクガクと震わせ、真白がどっとベッドに沈むのと同時に、中を侵《おか》していた彼の物が勢いよく引き抜かれた。その動きで、膣が強く擦《こす》られる。最後の最後まで感じさせられて、気が遠くなった。もう自力では指一本動かせない。

「可愛い……」

完全に弛緩《しかん》した真白の身体を仰向けにして、彼は唇を奪ってきた。舌をねじ込み、口内に唾液が注がれる。

口の中も侵《おか》されてしまう……こくっと彼の唾液を飲んだ真白の意識は、そのまま遠くなっていった。

◆ ◇ ◆

翌日——。窓から射し込んでくる光に促《うなが》されて、真白はぼんやりと目を開けた。

もうずいぶんと陽が高い。お腹の空き具合からいって、お昼近いかもしれない。でもチェックアウトの時間はゆったりの十二時だ。きっとまだ、時間に余裕はある。もう一度微睡《まどろ》みかけたとき、ふと目の前の分厚い胸板に気付いた。

(…………)

徐々に徐々に視線を上げてみれば、柔らかく瞼《まぶた》を閉じて眠る男の人がいる。その人は左腕を真白の腕枕に、反対の腕を真白の腰に回して、すーすーと規則的な寝息を立てていた。

（あ……わたし……昨日……この人に……）

抱かれたことを思いだして、頬がぽっと赤くなる。あんな経験は初めてだった。激しくて、甘く爛《ただ》れた快楽の時間。感じると、自分があそこまで乱れてしまうなんて知らなかった。

身体中を舐《な》め回され、汗だくになって快液をあふれさせていたはずなのに、今はそのべとつきもなく、さっぱりしている。

服も一切着ていないし、もしかして、彼が拭いて綺麗にしてくれたんだろうか。

（……恥ずかしい……）

自分から抱いてくれと強請《ねだ》って、甘えて、何度も何度も気をやって……知らない男の人相手にあられもない姿を晒《さら》して、いったいなにをやっているんだろう？　もう、地中深くに埋もれてしまいたい。土の代わりに布団に顔を埋《うず》める。すると、真白を抱いていた人が軽く身じろぎした。

「う、ん……？」

小さく声を漏らしたと思ったら、両手でぎゅっと強く抱きしめられる。

「っ⁉　ちょ、ちょっと……」

本能的に逃れようと身を捩《よじ》ったが、ますます彼に抱きしめられて、結局動けなくなる。彼は真白に脚まで絡めて、また寝入った。

変な気分だ。昨夜の行動は決して褒められたことじゃない。むしろ悪い、咎《とが》められるべき行動だ。なのに、充足感が真白を満たしている。

（……こんなの……初めて……）

男の人の腕の中で目を覚ましたのは初めてだ。なんだかホッとする。彼は行為が終わってからも、こうやってずっと、真白の身体を抱いていてくれたのか。

良平と裸で抱き合って夜を明かしたことなんてない。彼は行為が終わったら、「風邪を引く」と言って、さっさとシャワーを浴びた。真白がそのままベッドで話をしたいと言っても、それは変わらなかった。シャワーを浴びて服を着て、それから話を聞いてくれるのだ。そのときの彼の手には、常にスマートフォンがあったが。

（……変なの……）

こうやって抱きしめられていると、自分がいかに良平に雑に扱われていたのかに気付く。

今、自分を離さない男を、真白は改めて見つめた。

綺麗な男の人だ。初めて会ったときも思ったが、目鼻立ちがはっきりしていて、顔の造形が整っている。でも中性的ということはなくて、身体つきは男の人らしく逞《たくま》しい。身長も肩幅もあるから、こうやって真白をすっぽりと包み込んでしまえる。

（あったかい……）

真白はゆっくりと目を閉じた。筋肉質な胸板に、そっと頬を寄せる。すると、またぎゅっと抱きしめられて、ドクッと心臓が疼《うず》いた。

この人に抱かれた。身体中を暴《あば》かれ、イカされ、彼の物を挿《い》れられて……。恥辱《ちじょく》にまみれた姿もいっぱい見られてしまった。そしてこの人は、こんなに優しく今も抱きしめてくれる。それがどうしようもなく嬉しい。

『あんたを俺の女《もの》にしたくなった』

そう言った彼の声が思いだされて、真白はボッと赤面した。顔も身体も、火がついたように熱い。

（ダメ！　ほ、本気になんかしたらダメなんだから……そんなハズはないんだし……）

自分たちは行きずりの関係だ。男にフラれてやさぐれている女を、彼は同情で抱いてくれただけ。あんな一言は、ベッドを盛り上げるスパイスだ。

それにこの人は、顔がいい。女に不自由しているとはとても思えない。ベッドの中のことをいちいち本気にして、馬鹿を見るのはいつだって女のほうなんだから――

そうわかっているのに、熱がちっとも引いてくれない。心臓がドキドキして、勝手に恋の旋律《せんりつ》を刻《きざ》みはじめる。このときめきは――

（ダ、ダメなんだから……ダメなんだから、わたし……）

真白がジタバタと悶《もだ》えていると、頭の上から低い唸り声がした。

「んんっ？　なんだ？　どうした？」

眉間に皺《しわ》を寄せながら瞬《まばた》きした彼が、真白の顔を覗き込む。どうやら起こしてしまったらしい。

彼は窓のほうを一瞥《いちべつ》して「もう朝か」と呟くと、サラリとした髪を掻き上げて、真白に視線を向けた。

寝起きでも整った顔立ちのその人に見つめられて、真白の頭はショート寸前だ。髪を掻き上げる仕草ひとつでも、無駄に色気があるから目が離せない。

（かっこいい――……）

真白が完全に見惚《みと》れていると、彼がふっと笑った。

「おはよう」

ちゅっと唇に口付けられて、目が点になる。

（え？　ちょ、え？　え？　えっ？　えっ⁇）

今、なにをされた？

夜の、あの甘い時間は終わったはずなのに、彼は真白をますます抱きしめてくる。しかも愛おしげに頬擦《ほおず》りまでして、コツンと額《ひたい》を重ねてきた。

「身体は辛くないか？」

「……ダ、ダイジョウブ……デス……」

優しく囁《ささや》かれて、思わず固い声が出た。視線が泳ぐ。

昨夜、あんな痴態《ちたい》を晒《さら》してしまったのだ。どんな顔をすればいいのかわからない。しかも身体まで気遣われるなんて。

（どうしよう！　顔だけでなく性格までイケメンとか！　なんなのもぉ！）

この人に声を掛けた昨日の自分を褒めてあげたい。

ベッドの中でのことをいちいち本気にしてはいけないと頭ではわかっているのに、心が変な期待をする。

ドキドキ、ドキドキ――

「よかった。ごめんな？　慣れてないだろうに激しくして。あんたがあんまり可愛いから、夢中になってとまれなかったんだ。あんた、本当に可愛い。見た目以上に中身も俺好みだ――」

「え？」

あぁ、ダメだ。上擦《うわず》った声がなにかを期待してしまっている。

頬を染めた真白がはにかみ顔で見上げると、彼は目をキラキラさせ、嬉しそうに言った。

「――ドＭで！」

「……………………」

真白の口角がスーッと下がって、真顔になる。

今、なんて言われた？

（ど、ど、どえむ？　ドM⁉　わたしが⁉）

まるで変態――痴女《ちじょ》のように言われて、ショックで声が出ない。

もしかして、見知らぬ男の人をベッドに誘い、抱かれた自分は、尻軽な女と思われているのか？

こんな状態では言い訳にしかならないのは百も承知だが、それだけは否定させてもらいたい。

「趣味も合うし、気も合うし、可愛いし、身体の相性もいいなんて運命だな。本気で『見つけた』って思ったんだ」

「ちょ、あの！　わ、わたしは――」

そんな変態趣味なんかないんだから！　――そう言おうとした真白だったが――

トゥルルルルル……トゥルルルルル……

「ああ、俺のだ」

突然の電子音に遮《さえぎ》られた。

彼は真白を離し、手を伸ばして床からジャケットを拾う。そして胸ポケットからスマートフォンを取り出した。

「もしもし？　ああ……はい。いや、出先です。オフなので……」

彼は固い口調で話しつつも真白の頭を軽く撫《な》でて、ベッドから下りた。

「触らないで！」と言ってやろうと思ったのだが、一糸まとわぬ彼の肢体にドキッとして、結局なにも言えない。目のやり場に困る。

真白がベッドの上でふて腐れていると、電話に応対しながらスラックスを穿いていた彼が、突然、素《す》っ頓狂《とんきょう》な声を上げた。

「――はぁ!?　俺に？　冗談じゃない！」

真白が驚いて彼を見ると、彼のほうも真白を見ていた。眉間に皺《しわ》を寄せ、複雑な表情に顔を歪《ゆが》める彼に、真白はきょとんとするしかない。

誰からのどんな電話かはわからないが、彼をあんな表情にさせるなんて、かなりの大《おお》事《ごと》だろう。

「わかりました。今から戻ります！　俺は絶対に認めませんから、勝手に承諾したりしないでくださいよ！」

電話を切った彼は露骨《ろこつ》に舌打ちすると、床に散らばっていたシャツに袖を通しつつ言った。

「悪い。行かなきゃならなくなった」

「あっ……そう」

一夜のお相手様は、どうやらお忙しいらしい。

なぜか無性に不機嫌になった真白は、プイッとそっぽを向いてベッドの上で膝を抱えた。

「連絡先、教えてくれ」

「いやよ」

「時間がないんだ、頼むよ」

「それはあなたの都合でしょ？」

短く言い放つと、彼が口を噤《つぐ》んだ気配がした。

ドMだのなんだのと馬鹿にされて、その上、言われるままホイホイと連絡先を渡すなんて、「わたしは変態です。ドMです」と、言っているみたいじゃないか。

(わたしには、そんな趣味なんてないんだから！)

昨夜、あんなに乱れてしまったのは、彼の手練手管《てれんてくだ》に乱されただけ！　さっきのドキドキは、ただの不整脈！　断じてこの人にときめいたわけじゃない！

彼はドレッサーの上にあったホテルのメモ帳になにかを書くと、ピッと破いて真白の手に握らせた。

「俺の連絡先だ。連絡をくれたら、俺は必ず迎えに行く。約束する。だから連絡してくれ。絶対だ」

「…………」

真白はなにも言わない。そんな勝手な約束に、頷きたくなんかなかったのだ。

顔を背《そむ》けて頑《かたく》なに無言を貫《つらぬ》いていると、突然、抱きしめられた。そのまま強引に唇を奪われ、思わず目を瞑《つむ》る。熱がまた真白を襲った。

「っ――！」

「約束したからな。待ってる」

彼はそう小さく囁《ささや》くと、スッと真白から手を離した。

（あ……）

胸をよぎった複雑な気持ちが、真白を咄嗟《とっさ》に突き動かす。

「まっ――」

パタンとドアが閉まる音がした。

待ってくれたっていいのに。心の準備ができるまで……ほんの少しだけ待ってくれたっていいのに――

手の中のメモに目を落とすと、そこには携帯の電話番号が一行だけ記されていた。名前すら書かれていない。

「……なによ、ドS……！」

1

――三年後。

いつもと同じ時間、そしていつもと同じ黒のスーツで出社した真白は、私物を入れるロッカールームに直行した。

「おはようございまーす」

「おはよ～。及川ちゃん、今朝も寒いね～」

先に出社していた細谷光《ほそたにひかり》が、ハンガーにコートを掛けながら振り向く。彼女は真白のひとつ年上で、同じ営業事務の仕事に就いている先輩だ。とても明るく話しやすい人で、真白のことを妹のようにかわいがってくれる。毎日ランチを一緒に食べる仲だ。

真白が新卒で入社したこの長谷川《はせがわ》コーポレーションは、国内ではそこそこ大手の建設会社だ。上場こそしていないものの、マンションやホテルといった大型ビルを多数手がけており、最近では、イギリスの空港ターミナル建設を請け負った実績もある。

会長、社長、副社長に専務、そして職位なしの役員に至るまで、〝長谷川〟の苗字がズラリと連なる同族経営色の強い社風ではあるが、福利厚生は整っているし、給料もそれなりで、真白のような末端社員にはすこぶる環境のよい会社なのだ。お陰で新卒の頃から、もう四年も勤めている。

「本当に冷えますね～。お布団から出たくなくって。早く暖かくなってほしい～」

まだ年も明けたばかりの一月。この一週間で「今シーズン一番の冷え込み」を何度聞いたかわからない。

真白が笑いながら言うと、細谷はズイッと顔を近付けてきた。

「寒いよねぇ～。だったら合コン行こ！」

「ええ？」

寒かったら合コン――のくだりがよくわからずに聞き返すと、彼女はご機嫌に話しだした。

「寒いし～、合コン行って、新しい彼氏を見つけて、心からあったまろうっていう企画！　どう？　週末、あいてる？」

なるほど、そういう意味か。真白は内心軽く苦笑いすると、自分の鞄《かばん》をロッカーに入れた。そうして社員証を首から掛けながら、申し訳なさそうに眉を下げる。

「お誘いは嬉しいんですけれど……。すみません。今、彼氏は募集していないので……」

「そうなの？　でも及川ちゃん、もう三年くらい彼氏いなくない？　浮いた話も聞かないし、前の彼氏が忘れられないとか？」

無邪気な細谷の声には、悪意なんて微塵《みじん》もない。けれども、ロッカーの扉を閉める真白の手が、ピタッととまった。

良平と別れてすぐ、彼が年上らしき女の人と仲よさげに歩いていたと、大学時代からの友達に聞いた。回り回ってきた話では、その女の人は良平の会社の先輩とのこと。どうやら就職してすぐの頃からの付き合いらしく、良平が突然ワインなんかに凝《こ》りだしたのも、その彼女の影響だったのだろう。

二股を掛けられていたのは明らかで、結果、真白のほうが彼に切り捨てられたわけだ。けれどそのことを伝え聞いても、真白の心は特に揺れなかった。「ああ、そうか」という、妙に落ち着いた感想が浮かんだだけだ。

良平のことは諦めたというか、吹っ切れたというか。若く、初めての恋に一生懸命だった自分を馬鹿だったな、と思う程度だ。

だから良平が忘れられない、というわけではない。

細谷の言葉を聞いた瞬間、真白の脳裏《のうり》をよぎったのは、別の男の顔だ。

三年前、真白の中に強烈な快感と、拭《ぬぐ》いきれない熱を残していった男。紙切れ一枚に書かれた電話番号以外にはなにひとつ知らない。けれど忘れられない男。

何度会いたいと思ったかわからない。しかし真白は、結局彼に連絡しなかった。

理由は簡単だ。彼との関係は不適切で、本来あってはならないものだからだ。

愛や恋どころか、友人や知人レベルの繋がりすらない。身体しか繋がらなかった人だ。その彼が、なにを考えて自分に連絡先を渡してきたのかもわからない。

第一、その番号が本当に彼のものかどうかも怪しい。それに、知らない人と連絡を取ることの危険性なんて、子供でもわかることだ。

こんなメモなんか捨ててしまえばいい。そう何度も思ったけれど、真白はそれを捨てることができずにいた。彼の連絡先を眺めては、あの甘く爛《ただ》れた夜を思いだす。お陰でそこに書かれた番号を暗記してしまったほどだ。

今でも、彼に会いたくなる。この気持ちにどんな名前をつければいいのか、真白にはわからない。

ただ、ひとつだけわかっていることがある。

それは、他の男の人では、自分はあんなに乱れたりはしなかっただろうということ。

あの人だから……あの人だから自分は――

「……まぁ、そんなところです」

「へぇ～。いい人だったんだ？」

返答に少し時間はかかったが、細谷は特に不審に思ったりはしなかったようだ。

「……さぁ、どうでしょうか」

言葉を濁《にご》して、ロッカーの鍵をかける。そんな真白の様子から、これ以上触れられたくないことだと察してくれたのか、細谷は話題を変えた。

「ねぇねぇ、今日から営業部に新しい人が来るんだよ。知ってた？」

「ああ。聞いてます。確か、海外部門にいた方なんですよね。今日からだったんですか」

ここ本社の営業部は、人事異動が頻繁《ひんぱん》にあって、海外からの転任も特別珍しくはない。そのため新しい営業担当に対しての真白の関心は、「一応、知っている」という程度のものだった。

「そう。その人なんだけどね、すっごい情報を仕入れちゃった！」

細谷の口角がにゅーっと上がる。実に楽しそうなその笑みに釣られるように、真白も少し笑顔になる。

「なんです？　なんです？」

周りには真白以外に誰もいないのに、細谷はさも重要そうに声を潜《ひそ》める。

「な・ん・と、長谷川社長のご子息なんだって！　次男のほう！」

「へぇ～！」

これにはさすがに驚いた。

社長の長谷川にはふたりの息子がいて、長男の長谷川健一《けんいち》は現在、三十二歳。既に役員の地位にいる。真白も、何度かその姿を見たことがあった。

背が高くて、いかにも頭がよさそうな眼鏡を掛けた男の人だ。仕事も、相当なやり手らしい。去年、どこぞの財閥のお嬢様と結婚したばかりだったはずだ。長谷川コーポレーションの次期後継者は彼で決まりだと言う人も多い。

実際、若い世代の役員たちは、彼を中心に纏《まと》まっているイメージがある。末端の真白でさえ、社長の長男のことはこんなふうになんとなくでも知っているのだが、次男のこととなるとさっぱりだ。

「どんな人なんですか？」

「この間、うちの海外部門がイギリスの空港ターミナルをやったじゃない？　そのときの総責任者だった人なんだって。今年二十九歳の独身！　長い間、海外にいたみたい。日本は長男、海外は次男に任せていたのに、今回、社長が次男を急に呼び戻したらしいよ。国内の受注は頭打ちだし、これからは海外に力を入れたほうがいいって話になったら、後継者争いは次男が有利かもねぇ」

「へぇ～」

偉い人は大変だ。後継者争いだの、跡継ぎだの、まるで江戸時代だ。竹千代《たけちよ》派、国千代《くにちよ》派よろしく、長谷川も兄弟間での派閥争いが激しくなっていくのかもしれない。

（ま、わたしには関係ない話ね）

跡継ぎが長男になろうが、次男になろうが、真白にはさして影響がない。ただ毎日の仕事をして、お給料を貰い、毎日変わらない生活をしていくだけだ。

今の真白が望んでいることは、新しい彼氏でも刺激的な出来事でもなく、ただ穏やかに時間が過ぎていくことだけ。

こっぴどく男に裏切られて、同時に男の優しさと本物の快感を知った。あれから三年が経ち、今年で二十七歳になる。恋に馬鹿みたいに一生懸命だった真白も、女として強くなった。

ただ、無邪気な恋をするには、少し強くなりすぎたかもしれないけれど——

細谷と連れ立って営業部に入ると、部署全体がどことなくそわそわしているのを感じる。

「今日から新しい人が来るんだって」

「社長の次男らしいよ」

「え、その噂本当なの？」

先ほどのロッカールームでの真白と細谷の会話と変わらない内容が、そこかしこから聞こえてきた。皆、気になることは同じらしい。

（さてと！　今日も頑張ろっ！）

タイムカードを押した真白は、噂話には加わらず、淡々と業務を開始した。巻いた栗色の髪をシュシュでひとつに縛って、自席のパソコンを立ち上げる。エクセルで作業予定を確認するのと同時に、クラウドにアクセスして前日にアップロードされた大量の写真を読み込んだ。

今の時代、工事現場もハイテクだ。現場監督がスマートフォンのカメラで作業の進行具合を撮影し、所定のクラウドにアップロードする。それを真白たち営業事務が日報としてまとめ、工程管理や品質管理等の現場管理に利用できる形に整えるのだ。

作業の遅れを発見したら、それを営業担当に伝えなくてはならないから、実質的な進捗《しんちょく》管理を行《おこな》っているとも言えるだろう。

他にも、電話応対や請求書の処理、その他雑務的な事務全般を幅広く請け負っている。

今日は月曜日なので、土日の間にアップロードされた写真が大量にあった。

このプロジェクトはマンションで、竣工《しゅんこう》間近。今は仕上げに掛かっていて、大きなトラブルもなく無事に終わりそうだ。

所詮《しょせん》は事務方にすぎない真白に、業績云々といった評価はつかないが、それでも自分が関わったプロジェクトにそれなりの愛着を持つ程度には、真白はこの仕事を気に入っていた。

(次のプロジェクトはなにかな。楽しいものだといいな～)

真白がそんなことを考えていると、突然、「皆さんちょっといいですか」と号令が掛かった。

か。毎週月曜恒例《こうれい》のミーティングかと顔を上げてみれば、なんと社長の姿があるではない六十代後半で、支配者層独特の貫禄《かんろく》がある。
偉そう、ではなく実際に偉い人の登場に、部署全体がピリッとした空気になった。部長をはじめ、社員全員が起立する。
社長自《みずか》らお出ましなんて、そうそうあることじゃない。きっと、転任してくるという
社長の次男の紹介だろう。
「おはようございます。今日は皆さんに紹介したい者がいます」
そう丁寧な口調で切り出した社長が目配《めくば》せをすると、横に控えていた男性秘書が勿体
付けたようにドアを開けた。
「私の次男の秀二です。今日から皆さんと共に業務にあたります」
（あー、早く終わってくれないかな。今日はやることが多いんだけど……）
俯《うつむ》きながら、真白は心の中でぼやいていた。正直なところ、社長の次男に対する真
白の興味は薄い。営業担当と事務方はペアを組むことになるのだが、社長の息子と組む
のは自分じゃないという確信があるのだ。
理由は簡単。社長の次男は海外からの転任組だ。海外と日本では建築様式や法律等、
様々な違いがある。だから、海外からの転任組に付く事務方はベテランと相場が決まっ
ているのだ。

真白は勤続四年目。そこそこの経験はあるものの、真白よりずっと長く勤めている人は他にたくさんいる。

つまり、相応《ふさわ》しい人が他にいる以上、真白が当たる確率はゼロなのだ。

「わ、かっこいい……。お兄さんとはまたちょっと違う感じね」

「やーん。イケメン兄弟」

「私、お兄さんより弟さんのほうが好み～っ！　なんたって独身だしっ！」

ミーハーな女性社員たちがヒソヒソと話すのが聞こえる。どうやら、その次男様がご入室されたらしい。社長の話に傾注《けいちゅう》するフリをする真白の頭は、今日のスケジュールでいっぱいだ。

（えーっと、日報やって、伝票やって……。あぁ～今度、新規の現場がスタートするんだった。あれ三日後だっけ？　四日後だっけ？）

予定を確認しようと、真白はデスクに置いていたバインダーをそっと引き寄せた。

（一、二、三……四日後、金曜か。今のプロジェクトはもうすぐ終わりだし、たぶんコレ、わたしに回ってくるね。新しい工事日報用意しとこうかな――）

「初めまして。長谷川秀二です」

（え？）

どこか聞き覚えのある低い声に、思考が中断される。ふと視線を上げた真白の目に飛び込んできたのは、長身の若い男性だった。

「海外部に籍を置いて、病院や空港、都市開発といった、欧州を中心とした事業に七年間携《たずさ》わってきました。数年前から日本の都市開発事業にも――」

サラサラした黒髪に切れ長の目。遠目からでもわかる端整な顔立ち。シルバーグレーのスーツに淡いブルーシャツを合わせ、黒いポケットチーフとチェックネクタイが洗練された雰囲気を醸《かも》し出している。そして、全身からあふれるのは自信だ。

三年経って、男っぷりは増したものの、見間違えようがない。あれほど蠱惑的《こわくてき》な男を、真白は彼以外に知らない。

話なんか耳には入らなかった。ただ目が釘付けになって、心臓は激しく高鳴っていく。

――会いたかった人……忘れられなかった人。その人が今、目の前にいる。

「……うそ……」

ポツリとこぼれた真白の声は、小さすぎて誰にも聞こえなかったはずだ。なのに、社長の隣で話している彼の目が、サッと動いて真白を捉えた。

目が合った途端、ぶわっと身体が熱くなる。

三年前彼に植えつけられた熱が、一気に甦《よみがえ》ったみたいだ。

「あ……っ！」

ガシャン！　とやたらと激しい金属音を立ててバインダーが床に落ちる。その瞬間、営業部にいた人間全員の視線が真白に集まった。

静まり返った中での大衆による注目は、拷問に等しい。社長やそのご子息が演説している中でいったいなにをしているのかと、皆に咎《とが》められているみたいだ。真白は真っ赤になって俯《うつむ》いた。

「……す、すみません……」

消え入りそうな声でモゴモゴと呟く。

あのときの彼が社長の次男だって⁉　信じられない。もう、パニックもいいところだ。

海外部と日本国内の営業部とはいえ、実はずっと同じ会社に勤めていたことになるではないか⁉

（う、嘘でしょ⁉）

俯《うつむ》いたまま、心臓がバクバクしていた。変な汗が出る。

すると、注目を取り戻すように社長がパンパンと手を打った。

「さて、我が社は今年で創立百周年を迎えます。不況の中にあるからこそ、価値ある企業を標榜《ひょうぼう》し、発展し、成長を続けなければなりません。社員の皆さんひとりひとりの力が、社全体の目標達成への原動力に繋がっています。引き続きよろしく頼みます」

社員あっての長谷川コーポレーションだと、社長と秀二が揃って頭を下げれば、部署全体が拍手に包まれる。

パチパチとまるで心のこもらない拍手をしながら、真白は恐る恐る秀二を盗み見た。

(人違い……じゃないや。やっぱりあの人だ)

見れば見るほど確信が深くなって、疑う余地がなくなる。

目が離せないでいると、頭を上げた秀二とガッツリバッチリ目が合った。しかもニコリと笑いかけられて、真白の頬がピクリと引き攣《つ》る。

(な、なんでこっちを見るの!?)

自分が彼を見ていたことは棚どころか天井裏まで上げる。真白が動揺しているうちに、微笑んだままの彼が口を開いた。

「すみません。日本に戻って日が浅いので、まだ社内を把握できていません。これから案内をどなたかにお願いしたいのですが……そこのあなた。お願いできますか？」

おもいっきり目が合った状態で言われて、「ひっ！」っと喉の奥で小さく悲鳴が上がる。部署内の人間の視線——今度は特に女性陣のそれ——がまたもや真白に集中した。

赤かった真白の顔色が、今度は青くなる。

「わ、わたひですか？」

声が裏返った上に噛んだ。

「ええ。先ほどバインダーを落としたあなたです」

嫌味な枕詞《まくらことば》まで付けられて、罰ゲーム感が半端ない。クスクスと嗤《わら》う声と、「あんなことで気を引くなんて、白々しい！」と、お小言まじりのチクチクした視線が飛んできて痛い。

（か、勘弁してくださいよ〜）

だが目を付けられるようなヘマをしたのは自分だ。

真白が嫌々ながらも前に出ると、社長と同じくらいの年代である営業部長が「頼んだよ」なんて軽く言って、そのまま社長と話しはじめた。

「じゃ、じゃあ、い、行きましょうか……」

「はい。よろしくお願いします」

秀二が綺麗な笑みを向けてくる。彼がなにを考えているのかさっぱりわからない。確かにこの長谷川コーポレーション本社は、地下二階、地上三十三階の自社ビルだ。使っていないフロアはテナントとして貸し出したりもしているし、多少の案内は必要だろう。だが案内なんてものは、誰にでもできる。案内役に、あえて真白を指名するその意図はなに？

（も、もしかして……、わたしのこと覚えてる……のかな？）

可能性はあるが、確信がない。

モヤモヤと落ち着かない気持ちのまま廊下に出れば、後ろから彼が付いてくる。

「えっと……地下一階と二階は駐車場です。なのでまずは一階から……」

そう言って、下りるエレベーターが来るのを待つ。

穏やかに微笑みながら頷く彼は、他人行儀だ。実は真白のことなんか覚えていなくて、案内役に指名されたのは、話の途中でバインダーを落としたことで目についただけかもしれない。

聞いてみればいいのだろうか？　「わたしのことを覚えていますか？」と。聞くなら今がチャンスだ。でも、聞いて彼が覚えていなかったら？　たぶん、ショックに違いない。

だが考えてみれば、三年前にたった一日、夜を一緒に過ごしただけだ。時間にすれば、ほんの数時間。

見た目もよく、おまけに社長のご子息でもある彼ならば、真白のように一夜限りの女が、他にわんさかいてもおかしくはない。

真白にとっては忘れられない一夜だが、彼にとっては違うかもしれない。第一、今の彼に恋人がいる可能性だってある。そう思うと、なぜか胸が痛んだ。

（あ、でも、これから同じ部署なら、忘れられていたほうがいいのかも……。だいたい三年も前なんだし、今頃そんなこと蒸し返されても向こうも困るよね？　わたしも、忘れたふりをしていたほうがいいのかも。うん、そうしよう！）

真白が自分のこれからの対応を決めたとき、エレベーターのドアが開いた。

「どうぞ――」

彼に先に乗ってもらおうと振り返った瞬間、肩を強く押された。

「きゃ!?」

咄嗟《とっさ》のことによろけてエレベーターの中に入り、あわてて壁に手を突く。

(な、なに?)

自分がなにをされたのかわからない。驚きすぎて目を白黒させているうちに、首に掛けていた社員証をグイッと引っ張られた。

「及川、真白……ね。こんなところで、俺をヤリ捨てした女に会うとは思わなかったよ」

閉まるエレベーターの扉を背にした秀二が、鋭い目付きで真白を睨《にら》みつけてくる。ついさっきまでの穏やかさはなく、まるで別人だ。

壁際に追い詰められた真白に逃げ場はない。エレベーターは完全に密室で、ふたりの話を聞いている人がいない代わりに、助けてくれる人も誰もいない。

いきなり豹変《ひょうへん》した彼の態度に、「なんのことですか?」と、しらを切る余裕なんてなかった。

「ヤ、ヤリ捨てって……! そんな――っ!」

そんなつもりはないと言おうとしても、彼に聞く気はないらしい。怒った様子を隠しもせず、真白の社員証をギリギリと引っ張って、より一層強く睨《にら》みつけてきた。

「なんで連絡しなかった？　俺はずっと待っていたんだぞ」

「………………え？」

怨念《おんねん》めいた低い声の中に、『待っていた』と、確かに聞こえた。

なぜ彼が、自分を待つ必要があるのかと思うと同時に、トクンと胸が高鳴る。

真白が目も口もポカンと開けてなにも言えないでいると、彼は小さく舌打ちをした。

「連絡先」

「え？」

「連絡先！　早く渡せ！　言っとくが今回は引かないからな。今この場で渡さないなら、履歴書でもなんでもひっくり返してやる」

「っ！」

強引過ぎる。でも、社長の次男であるこの人には、社員の履歴書を見るなんてわけないんだろう。

早々に観念し、真白はスカートのポケットから自分のスマートフォンを取り出した。

電話番号、メールアドレスだけではなく、メッセージアプリのＩＤまで交換させられてしまう。ついさっき、忘れたふりをすると決めたはずなのに、五分どころか一分も持たなかった。

（い、いいのかな？　こんなの……）

戸惑いながら自分のスマートフォンを見ると、画面に表示された彼の電話番号は、あのメモ紙で渡されたものとまったく同じだ。

（あの番号……本当にこの人のだったんだ……）

それに、この三年の間に番号も変わっていないなんて。

まさか、本当に真白からの連絡を待っていた？

（——そんなはずは……）

否定するのに心臓がドキドキして、いつかと同じ旋律《せんりつ》を刻《きざ》みはじめる。

確かに一夜を共にしたことはあるが、この人はよく知らない人だ。なのに、この高揚《こうよう》はなんだろう？

真白が胸を押さえて俯《うつむ》くと、頭の上から低い声が降ってきた。

「もうそっちからの連絡なんか待たない。俺が連絡する」

「っ‼」

パッと顔を上げると、ちょうどエレベーターが一階に着き、扉が開いたところだった。

彼はさっさとエレベーターを降りていく。エレベーター内に置き去りにされた真白だったが、扉が閉まる寸前で我に返り、急いで外に出た。

「ちょ、ちょっと待っ——」

「秀二じゃないか。なにしてる?」

真白の呼びかけを遮《さえぎ》るように、彼に声がかかった。見れば、一階の玄関口から男性社員が複数入ってくるところだった。先頭を率いているのは、白髪をオールバックにした壮年の男性だ。彼は確か〝長谷川〟で、役員のひとりだったはず。

「叔父さん、ご無沙汰しております。本日より本社勤務となりました。よろしくお願いします! 恥ずかしながら、まだ不慣れなので、彼女に社内を案内してもらっているところでした」

秀二は爽《さわ》やかな笑みを浮かべて、礼儀正しく一礼した。エレベーターの中で、真白に対峙《たいじ》していたときの剣幕はどこへやら。あまりの変わり身の速さに、二重人格を疑いたくなる。

(な、なななな!?)

呆然とする真白を余所《よそ》に、役員は秀二の肩をポンポンと叩いた。

「遂におまえたち兄弟が本社を仕切るようになるのか。ふん、古株はお役御免というわけかね?」

笑顔の応酬だが、なんとなく変な雰囲気だ。役員のほうが妙に刺々《とげとげ》しい。それは役員のほうが喧嘩をふっかけているように見える。

(え? え? も、もしかしてこのふたり、険悪なの? 親族なのに?)

これは一触即発《いっしょくそくはつ》という事態なのかと内心焦る。けれど秀二には、動揺らしい動揺は見られない。それどころか彼は、その笑顔を一層深くした。

「まさか！　兄はともかく、僕は現場が好きですから。日本でも営業をやらせてもらうんですよ。経営から経験豊富な叔父さんが抜けてどうするんです？　叔父さん、〝長谷川〟を見捨てるつもりですか？　そんなの困りますよ」

「おまえは口がうまい」

皮肉った言い草だが、役員の口調から棘《とげ》が抜けていくのがわかる。役員は棒立ちになっている真白をチラリと一瞥《いちべつ》した。

「どれ。案内なら私がしてやろう。久しぶりに会ったんだ。歩きながら話そうじゃないか」

「いいんですか？　叔父さんの話はためになるから僕としては嬉しいんですけれど、お忙しいんじゃありません？」

「可愛い甥《おい》が帰国したんだ。時間くらいどうとでもなるさ」

「ありがとうございます！」

秀二は、光栄だとばかりに嬉しそうに返事をすると、真白のほうを振り返った。

「そういうことだから、あなたはもう部署に戻っていいですよ。ありがとう」

「い、いえ……」

急なお役御免に拍子抜けした感は否《いな》めないが、秀二とふたりっきりというのも気まずくて困っていたから、助かるという気持ちは正直ある。

「それでは、わたしはこれで失礼します」

役員と秀二に向かって頭を下げる真白に彼が半歩近付いて、小声で耳打ちした。

「――今日、連絡する。逃げるなよ」

「っ!!」

ゾクッとするような低音を吹き込まれて、耳が熱くなる。真白は咄嗟《とっさ》に、自分の耳を押さえて仰《の》け反《ぞ》った。耳だけでなく、顔全体が真っ赤になっているのが自分でもわかる。

人の見ている前でなにをするのかと言ってやりたかったが、秀二は何事もなかったかのように、役員と共に歩き出していた。そしてすれ違い様《ざま》に感じたのは、あの懐かしい匂い――

「今度、都市開発事業を担当します。頑張りますから、見ててくださいね！　叔父さんをあっと驚かせてみせますよ」

「ふん。なかなか言うじゃないか」

「だって僕の目標は叔父さんなんですよ？　驚かせてこそでしょう」

「健一もおまえくらい可愛げがあったらいいんだが。あいつは四角四面すぎて話にならん。この間の会議でも噛みついてきよってからに」

「まぁまぁ、兄も叔父さんだから言えるんですよ。古いだけで面倒くさい人には、兄も言葉を選びますって」

「ふん。まぁな。私だって、健一が言っていることはわからんでもないんだ」

秀二が口を開くごとに、役員の機嫌が露骨《ろこつ》によくなっていく。役員に対する秀二の態度は、無邪気な甥《おい》そのものだ。

エレベーターで怒りをあらわにした彼も、今の無邪気な彼も、真白の知っている彼とは違う気がする。三年前、自分を抱いた男は本当に彼だったのだろうか？

（……なんなの……いったい……？）

玄関ホールで置き去りにされた真白は、自分の耳を押さえたまま、しばらく動けなかった。

◆　◇　◆

（ああ……なんか疲れた……）

定時を少し過ぎて仕事を終えた真白は、ひとりでトボトボと駅までの道のりを歩いていた。

疲労がいつもの三倍だ。同じ部署になった秀二のことが気になって気になって仕方がなく、業務にまったく集中できなかったのだ。

社内めぐりから戻ってきた秀二には、部長がつきっきりだったから、あれ以上の直接的な接触はなかった。それでも、彼が同じ部署にいることには変わりない。そして席がまた、真白の斜め向かいときたもんだ。どんなにパソコンの画面に集中していても、チラチラと視界に入ってきて、仕舞いには自然と意識が彼のほうに向かってしまう。

今日の仕事はなんとか終えたものの、これから毎日秀二と同じ職場だと思うと気が重い。

あんな強引に連絡先を交換させたりして、彼はいったいなにを考えているんだろう？

「はぁ……」

ひとりなのをいいことに露骨《ろこつ》なため息をつく。そんなとき、鞄《かばん》に入れていたスマートフォンがぶるぶると震えた。

取り出して見てみると、着信画面に長谷川秀二の名前が表示されている。

「うっ」

エレベーター内で、彼は明らかに怒っていた。それを思うと電話に出るのは気が進まない。しかしこれを無視すると、彼の怒りは更にひどくなる気がする。

（仕方ない……）

「はい、もしもし――」

「遅い！」

「っ！」

開口一番に怒鳴《どな》られて、ビクッと身を竦《すく》める。思わずその場に立ちどまり、苦々しく顔を顰《しか》めた。

「べ、別に遅くなかったと思うんですが！」

言われっぱなしなのが悔しくて、ビクつきながらも語気を強める。が、彼は「ふん」と軽くいなした。

「今、どこにいる？」

「……会社を出て、駅に向かっているところですけど……」

真白が会社を出たとき、秀二はまだ部長と話をしていた。彼は転任してきたばかりだし、業務のあれこれなど話すことも多いのだろう。もしかすると、今仕事が終わったばかりなのかもしれない。

『逃げるなよ』

耳元で囁《ささや》かれた秀二の低い声を思いだして、身体の芯からゾクリとした。

（は、早く電車に乗ろう。うん、そうしよっ）

彼が電話をしてきた目的はわからないが、なんだかいやな予感がする。

話なら、わざわざ顔を合わさずに、電話で済ませてしまいたい。もう駅がだいぶ近いところまで来ていることだし、秀二が今会社を出たところだとすると、急げば逃げ切ることができるはずだ。そして帰宅してから改めて電話で話す――よし、完璧だ。

真白が再び歩き出すと、電話の向こうで彼が笑う気配がした。

「ああ……見つけた……」

「へ？」

よく聞き取れなかった真白が変な声を上げるのと同時に、電話が切れた。

ツーツーツー――……

通話の切れたスマートフォンを持って歩道に立ち尽くす真白の横に、黒塗りの車がピタリととまった。

（……ま、まさか……？）

背筋がゾクゾクする。真白が顔を引き攣《つ》らせて車を凝視していると、ウィーンと助手席側の窓が半分ほど開いた。

「乗れ」

運転席から聞こえてきたのは、間違いなく秀二の声だ。

（くっ！　車!?）

長谷川コーポレーションは駅に近いオフィス街にあるし、自社ビルの駐車場の数も限られているため、多くの社員は徒歩、ないし電車通勤をしている。車で通勤するのは、役員クラス以上くらいだ。だから真白はてっきり秀二も電車か徒歩だとばかり思っていたのだが――

（お、お車ですか、そうですか！〝長谷川〟さんですものね！）

せっかく逃げ切れると思っていたのに。

しかも、無駄にいい車だ。国産のハイグレード車なのが素人目《しろうとめ》に見てもわかる。

真白が頬をピクピクさせていると、秀二が身を乗り出してきた。

「十秒以内に乗れ。でないとクラクションを鳴らすぞ」

そんなことをされたらたまったもんじゃない。ここは長谷川の社員も多く通る道なのだ。明日から醜聞の的じゃないか。

真白は歯噛みしたいのを堪《こら》えて、助手席に乗った。

「なんですか？」

不愉快な気持ちを押し殺して短く尋ねる。そんな真白を、秀二はひと睨《にら》みしてきた。

「逃げるなって言っただろう？」

「に、逃げてなんか、ないです。わ、わたしの業務は終わりましたから、普通に帰宅しようとしただけ、です」

逃げようとしていたのは事実だが、それを認めると碌《ろく》なことにならない気がして、形だけでも強気に返す。すると秀二は、無言でドアにロックを掛けた。

「な！」

「シートベルトしろ。話がある」

電話で——というのは無理そうだ。逃げだせば、明日、また職場で捕まえられる。大勢の前で、名指しで案内係に指名されたときのことを思いだして、真白は黙ってシートベルトを着けた。

彼は無言で発進させる。

どこに向かっているのか聞こうと口を開きかけたのだが、秀二のほうが早かった。

「元気だったか？」

そんな優しいことを聞かれるとは思ってもみなくて、一瞬言葉に詰まる。だが、運転していた彼が様子を窺《うかが》うような視線をよこしてきたから、真白は静かに頷いた。

「ええ……。あなたは？」

秀二はきっと元気だっただろうと思いつつ、一応真白も尋ねる。経歴を聞く限り、彼の海外での活躍は華々しい。きっと忙しくしていたんだろう。

「俺は……ずっとあんたからの連絡を待ってたよ」

「………」

しんみりとしたその声は、真白の胸を深く突き刺した。返す言葉がない。

黙ったままの真白に、彼は話を続ける。

「正直、すぐに連絡がくると高を括《くく》ってたんだ。でも蓋を開けてみれば、一週間経っても、二週間経っても、ひと月経っても音沙汰なし。そっちから連絡してくれなきゃ、俺からはどうにもできない。なにせ、名前も連絡先も聞かなかったからな。ダメもとでホテルに連絡してみたけど、もちろん教えてくれるわけはない。お陰で、また泣いてないか、自棄《やけ》になってないか、まさかあのアホな彼氏とよりを戻してないかって、ずっと頭から離れなかった。俺がこの三年間どんな気持ちだったか、わかるか？　どうして連絡しなかった？」

エレベーターの中での彼の怒りは、これが理由だったのか。

彼は言葉の通り、ずっと真白からの連絡を待っていたのだろう。

彼氏に手酷く裏切られた真白を、ずっと気にしてくれていたのだ。ならば、この人が怒るのも当然だ。

真白がひと言「もう大丈夫」と連絡を入れてさえいれば、この人を無駄にヤキモキさせることもなかったのかもしれない。

「ご、ごめんなさい……わたし……、あなたがそんなに心配しているとは思わなくて……」

「俺は女をヤリ捨てするような薄情な男じゃない」

薄情な男なら、彼氏に捨てられて泣く面倒な女をあんなに丁寧に抱いた挙《あ》げ句《く》に、律儀に連絡先をよこしたりはしないだろう。彼は本当に、真白を心配していたのだ。それを——

(全面的にわたしが悪い……)

「ごめんなさい……」

真白が謝ると、秀二は小さく息を吐いて、赤信号で車をとめた。

車内の空気が気まずい。

(怒ってる……よね？　やっぱり……)

どうしたものかと考えあぐねて、秀二の横顔を盗み見る。

三年前と変わらない、綺麗な横顔だった。対向車線の車のライトに照らされて影を作るその美しい顔立ちに、思わず見惚《みと》れる。

(わたしも……、あなたのこと、忘れてなんかなかったよ)

ずっと会いたかった——そう言ってしまえたら、どんなにいいか。

でも、連絡できる状態にあったのに連絡しなかったのは真白だ。それはこの人を警戒していたからだったし、連絡して、遊ばれて、自分が傷付きたくなかったからでもある。

全部、身勝手な保身だ。

「本当にごめんなさい……」

真白がもう一度謝ると、秀二はチラリと視線をよこして、また前を見た。信号が青になる。

「あんたが俺の女《もの》になるなら許してやるよ」

「え……？」

これは、どう解釈すればいいのだろう？　「付き合ってくれ」という意味？　「彼女になってほしい」と言われている？　それとも他に、まったく違う意味があるのだろうか。

わからないのに、真白の鼓動が僅《わず》かに速くなる。

秀二は真白のほうを見ない。それどころか、不機嫌な様子でアクセルを踏んだ。

「俺の女《もの》になるのか？　ならないのか？　どっちだ」

ツンと尖《とが》った彼の言い草に、真白は戸惑うばかりだ。

「そ、そんなこと、急に言われても……そもそもわたし、あなたのこと知らないし……」

彼の性格も、環境も、思考も、彼の女《もの》になったら自分がどう扱われるのかも、なにもわからない。なのに、さっきから心臓がドキドキしている。

なぜ？　なぜ彼はこんなことを言うのだろう？　そして、なぜ自分はこんなにもドキドキしているのだろう？

困惑に胸を押さえて俯《うつむ》く真白を余所《よそ》に、秀二は軽く鼻で笑った。

「あんた、相手を知るために、時間かけるタイプだったっけ？　そんな記憶はないけど？」

「……あ、あのときは、その……普通の状態じゃ、なかっただけで……」

　出会ってすぐの自分と寝たくせにと言われているのはわかったが、あのときの真白が普通の状態ではなかったのもまた事実だ。

　歯切れも悪く、モゴモゴと言い訳を並べる真白に、彼は淡々と続けた。

「相手をよく知らないと一緒にいられないって言うのは、『私は時間さえあれば、相手を見極められます』って言ってるのとイコールだ。そんな自分が三年の時間を掛けて見極めた男はどうだったんだっけ？　男を見る目がない奴が、いくら時間掛けたって無駄だよ」

「…………」

　三年付き合った元彼に捨てられたことまで持ち出されて、今度こそなにも言えなくなる。

　秀二の言う通り、自分は男を見る目がないんだろう。だけど、相手を知ろうとすることの意味がまったくないとは思えない。

（わたしは……あなたを知りたいよ……？　それじゃあ、ダメなの？）

　この人を知って、そして好きになったら——そうしたら……

　真白の思いを余所《よそ》に、秀二が苦々しい顔になる。

「なんだよ。まさか男がいるのか？」

「……そ、そんなの……あなたに関係ない……」

秀二とのあの一夜以降、真白は一度も男の人と付き合っていなかった。彼に抱かれたときのような、一夜限りの関係もない。

それは真白の中に、名前も知らない彼の存在があったからだ。けれど「あれからずっと彼氏はいない」なんて、馬鹿正直に言うのはなんだか悔しくて、そっぽを向く。この人を前にすると、なぜだか素直になれない。

不意に秀二が、大きくハンドルを切った。車が左折して、大きなマンションの地下に入っていく。どうやら駐車場らしい。

（えっ！　やだ！　ここどこ!?）

今まで話に夢中で、周りを見る余裕なんてまったくなかった。

「ねぇ！　ここ――」

「関係ない……関係ないだって？」

車をとめてエンジンを切った秀二が、焦る真白のほうをゆっくりと見る。

彼の鋭い目に射抜かれた途端、真白は押し黙った。

「関係あるに決まってるだろ！　俺はあのとき言ったはずだ。『あんたを俺の女《もの》にしたい』って。目を付けてた女を、横からかっ攫《さら》われて気分がいいわけないだろ！　俺はずっとあんたを待ってたんだぞ！」

「……っ！」

強い口調で怒鳴《どな》る彼に、息を呑《の》む。

細まった目と、瞳の奥に熱く滾《たぎ》る強い意志。その激しい感情の根っこにあるものはなに？

ずっと連絡しなかった真白に対する怒り？　苛立ち？　憎しみ？　恨み？　それとも、まったく別のもの？

その感情がなんであれ、彼の取り繕《つくろ》わない素《す》の感情が自分に向けられていることに、真白の胸は不思議と高鳴った。

「もういい」

秀二は短く言い放って話を打ち切ると、真白の手首をサッと掴んだ。

そしてそのまま車を降りて、真白を運転席側から引っ張り出そうとする。

「いたっ！　やだ……なに、やめて！　きゃぁあっ⁉」

強引に引っ張られて手が抜けそうだ。抵抗する間もなく、持っていた鞄《かばん》ごと車から引きずり出される。

こんなに無理やりにしなくても、降りろと言われたら自分で降りたのに。

「なにするんですか⁉」

キッと睨《にら》んでみても、逆に身が竦《すく》むほど睨《にら》み返される。

彼は真白の手首を掴んだまま、大股で歩きはじめた。

「ちょっと！　なに！　痛い！　痛いからっ、離してよ！」

「離せば逃げるだろう？　だから離さない」

キャンキャンと吠《ほ》える真白を、秀二は淡々といなす。こんな状況を人が見たら、不審《ふしん》に思うに違いない。にもかかわらず、誰ひとり通りかからないのをいいことに、彼は真白を上階に上がるエレベーターに強引に乗せた。そこでも手は離してもらえない。

「どこに連れていくつもり？」

「俺の部屋」

「ええ？」

ここが彼のマンションだと知った真白に、今更ながらに警戒が走った。

心臓がドキドキと高鳴る一方で、女の本能だろう。身体が自然と強張《こわば》る。

それを知ってか知らずか、秀二が熱いあの目で見下ろしてくるのだ。

「男がいるかどうかなんて、あんたの身体に聞けばわかる。男がいるなら寝取ればいい」

「なっ!?」

あまりのことに目を見開いて、絶句する。

この人は真白を抱くつもりだ。今の真白に付き合っている男の人はいないが、仮にいたとしても、既成事実《きせいじじつ》を作って、強引にでも別れさせる気でいるのか。

あり得ない。非常識だ。なのに、こんな非常識なことを言われて、まるで歓喜にうち震えるかのように、身体の奥処《おくか》がズクズクと疼《うず》く。

この感覚を真白は知っている——

やがてエレベーターが二十八階でとまって、手を引っ張られて降ろされる。

「や、やだ……は、離して！」

足を踏ん張っても、抵抗にもなりはしない。男の力に敵うはずがないのだ。

秀二がカードキーで開けたのは、一番奥の部屋だった。

「来い」

秀二が真白の手を引いて廊下を進むと、彼の歩くスピードに合わせて天井のスポットライトが自動でつく。飾り気のない廊下には幾つかのドアがあり、その中のひとつを秀二が開けた。

部屋の明かりはつかなかったが、廊下から漏れる光で、朧気《おぼろげ》ながらに家具の輪郭が見える。

——ベッドだ。

秀二が本気だと悟って、真白の顔からサーッと血の気が引いた。

「え、と、……ちゃ、ちゃんと、話そう？　連絡しなかったのは、本当に悪いと思ってるの。で、でもわたしも、怖くて。だ、だって、ああいう関係が、いいわけないし、あの、わたし――きゃっ!?」

たどたどしくも一生懸命に話していたのに、ベッドに押されて悲鳴を上げる。

真白が急いで身体を起こすのと、秀二がスーツのジャケットを脱いで床に落とすのはほぼ同時だった。無造作な仕草でネクタイを取った彼が、今度はシャツのボタンをひとつずつ外していく。

(に、逃げなきゃ――)

そうするべきだとわかっているのに、身体が動かない。恐怖で身を竦《すく》ませていたのなら、まだ可愛げがあったかもしれない。でも違う。

このときの真白は、あろうことか秀二に見惚《みと》れていたのだ。今から自分を犯そうとしている男に!

恐怖とは明らかに違う胸の高鳴りに、困惑すら覚える。

(う、動いて、動いてわたし！　逃げなきゃ……逃げなきゃ……)

硬直《こうちょく》する身体に鞭《むち》打って、じりじり、じりじりと、ベッドの上を後退する。そんな真白を追い詰めるように、秀二がベッドの上に四つん這《ば》いになって迫ってきた。

「へぇ？　逃げるんだ？」

そう言った彼は、目をみはるほど笑顔だ。

美しい花には棘《とげ》がある——とはよく言ったもので、禍々《まがまが》しいほどの美しさの中に、この人の危険性が見え隠れする。彼は絶対、この状況を楽しんでいる。

真白が身震いすると、彼の手がゆっくりと伸びてきた。

「懐かしいな。あのときと同じだ。最初、怯《おび》えてたよな。『抱いてください』なんて俺に言ったくせにさ。いざ、抱かれるとなると、怯《おび》えて、震えて……可愛かった。あんたを忘れたことなんて一日たりともない。あの日から俺は——ああ……その怯《おび》えた目……めちゃくちゃ可愛い。ずっと会いたかった」

そっと頬を撫《な》でられる。

『会いたかった』と言われて、顔が熱くなっていくのはなぜ？　怖いと思わなくてはいけないのに、秀二がうっとりとした目で三年前のことを語るから、これ以上、逃げられなくなる。彼は本当に、真白を忘れないでいてくれたのか。会いたいと望んでいてくれたのか。そのことが——

（あ、わたし……）

駄目だ。心が歓《よろこ》ぶ。

心臓が血液に歓《よろこ》びを乗せて、身体中に運ぶのだ。身体が自然と熱くなっていく。ときめきがとまらない。

廊下の明かりが消えて辺りが暗くなると、窓から射し込む外の光で、お互いの顔が見えるのがやっとになる。そんな中で真白が逃げるのをやめると、そっと唇が重ねられた。あったかくて、柔らかい、食《は》むようなキスはあのときと同じだ。ゆっくりと唇を舐《な》められて、舌先が口内に差し込まれる。

くちゅり、くちゅり……くちゅっ……

舌を絡めるキスと共に抱きしめられたら、身体が溶けたようになって力が抜ける。秀二はキスをしながら、真白のコートとジャケットを同時に脱がせてきた。三つしかないベストのボタンを外し、ブラウスの上からやわやわと乳房を揉みしだく。

「ん……ぅ……あぁっ」

真白が小さく声を漏らすと、舌が根元から舐《な》め上げられて、すり合わせるように絡められた。口の中いっぱいに彼の舌が這《は》い回る。気持ちのいいキスに、真白は秀二の腕の中で崩れた。

そのままベッドに寝かせた真白のブラウスのボタンを片手で外しながら、秀二が重なってくる。彼の匂いに包まれて、高鳴りを加速させる迂闊《うかつ》な心臓を撃ち抜きたい。

真白は彼の胸を押し返し、懸命に身を捩《よじ》った。けれど、力が入らない。

「ゃ……やめて……こんな……」

「悪いな、諦めてくれ。俺はずっと決めてたんだ。今度見つけたら、絶対に離さないって。縛り上げてでも、首輪付けてでも俺の女《もの》にして、一生飼ってやるって」

「っ！」

こんな強い意志で紡《つむ》がれる絶対を、真白は知らない。

今、自分が向けられているのは、連絡しなかったことによる怒りや憎しみなんかではなく、異常な執着《しゅうちゃく》だと真白は悟った。雄が雌を欲しがるのと同じ。本能からくる執着《しゅうちゃく》。

「やっと名前も知ることができた。ずっと呼びたかった。――真白」

彼の黒い瞳に射貫《いぬ》かれて、真白の女の部分がじゅんっと濡れた。

この人にずっと会いたかったのは真白も同じなのだ。真白だって、この人を忘れたことは一日たりともない。自分の心に寄り添って、慰めてくれた人だから。

（や、やだ……わたし……）

濡れた自分に気付いて、真白が羞恥心《しゅうちしん》から太腿《ふともも》を寄せるのと同時に、ブラウスのボタンが全部外される。はだけたブラウスの下から秀二はキャミソールとブラジャーの左肩紐を一緒に落とすと、カップの中に手を入れて、乳房を直接揉んできた。熱い指先だった。

「は……柔らか……」

秀二は指がめり込むほどめちゃくちゃに乳房を揉み、ブラのカップから乳房を掴み出した。揉まれて押し出された乳首が、部屋のひんやりとした空気に触れる。

彼がゴクリと生唾を呑《の》む気配がした。口から赤い舌が覗いて、ぬめったそれが乳首に触れる。

ちゅっと優しく乳首を吸い上げられた。

「あっ……」

「忘れてないよ。真白は胸を吸われるのが好きなんだ。乳首を俺にしゃぶられたくて、自分からいやらしいことしてきたの、覚えてるか？」

秀二は真白を上目遣いで見つめながら、乳首をしゃぶってきた。上唇と下唇で食《は》むように乳首を咥《くわ》え、舌でたっぷりの唾液を塗《ぬ》りつけて、ちゅぱっと吸う。何度も何度も繰り返し乳首に吸い付かれて、お腹の奥がうずうずしてくる。

「あっ、あっ、あんっ」

真白は顔を逸《そ》らして、手で自分の口を押さえて震えた。久しぶりの性的な刺激に、身体が敏感に反応する。堪《こら》えようとしても、声が勝手に出てしまうのだ。

「さっきまでいやいやなんて言ってたくせに、気持ちよさそうだな。ああ、そうか。真白はドMだから、強引にされても感じるんだったな」

乳首を指で摘《つ》ままれながら吐かれた言葉に、ぷるぷると震えながらも秀二を睨《にら》む。思いだした。この人は、三年前も真白をドM扱いした男なのだ。

「わ、わたしに、そんな趣味なんかないんだから！」

強い口調で言い返す。だが秀二は悠然《ゆうぜん》と見下ろし、笑うのだ。

「ドMじゃないかどうかは、ここを触ればわかる」

「！」

彼は真白の乳首をいじくりながら、反対の手をスカートの中に入れてきた。

「やっ！　やめて！」

秀二の身体の下で、手脚をバタつかせて抵抗する。彼の顔を引っ掻こうとしたのに、簡単に両手を一纏《ひとまと》めに捕まれ、頭の上で押さえつけられた。

「ううう……」

「パンストか。パンストは脱がせにくいなぁ。ま、いいか」

当たり前のように言って、秀二がパンストの股の部分を力任せに引っ張る。

ビリッと生地が裂ける独特の音がした。

「――――！」

涙目になった真白は、更に藻掻《もが》いた。が、両手を押さえつけられた真白にできるのは、脚をバタつかせて身を捩《よじ》ることだけ。しかしそれも、覆い被さってくる秀二の下ではままならない。

「離して！　ばかぁ！」

「『ばかぁ』って。本ッ当に可愛いな。どうして真白はこんなに可愛いんだ？」

嬉しそうに目を細めた秀二は、まるでよしよしと子供をあやすように、真白のショーツのクロッチを撫《な》で上げた。

にちゃっ……

言い訳できないほど濡れたショーツが肌と擦《こす》れて、いやらしい音を立てる。

真白の顔が羞恥《しゅうち》に赤らむのと同時に、秀二の口が弧《こ》を描いた。

「ぐちょぐちょ。相変わらず濡れやすいな。そういうところも可愛いんだ」

「ううう……」

恥ずかしい。抵抗しているはずなのに、濡れている。

真白が顔を背《そむ》けると、秀二が頬にキスしてきた。そして耳元で甘く囁《ささや》く。

「ドM」

「――っ!」

もう泣きたい。

どんなに暴れても、叫んでも、秀二は「可愛い、可愛い」と繰り返して、真白の身体を離さない。

ショーツを触るのをやめた彼は、真白の髪を丁寧にどけると、あらわれた耳の縁《ふち》を、れろーっと舐《な》め上げた。柔らかな乳房の膨らみを揉みながら、今度は耳の穴の中に尖《とが》らせた舌先を挿《い》れてくる。

「んぅ……ひゃぁあ……」

「真白……真白……夢じゃないんだな。真白に触れる……ああ、柔らかい。あったかい。真白の肌、甘いな。変わってない」

にちゃにちゃと唾液の粘着質《ねんちゃくしつ》な音がして、脳をダイレクトに揺らす。彼は興奮した息を吐きながら、何度も真白の名前を呼んだ。

ブラウスもブラジャーもはだけた恥ずかしい格好で、よく知らない男の人に乳房を揉まれながら、耳の穴まで舐《な》められる——こんな被虐的《ひぎゃくてき》なシチュエーションにいるのに、さっきからドキドキがとまらない。かつて味わった秀二の雄々《おお》しい屹立《きつりつ》を思いだして、子宮が疼《うず》く。

三年前のあの夜。確かに真白は彼に救われていた。

荒々しくも、大切に抱いてもらった記憶がある。それは快感と共に真白の心と身体に深く根付いていて、彼に会わなかった間も、決して消えることのなかった記憶だ。その彼に触られたら、どんなに強引《い》でも身体が応《こた》えてしまう。

また、あの逞《たくま》しい物で貫《つらぬ》かれたら？　そう思うと胸の高鳴りは加速し、真白のあそこはぐっしょりと濡れてしまうのだ。まるで、秀二に抱かれることを身体が待ち望んでいるかのように。

（そんなはず……ない……、そんなはずないんだから……）

自分に言い聞かせていると、耳を舐《な》めるのをやめた秀二が、今度は唇に唇を寄せてくる。

彼がキスしようとしていることに気付いた真白は、思い通りになってなるものかと、おもいっきり顔を逸《そ》らした。しかし、秀二はしつこくキスを迫ってくる。

ふたりの唇が触れても真白は身を捩《よじ》って抵抗する。すると彼は押さえつけていた真白の手を離して両手で頬を挟み込み、キスをしてきた。

「ンッ!!」

舌の侵入を拒《こば》むように口を真一文字に結んだが、顎《あご》を捕まれ、無理やりこじ開けられる。ねじ込まれた舌が口蓋《こうがい》を舐《な》め上げた。真白は自由になった手で秀二の胸を叩く。が、そんなことでは、彼の身体はびくともしない。

呼吸さえも奪う深く長いキスに、頭がクラクラしてくる。唇を通して、身体の中に秀二の想いを捩《ね》じ込まれるような気さえした。強引なのに、自分がこの人に女として求められていることだけはわかる。胸は高揚《こうよう》し、身体から力が抜けた。

「んは……はぁはぁ……はぁはぁ……」

ようやく唇が離されて、ベッドに沈みながら肩で荒い息をつく。そんな真白の頬を撫《な》でてから、秀二は自分のベルトを外しはじめた。ふたりっきりの空間に響く金属音に身震いして、真白は力の抜けた身体で懸命にベッドの上を後ずさる。しかし、両足首を掴んで引き寄せられ、すぐに元に戻された。

赤黒いそれは血管を隆起させて、先走り汁を垂らしている。

秀二は見せつけるように、パンパンに反《そ》り返った己《おのれ》の屹立《きつりつ》を取り出した。赤黒いそれは血管を隆起させて、先走り汁を垂らしている。

男の凶器を前に、真白は青ざめるどころか頬を染め、自身のあふれてくる汁で、あそこをじわっと濡らしてしまった。

「や……やだ……」

「そんなエロい顔で『やだ』なんて言っても説得力ないぞ。早く俺に抱かれたくてたまらないくせに。こんなに濡らして。もう入るんじゃないのか？」

秀二は笑いながら真白の膝をぐっと押さえつけ、脚をMの字に開かせると、引き裂いたストッキングの横からショーツのクロッチを脇に寄せた。

にちゃ……っとねばり気のある音がして、濡れた蜜口がひんやりとした空気に触れる。

恥ずかしい。一度も触れられていないはずなのに、そこはもう泉のようにとろとろの汁があふれている。無理やりそこに指をねじ込まれたりしたなら、身体の防衛反応だと自分自身に言い張れるが、これはそうじゃない。抱きしめられて、キスをされて、『会いたかった』と囁《ささや》かれたことに、身体が勝手に応《こた》えた結果だ。

（あ……だ、だめ……この人は、知らない人だから、だから……だめ……だめって言わなきゃ……）

でも声が出ない。濡れた蜜口に屹立《きつりつ》を押し当てられて、軽く上下に擦《こす》られるだけで、待ち侘《わ》びたようにお腹の奥がズクズクしてしまう。心のどこかで、この人に女として求められることに、歓《よろこ》びを感じている自分がいるのだ。

──そんなこと、あってはならないのに。

「可愛い真白。おまえは俺の女《もの》なんだよ。今、それを思いださせてやるからな」

秀二は、覆いのない屹立《きつりつ》を上下させながら真白の割れ目をこじ開けると、そのまま中に押し入ってきた。

「────っ‼　ああああああああっ！」

悲鳴を上げて、目をいっぱいに見開く。

身体中を駆け抜けていくのは、痛みではなく強烈な快感だ。

思い出の中にあった快感があっという間に甦《よみがえ》って、真白の身体を熱と共に支配する。快感に抗《あらが》おうとしても、貫《つらぬ》かれた身体は勝手に痙攣《けいれん》して、肉襞《にくひだ》をいやらしくヒクつかせ男のそれを貪《むさぼ》る。自分の身体なのに、思うように動かせない。

真白が微かな呻《うめ》き声を漏らすと、秀二が覆い被さるようにガバッと抱きついてきた。

「ンンンっ⁉」

そのままいきなりキスをされる。

秀二は散々真白の唇を吸い尽くした。そして額《ひたい》を重ね、真白の身体を抱きしめながら唇に触れる。

「あれから他の男には抱かれてないみたいだな？」

歓喜としか言いようのない笑みで囁《ささや》かれる。快感を堪《こら》えながら、真白は唇を噛んだ。

こんな状態で図星《ずぼし》を指されても、認める気になんかならない。

「そ、そんなの……、わかるわけ……ない」

歯噛みしつつ悪態をつく。そんな真白の頬を、彼は愛おしげに撫《な》でるのだ。

「わかるさ。中が俺の形のままだ」

「ひぅ！」

グイッと腰を使われて、突き抜ける快感に顔が歪《ゆが》む。ものすごい圧だ。蜜口が太い物で広げられて苦しい。けれども、あそこがびしょびしょに濡れているせいで、根元まで容易に入ってしまう。

真白の身体を抱きしめた秀二が、恥骨を擦《こす》りつけるように上下に動いた。敏感な蕾《つぼみ》が捏《こ》ねられ、無理やり気持ちよくさせられてしまう。

彼が腰を揺する度に、水飴を練《ね》るようないやらしい音がした。

「思わせぶりなことを言って俺を煽《あお》るなんて、可愛い女。三年も連絡なかったし、俺以外の男がいるのかって本気で心配したんだからな？」

秀二は心底嬉しそうに目を細め、真白に頬擦《ほおず》りをしてくる。自分に向けられる優しい眼差しに、真白の胸のドキドキがとまらない。こんなひどいことをされているのに。

「真白……久しぶりなのに、強引にして悪かった。でも、ごめん。今、すごく嬉しい。とまれない」

「え？　アアッ‼」

次の瞬間奥を突き上げられ、息が止まる。上からのし掛かられるような体勢で、激しい抽送《ちゅうそう》に襲われた。

「ひぁ⁉　ああっ！　んぅ！」

乳房を両方とも揉みくちゃにされ、ベッドのスプリングが軋《きし》み、同時にじゅぼじゅぼと破廉恥《はれんち》な音がする。

蜜口からは、いやらしい汁が掻き出されて垂れてくる。泡立ったそれは、秀二の抽送《ちゅうそう》をより滑《なめ》らかにして、ますます深く奥に彼が入ってくる手助けをしていた。

（な、に、これぇ……）

こんな強引な行為に感じてはいけない。そう自分に言い聞かせるが、蜜口はヒクヒクと絶え間なく痙攣《けいれん》して、彼の肉棒を貪《むさぼ》っている。身体が秀二の物で満たされてしまう。

——気持ちがいい。

同情で抱かれた夜とは明らかに違うセックスに、身体が震えた。

今、自分はこの人の意志で抱かれているのだ。同情ではなく、欲しいという男の欲求で抱かれている。この人に望まれている。

ひと突きひと突きされる度に、脳が強烈な快感で揺さぶられる。こんなのは許されないとわかっていても、女として求められていることの快感と、肉体の快感が合わさって、今まで一度も感じたことのない多幸感となって、一気に押し寄せて来る。

この人に抱かれる歓喜に抗《あらが》えない。

いつしか真白の唇から、甘い声が漏れはじめていた。

「ぁ……ぁぁ……ぁ、ひ……こんな、あっ、あぅ……」

「気持ちいいのか？　腰が揺れてる。可愛い」

自分ではそんなつもりはないのに、彼のリズムに合わせて揺れる腰がとまらない。

そんな真白を、彼が両手で強く抱きしめてくるのだ。まるで恋人を抱きしめるみたいに、強く優しく真白を包み込む。

「すごい締めつけだ。真白の中、ぐちょぐちょ。もう溶けそう。ああ……真白……真白……気持ちいいよ」

秀二は本気で気持ちよさそうな声を漏らしながら、ガツガツと腰を振ってくる。中をぐりぐり掻き回されると、お腹の裏の好《い》い処《ところ》にあたり、あられもない声が上がった。

「ああっ！　はぁううう〜〜〜」

「俺のこと忘れられなかったんだろう？　会社で会ったとき、あんなに動揺してたもんな。本当は俺に会いたかったんじゃないのか？　そうだろう？」
激しい揺さぶりに、真白は答えることができない。でも、代わりに蜜口がきゅっ
きゅっと締まって、「会いたかった」と、返事をしてしまう。
そう、真白はこの人に会いたかったのだ。ずっと会いたかった。忘れられなかった。
（だっ、て……忘れられるわけ、ない……忘れられるわけ、ないよ……）
この人との甘く爛《ただ》れた夜は、今もなお真白の中に、色鮮やかに残っているのだから。
秀二は真白の身体を好き勝手に貫《つらぬ》きながら、フッと柔らかく笑った。
「ん。身体は素直だな。俺も真白に会いたかった。ずっと忘れられなかったんだ。やっ
と見つけた……。本当はこんなことするつもりはなかった。真白が俺を煽《あお》るのが悪いん
だぞ？」
甘く切ない声が子宮に響く。この人の言う、「会いたかった」「忘れられなかった」と
いう思いが、身体を通していやというほど伝わってくる。
自分に向けられる執着《しゅうちゃく》に、心が勝手にドキドキして、歓《よろこ》んでいる。こうまでして求
められることに、女としての価値を与えてもらったように感じてしまうのだ。
（なんで……なんでわたし、こんなに気持ちよくなっちゃうの……？）
感じすぎた真白の頬を、涙が伝う。
「気持ちよすぎて泣いているのか？　泣き顔も最高に可愛いよ、真白。ほんとたまらな

い。このまま中に射精《だ》したいくらいだ」

「……め……なか、だめ……おねがい、それだけは……」

僅《わず》かに残った理性が、避妊されずに抱かれていることを思いだして必死で懇願《こんがん》する。

秀二が優しく頬を撫《な》でた。

「ああ……可愛い。俺としては、可愛い真白が一生俺から逃げられないようにしてやりたいんだけどね」

スリスリと頬擦《ほおず》りしながら、秀二が恐ろしいことを囁《ささや》いてくる。

彼の言葉から、この部屋に閉じ込められて、朝から晩までこの人に抱かれ続け、身体の中に精液を注がれることを連想する。真白の身体がじゅんっと濡れた。

まるでこの身体は、この人の腕に一生囚《とら》われることを望んでいるみたいだ。

よく知らない、名前さえ今日やっと知った人なのに！

そのとき、秀二が「ああ」と声を漏らした。

「でも、そのせいで真白が緊張してイケないんじゃ意味がないな。他の男もいなかったことだし。ま、いいだろう――」

自分で自分の言うことに納得したのか、秀二は真白の唇にたっぷりとキスをして、ずるりと屹立《きつりつ》を引き抜いた。

「はぁはぁはぁはぁ……ぁう……んっ……」

自分の中を占拠していた圧がなくなって、身体が楽になったはずなのに、お腹の奥が疼《うず》く。

よれたショーツも、引き裂かれたパンストも、もうべちょべちょだ。

秀二に抱かれて、自分はこんなに濡れていたのか。

（……恥ずかしい……）

そしてもっと恥ずかしいのは、今の間に逃げない自分だ。まるで続きを待っているかのように、ベッドから動けないでいる。

秀二は真白の乳房を揉みながらサイドテーブルの引き出しを開けると、なにかを取り出した。

乳首を刺激されると、子宮がどうしようもなく疼《うず》いてしまう。それを知っているのか、秀二は真白の乳首をくりくりと摘《つ》まんで刺激してくる。

秀二は軽く舌舐《な》めずりをすると、真白の左足首を掴んで脚を開かせ、間を陣取った。

抵抗しようにも力が入らない。

むしろ、もっと彼が欲しくなっている……。

未だ火照《ほて》りの引かない秘裂《ひれつ》に、薄い膜で覆われた肉棒が押し当てられる。その瞬間、蜜口がヒクッと蠢《うごめ》いた。

「ほら、ゴム着《つ》けたから安心して。一緒にたくさん気持ちよくなろうな？」

優しく笑った秀二が、ずぶずぶと埋没するかのように真白の中に入ってくる。

「あっ、あぁ……ァ……あぁあ」

秀二の舌が、指が、身体中を這《は》い回って、真白を快楽に縛り付ける。腰を打ちつけられる度に、真白の眉が悩ましく寄った。

膣が擦《こす》り回されて気持ちいい。避妊されたことで、身体が安心して快楽を貪《むさぼ》る。そして思いだすのだ。性的に支配される悦《よろこ》びをこの身体に教えたのは、彼だということを――

「うっ、はぁはぁ、はぁはぁ……うう……あっ、……あっ、あっ、あっ、……あっ！」

出し挿《い》れされる度に、感じきった女の声が漏れる。

ゆったりとした優しい抽送《ちゅうそう》だ。とんとんと甘く子宮口をノックされるのが、のたうち回りたくなるほど気持ちいい。秀二は真白の身体にある快感のポイントを、何度も何度も的確に突いてくる。

「あっ！　う……う、ううっ……」

浮いた腰を抱かれて甘く揺さぶられる度に、身体が高められていく。

「真白、真白……ああ、もう……」

彼は真白を呼びながら乳首を舐《な》めしゃぶり、シーツを掻き毟《むし》る手を握ってくる。

その手に抱きしめられたとき、真白の身体の中で快楽の実がバチンと弾《はじ》けた。

「……あっ！　あああぁ――――……」

ぐっと身体を突っ張る。頭の中が真っ白だ。気持ちいいということ以外、なにもわからなくなる。全身を汗びっしょりにしてベッドに沈む真白の唇が、れろりと舐《な》め回された。

「イッたな」

囁《ささや》かれて、カアァッと顔に熱が上がる。

この無理やりな行為に抵抗していたのは初めだけ。結局挿《い》れられて、感じまくった挙《あ》げ句《く》にイッてしまった。秀二から求められることに、歓《よろこ》びを見出していたのだ。

（〜〜〜っ!!）

真白は繋がれた手を振りほどいて、顔を隠した。感じた顔を見られたくなかった。快感に蕩《とろ》けた自分の顔は、きっといやらしい女の顔になっているに違いない。

（恥ずかしい……恥ずかしい……恥ずかしい……もう、やだぁ……）

心はこんなに羞恥心《しゅうちしん》でいっぱいなのに、秀二の物を咥《くわ》えさせられた身体は、信じられないことにまだ快感から抜け出せないでいる。これ以上感じたくないのに、中がヒクヒクと蠢《うごめ》いているのが自分でもわかるのだ。

そんな中で、なにを思ったのか彼が真白の左足首を掴んだ。そしてそのまま、真白の左脚を自分の肩に担《かつ》ぐ。片脚だけ持ち上げられた真白の身体が若干斜めになる。

（え？）

真白が不安になってそっと顔から手を退《ど》けると、いきなり秀二が深く入ってきた。

「ひゃぁあ⁉」

斜めからの挿入で、さっきとは違う処《ところ》が擦《こす》られる。

こんなふうに挿《い》れられたことはない。

秀二は宙を掻く真白の左手を握りしめると、ぐりぐりと根元まで肉棒を押し込んで、じゅぽっ！　と勢いよく半分以上を引き抜いた。

真白の全身が痙攣《けいれん》する。そんな真白の中に、秀二が再びずぶずぶと奥まで入ってきた。

「顔、隠すなよ。せっかく会えたのに。俺は真白の感じてる顔がもっと見たいよ」

「え……あ、ああっ‼」

パンパンパンパンパンパン――‼

突然はじまったのは、荒々しいピストン運動だ。濡れた尻肉が、何度も何度も打ちつけられて、たぷんたぷんと揺れる。

半裸の身体に服が巻き付いて、まるで拘束されているみたいだ。そんな真白の乳房を揉みしだきながら、彼は腰で大きく円を描いた。

「真白は俺じゃないと駄目だろう？　俺も真白じゃないと駄目だ。真白じゃないといやだ。真白がいい。真白……真白……俺の女《もの》になって。離さないから……俺とずっと一緒にいよう？」

吐息まじりの秀二の声は、台詞《せりふ》だけなら完全に恋に堕《お》ちた男のそれだ。でも彼は、蕩《とろ》けた真白に身体を押し付けて、思いのままに腰を振っている。真白に与える性的な快感を餌《えさ》に、絶対の服従を強《し》いているのだ。

男と女の身体が互い違いに絡み合って、離れない。身体が、秀二に触れられた処《ところ》全部が、火傷《やけど》したように熱い。

「あっ、あっ、あっ、だめ、いったの、さっき……こんな……うごかないで……」

「可愛い真白が目の前にいて、俺に挿《い》れられて感じてるんだぞ？　やめられるわけない」

「や、だめ……だめ……こんな、続けたら……おかしくなる……ああ……ううう」

「いいねぇ……いろんな真白を俺に見せて。真白なら全部が可愛い」

秀二の物が、大きなグラインドと共に、子宮口をぞろりと撫《な》でてくる。さっき優しく突かれてほぐされたそこは敏感だ。少し触れるだけでも、真白の全身を痙攣《けいれん》させる。

「あ、ゃ、そこだめ……ああ、やぁ……あっ！　あああぁ……」

「嘘つき。本当はこうやって奥まで挿《い》れられるのが好きなくせに。わかるよ。中がずっとヒクヒクしてる。可愛いココもほら、こんなに真っ赤」

濡れた蕾《つぼみ》をそっと剥《む》くように触られて、ビクッと身震いする。

真白は抱え上げられた脚を閉じることすらできない。

秀二は真白の中に肉棒を出し挿《い》れしながら、親指と人差し指で蕾《つぼみ》を捏《こ》ねてきた。こんなに気持ちいいことをされたら、また達してしまう。これ以上感じたら、本当に頭がおかしくなってしまうのに。

「ひぅう……ゃ、やだぁ……はぁはぁ……あんっ！　ふぅあんっ！　だめ……ゃぁあ！」

「『やだやだ』って言いながら、そんな気持ちよさそうな顔してたら、説得力ないよ。本当は、俺にこういうことをされて嬉しいんだろう？　誰のものにもならなかったのは、他の男じゃ駄目だって、自分でわかってたからだろう？　真白は、心も身体も全部俺の女《もの》だ」

自分が恥ずかしい。なにひとつ否定できないのだ。

蕾《つぼみ》を優しくいじられながら、奥を突かれるのが気持ちいいから、「こんなの気持ちよくない」と言えない。

身体に触れるこの人の手が優しいから、「あなたに触られても嬉しくなんかない」と言えない。

離れている間、この人を求めていた自分がいるから、「たまたまひとりだっただけ」と言えない。

こんな強引な行為でも、会いたかったこの人に、女として求められていることを実感している自分がいる。紅潮して火照《ほて》った頬が、快楽に泣いた瞳が、真白を恍惚《こうこつ》の表情にさせる。

この人にずっと会いたかった自分の気持ちに、嘘がつけない。

いつから、心も身体もこの人に囚《とら》われていたんだろう？

「真白はね、俺の女《もの》なんだよ」

「あぁぁああ！」

苛烈な快感が毒となって真白を苛《さいな》む。身体が気持ちいい以上のなにかがあるのだ。三年前とは確実に違う、なにかが。

奥をめちゃくちゃに突かれ、真白はシーツを掻き毟《むし》る。

「ああっ！　やめ、いく――……はあああぁぁあんっ!!」

無理やり絶頂まで追い上げられた真白の身体から、すぅーっと意識が抜け落ちる。同時に繋がった処《ところ》からじわじわと快液が染《し》み出て、下肢を濡らした。

もう、恥じらうこともできない。

ぐったりと目を閉じた真白は、秀二に揺さぶられながら、何度も何度もキスをされていた。

「はぁはぁはぁはぁ……ああ……駄目だ。とまれない。真白、真白……真白が悪いんだ。

全部、真白が悪い。俺をこんなにしたのは真白なんだからな」

秀二は力の入らない真白の両脚を大きく広げ、上から覆い被さる。そして思いのままに腰を動かしてきた。激しい音を立てながら、我が物顔で出入りする秀二の物が、真白の身体を攻め立てる。

「気持ちいいか? 真白……真白、こっち向いて……ああ……」

「あっ、ああー、——……」

貫《つらぬ》かれ、揺さぶられながら、真白は喘《あえ》ぎ声のようなものを上げ続ける。

もう、身体に真白の意識はない。淫《みだ》らな雌の本能が、雄に犯される悦《よろこ》びに目覚めて、ヒクヒクと蠢《うごめ》いているだけだ。

そんな真白の身体にしがみついて肉棒を出し挿《い》れしながら、秀二は獣《けだもの》のように息を荒くした。

「会いたかった……会いたかったんだ……真白……やっと見つけた。もう離さないから……ああ、愛してる」

ぐったりとした真白にキスする秀二は、鈴口からドクドクと射液をあふれさせながらも、尚《なお》も腰を動かしていた。

「……しろ……ましろ……真白……………」

誰かに呼ばれた気がして、真白の意識が泥の中から浮かび上がってくる。

まだ重たい瞼《まぶた》を二度、三度、ゆっくりと瞬《まばた》きすると、頬にあたたかいものが触れた。

身体に力が入らない。頭もぼーっとしている。

「…………」

真白がまた目を閉じると、ぎゅっと抱きしめられ、そのままスリスリと頭に頬擦《ほおず》りされた。その感触が優しくて、なんとも心地がいい。

（あったかい……）

自分が大切に抱き包まれているのがわかる。言いようもなく安心して、力が抜けた。

いい匂いがする。どこかで嗅いだことのある懐かしい匂い――

「っ!?」

ハッとして目を開けると、男の人の逞《たくま》しい胸板が広がっていた。しかも裸だ。

（えっ!?）

一瞬、完全に思考が飛んだ真白の顔を、その人が覗き込んできた。

「起きたか？」

声の主と目が合って固まる。

長谷川秀二――今日、真白が勤める部署に海外から異動してきた、社長の次男。そして、三年前に真白を抱いた男。

再会した秀二に強引に抱かれたことを思いだし、真白はビクッと身を竦《すく》めた。彼が真白の背中をゆっくりと上下にさする。

「無理強いして悪かった。身体は大丈夫か？」

謝るくらいなら、初めからあんなことをしなければいいのにと思う傍《かたわ》らで、三年前も行為のあとで、この人に身体を気遣われたことを思いだす。

「痛い」

実を言うと、痛みらしい痛みはなかったのだが、腰が気怠《けだる》かったのは間違いなかったのでそう答える。すると秀二は、真白を抱いていた腕を緩《ゆる》めて、その綺麗な顔を少し歪《ゆが》めた。

「……悪かった。風呂に入ってあったまるか？　それとも、まだ横になる？」

真白が「横になる」と言うと、彼は丁寧に布団を掛けてくれた。

なんだか変な感じがする。自分を強引に抱いた男に大切に扱われているなんて。

服は着ておらず、身体のべと付きもない。三年前と同じように、彼は気を失った真白の世話をしたのだろう。起きるまでずっと抱いていたのかもしれない。

隣に横たわった秀二が、じっと観察するように見つめてくる。真白は居心地が悪くなり、目を逸《そ》らした。どうにも落ち着かない。

とりあえず今の時間が気になって辺りに視線を彷徨《さまよ》わせるが、薄暗い中では時計が見つからなかった。

「今、何時……ですか？」

尋ねると、「二十一時少し前」と教えられる。

仕事を終えた真白が会社を出たのが十八時少し過ぎ。車に乗っていたのが体感だと二、三十分くらいだから、この部屋に連れ込まれて、かれこれ二時間以上が経過しているこ
とになる。真白が眠っていた時間自体は、そう長いものではなかったのかもしれない。

（これから……どうすればいいのかな……？）

ままならない思考で、そんなことをぼんやりと考える。

「真白」

「……？」

呼ばれて反射的に秀二に視線を向ける。

彼は柔らかく笑うと、また「真白」と呼んできた。

「呼べるって、いいな。この三年間、思いださない日はなかったのに、名前すら知らないから呼ぶこともできなかった。真白……ずっと会いたかった。これは本当だから、信じてほしい」

大事に包み込むように抱きしめられて、カアァっと顔に熱が上がる。お互いの素肌が

ダイレクトに触れ合っているのだ。しかも、太腿《ふともも》になにか硬い物が押し付けられている。

（こ、これは……まさか、～～～っ!!）

さっきまで自分の身体の中に挿《い》れられていた物が、まだ硬く反《そ》り返っていることに気付いて、心臓がバクバクする。秀二は抱きしめた真白の首筋を軽く吸ったりしながら、背中をつーっとなぞるのだ。その仕草に、性的なものを感じずにはいられない。

今、ちょっと脚を抱えられたら？　腰を押さえつけられたら？　女の真白は男の秀二に、力では敵わない。あっという間に組み敷かれて、またあの硬い物を挿《い》れられるかもしれない。奥まで全部――

想像しただけで、じわっとあそこが濡れてくる。

今、自分はなにを想像した？　なにを期待した？　なぜこの身体は濡れる？

（うそ……わたし……）

真白が引き攣《つ》った顔で硬直《こうちょく》していると、秀二がそっと身体を離した。

「……腹、減らないか？」

唐突な質問に驚くが、考えてみればお腹が減っている。会社を出てから、真白はなにも食べていない。それはきっと、秀二も同じなのだろう。

彼はベッドから下りると、床に脱ぎ捨てていたスラックスを穿いた。

「シャワー浴びて、なんか適当にデリバリーでも頼んでくる」

自分が抜けた布団の隙間を両手で押さえて、真白が冷えないようにしてくれる。でもそんな秀二の顔を、真白は見ることができなかった。顔のほとんどを布団に埋《うず》めて、息を潜《ひそ》める。

彼が、真白の額《ひたい》にそっとキスを落とした。

「真白はここで待ってな」

秀二が部屋を出ていく気配がしてしばらくして、扉の向こうからザーッとシャワーの音がはじまる。この部屋にひとりになったことを確信した真白は、ガバッと布団から飛び出して、床に散らばっていた自分の下着やスーツを掻き集めた。

（もぉ～っ！　なんなの⁉　なんであんなことするの⁉）

下着を身につけつつ、心の中で悪態をつく。

秀二にキスされた額《ひたい》が熱い。額《ひたい》どころか、顔が茹《ゆ》だったように真っ赤だ。

心臓はずっとバクバクしたままで、落ち着きの欠片《かけら》もない。引き裂かれたパンストを拾って自分の鞄《かばん》に詰めながら、真白は悔しさに唇を噛んだ。

自分が女であることが、猛烈に悔しい。

秀二に抱かれているとき、真白は言い訳できないほど感じていたのだ。

あんなに強引なセックスだったのに、気持ちよくなってしまった。何度も何度もイカされて、どろどろに溶けて、最後には気を失って……

自分の中の女が、秀二を最後まで拒《こば》みきれなかったのだ。むしろ、受け入れていた?

(やだやだやだ! 信じらんない!)

そしてなにより悔しいのは、自分を強引に抱いた秀二を憎めないことだ。

あの人の腕が優しく真白を抱いて、切ない声で「会いたかった」と「忘れられなかった」と言うから、ひどいことをされたはずなのに、ちっとも憎めない。これは自分がおかしいのだろうか?

(なんで、もぉ……わたし、なんで?)

どうしてこの身体は、秀二に抱きしめられるだけで、濡れてしまうんだろう? それが体質だとしても、自分がとても淫乱に思えて、情けなくて、恥ずかしい。

『ドM』

突然、秀二の囁《ささや》きが思いだされて、真白は更に頬を染めた。

(わ、わたしはドMなんかじゃないんだから!)

ここにいてはいけない。ここで彼が戻ってくるのを待っていてはいけない。

まだ二十一時なら電車もある。スマートフォンの地図アプリを使えば駅まですぐ行けるはず。

乱れたスーツをコートで隠して、真白は一目散に逃げ帰った。

◆　◇　◆

——翌日。

会社のロッカーに自分の荷物を投げ込んだ真白は、バタバタと慌ただしく営業部署に入った。始業時間一分前にタイムカードを押す。遅刻ギリギリだ。ギロリと睨《にら》んでくる部長の視線に、「スミマセン」と小さく肩を竦《すく》ませた。

「オハヨ。遅かったね、珍しい」

細谷が、小声で笑いかけてくる。

「ちょっと、寝坊しちゃって」

テヘッと誤魔化し笑いを浮かべた真白は、自分の席についてようやく首に社員証を掛けた。

「ふぅ……」

小さくため息をつく。すると、斜め向かいの席から強い視線を感じて、ゾクッとした。視線をよこしてくるその誰かさんに猛烈な心当たりがあるだけに、そちらを見る気にはならない。無言でそっぽを向いて、「わたしは気付いていませんよ～」と、素知らぬフリを決め込んだ。

昨日、秀二のマンションを出た真白は、大通りまで走り、そこで捕まえたタクシーに乗って駅まで移動した。その最中に、真白が逃げたことに気付いたであろう彼から電話が掛かってきたのだが、もちろん出るわけがない。彼からの着信が五件になった辺りで、スマートフォンの電源は切った。それから電源は入れていない。

お陰でスマートフォンのアラームが鳴らなかったので、今朝はいつもの時間に起きることができず、遅刻ギリギリとなってしまった次第である。

休むという手もあったのだが、社会人の悲しい習性か、目が覚めて遅刻ギリギリだと気付いたら、もう出社の用意に取りかかっていたのだ。

開き直って「休みます」と連絡できない辺り、自分でもたいがい小心者だと思う。

パソコンの電源を入れて今日の仕事を確認していると、張り付くような視線をよこしていた誰かさんが部長に呼ばれた。

彼の視線が離れたことにホッとして、作業の続きに掛かる。でも、今度は真白のほうが、彼の背中に視線を向けていた。

皺《しわ》ひとつない上等なブランドスーツと、広い肩幅、スラリと伸びた長い脚。後ろからでは顔は見えないが、その立ち姿だけでも彼は他の男の人とは違う。爽《さわ》やかで凛としているくせに、どこか蠱惑的《こわくてき》で掴めない。

長谷川秀二——あの人に抱かれた。

昨日の行為は強引なそれだったから、本当は怒らなくてはいけないのに、憎んだっていいはずなのに……ひと晩明けた今も、まったくそんな気になれないでいる。

『ずっと会いたかった』

『離さない』

秀二のその言葉が、真白の胸に深く刺さったままなのだ。

それが真白を怒れなくして——

（違う！　お、怒ってるんだから！　わたしは、怒ってるの！）

付き合っているわけでもないのに、半ば強引に身体の関係をもたされたのだ。

（怒ってる……怒ってる……わたしは怒ってる……）

自分に言い聞かせるように、何度も何度も心の中で繰り返す。そうして横目でキッと秀二の背中を睨《にら》みつけると、不意に振り返った彼と目が合った。驚いて、パッと顔を正面に向ける。

（だから、なんでこっちを見るの!?）

ああ、もうドキドキする。ちょっと目が合っただけなのに。

顔が赤くなってやしないかと気にしながらも、真白はパソコンの画面を操作した。今日だってほら、たくさんの施工《せこう》写真がアップロードされている。やることは山ほどあるのだ。

（あ、あの人に構ってるヒマなんかないんだから！）

そう、忙しいのだ――

「及川さーん。ちょっと」

「ひゃ?」

作業に掛かろうとしていたところに、急に名指しで呼ばれて変な声が出る。

呼んだのは部長だ。

(なんの用だろう? あ! 今日、遅刻しそうになったから、もしかして注意されるのかな?)

だが、気になるのは秀二の存在だ。彼はまだ部長と話しているように見える。注意されるのは仕方がないにしても、それを彼に聞かれるのはいやだ。しかし、上司に呼ばれたからには行かなくてはならない。

「お呼びでしょうか……」

真白が恐る恐る近付くと、部長がブルーのバインダーを一冊手渡してきた。

「及川さん。今のプロジェクト、もう終わるだろう?」

「あ、はい。そろそろ終わります」

横にいる秀二が気になりながらも、できるだけ彼を見ないようにして、真白はバインダーを受け取った。とりあえず、遅刻しそうになったことに対するお小言ではないらしい。

「TOKYO都市計画に関する基本的な方針」とタイトルラベルが貼られたバインダーは、うんざりするほど分厚くて重い。

（え？　なんでこれを渡されたの？）

なんだかいやな予感がする。

真白が微妙な気持ちでバインダーのラベルを見つめていると、部長がニコニコしながら言った。

「君の次の仕事はそれ。事務方のチーフやって。秀二さんが主体で進行する国家戦略特別区域での都市開発事業ね。竣工《しゅんこう》は二年後の春予定。大きなプロジェクトだから頑張って」

「へっ？」

〝長谷川〟ばかりのこの会社で、部長が秀二を名前呼びするのはわからないでもない。

そんなことよりも、部長の話している内容が呑《の》み込めなかった。思わず目が点になる。

固まる真白に、部長は尚《なお》も続けた。

「営業も事務方も、こっちで選出したメンバーが他にもいるけど、総責任者は秀二さんだから、とりあえず先に紹介しとくよ。まぁ、君らは昨日話してたみたいだし大丈――」

「え!?　ちょ！　あの！　ちょっと待ってください！」

部長の話を遮《さえぎ》って、真白は声を上げた。

普段なら割り振られた仕事を言われるままに引き受けるのだが、今回ばかりはそうもいかない。

国家戦略特別区域⁉　都市開発事業⁉　そしてチーフだって？　プロジェクトの規模の大きさよりも、まず先に突っ込ませてもらいたい。

（なんでわたしがこの人と⁉　いやよ、いやよ！　絶対にいやよ‼）

彼と一緒に働くなんてことは、どうあっても回避したい。しかも竣工《しゅんこう》は二年後だって？　ということは、このプロジェクトに関わってしまったら、最低二年は彼とセット扱いされるということじゃないか。

そもそも秀二は海外転任組。海外転任組にはベテラン事務が付くという、暗黙の了解があったはず。この人事はおかしい！

「わ、わたしには荷が重すぎます！　も、もっとベテランの方に――」

そう声を震わせる真白に、部長はにっこりと微笑んだ。

「君だってベテランだから大丈夫！」

確かに真白もそれなりに経験を積んで、後輩指導にも当たったことがある。言いようによってはベテランと言えなくもないかもしれない。けれど、チーフの経験はない。

真白よりもっと長く勤めていて、海外転任組をサポートしたことのある真のベテラン事務が他にもたくさんいるのに！　なぜ真白⁉

「いえっ、わたしじゃなくても他にもいらっしゃるじゃないですか！」

「正直、私もそう言ったんだがね、秀二さんのご指名だから。頑張って」

「頑張って」が「諦めて」に聞こえる。

ということはなにか？　この男は昨日は真白を拉致《らち》して強引にセックスした挙《あ》げ句《く》、職場でも自分の監視下に置こうとしているのか？

『離さない』ってそういう意味？　それとも昨日逃げたいやがらせ？　こんな私情丸出しの横暴が許されていいのか？

ああ、そうか。部長が社長の次男に逆らえるわけがないのか。彼は〝長谷川〟だから！

ギギギギギッと油の切れたブリキの玩具《おもちゃ》のようにぎこちない動きで、秀二に顔を向ける。

すると目が合った秀二は、微塵《みじん》も悪びれることなく、爽《さわ》やかににっこりと微笑んできたのだ。

「よろしくお願いします。及川さん」

「あ、はい……よろしく、お願いします……ハハ、ハハハ……」

唇の端どころか、顔全体がヒクヒクと引き攣《つ》って、愛想笑いにもならない乾いた笑いが出る。

真白は心の底から叫びたかった。

（このぉ〜ドSッ!!）

2

「及川さん。許可証が来たから、解体と施工《せこう》と道路占有の看板発注よろしく。あと、これコピーね」

「はい」

「及川さん。地域住民の方に工事をお知らせする原稿を作って、現場監督と一緒に配布してきて。あと帰りに東京都の都市計画担当課にこれ提出してきて」

「……はい」

「及川さん。ビルの建築家が月末、現場監督に挨拶《あいさつ》したいって、フランスから来ることになったから。あの人、ホテルはアツィールホテルじゃないとダメだから予約して。スイートね。あと、手土産《てみやげ》のお菓子の用意も」

「………………はい」

「及川さん。お茶」

「………」

給湯室に入った真白は、電気ケトルに水をドボドボと注ぎながら、壁を拳《こぶし》で殴り付ける妄想をしてストレス発散をしていた。

（なにが『お茶』よ！　自分でお茶くらい淹《い》れたらいいじゃないの‼　今どき、おじさん部長だってそんなこと言わないわよっ！　ああ〜腹立つぅ〜〜！）

営業事務として、秀二と組まされてからの真白は散々だ。

事務としての本来の業務ならわかる。許可証に基づく看板発注も、地域住民の方へのお知らせを作るのも、事務方の仕事だ。しかし、お使いやホテルの予約なんてものは、別に真白でなくてもできる。

真白にだって、日報や伝票処理といった通常の仕事がある。今回のプロジェクトは同時施工《せこう》数が多いので、その量も膨大だ。総責任者は秀二だが、営業担当は八人、事務方は真白の他に五人いる。真白はその事務方のチーフとなっていた。

ならば、チーフ権限で他の事務方に作業を分担しようとしたのだが、「それぐらいは及川さんがひとりでやってもらわないと。チーフなんだから。他の人にはこっちをやってもらいますから」と、秀二がにこやかに笑って別の仕事を割り振ってしまうのだ。

チーフより総責任者のほうが偉いのは道理だ。

真白がいくら他の事務方と分担しようとしても、秀二が先手を打って別の作業を指示する。しかも、それも重要な仕事だから、文句を言うわけにもいかない。結果真白は、秀二専属の事務担当のようになっていた。

お陰で真白は大忙しだ。

こんなの、はっきり言っていやがらせとしか思えない。

そんなときに「お茶」だなんて言われたら、苛立ちのあまりに、煮えたぎった油を飲ませてやりたくなる。

（わたしは、あなたの専属の小間使いじゃないのよ⁉）

今回、秀二が総責任者を務める都市開発事業は、「ＴＯＫＹＯ港区プロジェクト」といって、ＪＲ港町《みなとまち》駅東口エリアを再開発する公共事業だ。目玉はオフィスや店舗などが入る二つの超高層ビル。

設計は、フランスが産んだ巨匠、アレクサンドル・オベール。そして超高層ビルと連結する駅は巨匠の日本人愛弟子、黒崎隼人《くろさきはやと》。錚々《そうそう》たるネームバリューである。

他にも、ホテル、ホール、商業施設、公園などが二年後の竣工《しゅんこう》に向けて続々と着工予定だ。

駅とビル、そしてホテルは全てが地下で連結していて、外に一歩も出ずに行き来することができる。更には駅から新街区を抜けて、公園などの公共街区まで歩行者デッキを整備。新しく開通する道路は、従来よりも樹木が多いのが特徴だ。

緑豊かな未来型複合都市を創るこのプロジェクトは、三年前、秀二が欧州にいる当時から進められていたそうだ。今年に入って認可が下り、彼が日本に呼び戻されたということらしい。設計に世界的に有名なフランス人巨匠を連れてくることができたのは、海外部門にいた秀二のお手柄というわけだ。

秀二が転任してきた日、自己紹介でこのプロジェクトについて話していたというのはあとで知った。というのも、秀二との再会に驚いていた真白は、彼の自己紹介なんかまったく耳に入っていなかったからだ。

そんな華々しい凱旋《がいせん》を果たした秀二は、営業部の中でも注目の的だ。

彼が社長の次男ということは周知の事実だから、初めは遠巻きにされていた。けれど初日以降は秀二のほうから周りに積極的に話しかけて交流を図ったこともあって、二週間経った今では彼の周りには人が絶えない。しかも部長だけでなく、直接やり取りする必要もないはずの社員までが、彼のことを「秀二さん」と下の名前で呼ぶフレンドリーさだ。

「秀二さんって、本当に優しいよね。この間、私がファイルを運んでたら手伝ってくれたの。お兄さんと違って気さくだし。話しやすいし」

「わかる！　私もクライアントに無茶振りされて困ってたときに、対応を代わって、うまく纏《まと》めてくれたんだ。ほんと頼りになる。それにね、目が合ったらふわって笑ってくれるんだよぉ〜！」

「王子様だよ、リアル王子様。彼、独身でしょ？　彼女は？　誰か情報持ってない？」

「わかんないけど、帰国したばかりだから彼女はいないと思うのよね。私、今度ご飯に誘ってみるつもりだから邪魔しないでよ」

（………）

給湯室にまで聞こえてきたのは、廊下を歩く女性営業グループの会話だ。その話し声になぜか無性にイラッとする。

爽《さわ》やかで人当たりのいい秀二は、女性社員にもずいぶんと人気のようだ。容姿はピカイチで、仕事もできて、優しくて、そして社長の次男。しかも独身。周りの女性達が色めき立つのもわかる。

わかるのだが、彼女らが秀二を褒めそやしたり、男として意識したりしているのを見聞きすると、なぜか胸がザワザワして、落ち着かない。そして最後には決まって、イライラする。

真白が逃げ帰った翌日以降、秀二は真白に連絡してこなくなった。

無理やり抱くくらい真白に執着《しゅうちゃく》していたくせに、まるでそんなことはなかったかのような振る舞いをするのだ。

関心が薄れた？　他の女にターゲットを変えた？

もしかして、一度抱いたら満足したのだろうか。真白をあんなにも強く抱きながら、『ずっと会いたかった』なんて言っていたくせに！

（……なによ……なんでわたしが、こんなにイライラしなきゃいけないの……？）

自分が振り回されているのを感じながら、真白は急須に茶葉をこれでもかと押し込むと、沸騰したてのお湯を注ぎ込んだ。

うんと苦いお茶にしてやる。

砂塵《さじん》のような粉の舞った、濃い苦茶《にがちゃ》ができあがった。

これを飲んで目を白黒させるであろう秀二の顔を想像して、少し溜飲《りゅういん》が下がる。これくらいやったって、許されるはずだ。

「長谷川さん。お茶が入りました」

パソコンに向かって爆速でキーボードを叩き込んでいる秀二の横に立つ。忙しそうだ。

画面をチラリと見ると、TOKYO港区プロジェクトとはまた違う企画書に見えた。

彼はTOKYO港区プロジェクトのために帰国したようなものだから、他のプロジェクトは持っていないと思っていたのだが、そういうわけでもないらしい。

（なら、まぁ、……うん……この人が忙しいのは、事実、なのかな……）

「ああ。そこに置いておいて」

無愛想にそれだけを言った秀二は、真白のほうを見もしない。

（いくら忙しくても、『ありがとう』くらい言ったっていいじゃないのっ）

彼の態度にまたイラッとして、真白はデスクに叩きつけるように湯呑みを置いた。

「あの、秀二さん。ちょっとアドバイス貰いたいんですけれどぉ……」

真白より年下の女性営業が、可愛くしなを作って秀二の側に寄る。すると、彼はあれだけ忙しそうにキーボードを打っていた手をピタリととめて、わざわざ椅子ごと彼女に向き直ったのだ。

「どうしましたか、四宮《しのみや》さん」

「私の名前、覚えてくれたんですか？　嬉しいっ！」

「もちろん覚えますよ。可愛らしい方ですからね。それでどうしましたか？　なにかお困りですか？」

涼しげな笑みまで浮かべる秀二の態度は、まさに完璧な王子様だ。漫画的表現を使うなら、彼の顔面を中心にキラキラした浮遊物や花がちりばめられていることだろう。忙しい中、わざわざお茶を淹《い》れてきた真白に向けるそれとは一八〇度違う。

本来、あの笑みを向けられるべきは、真白《じぶん》ではないのか!?

（なんなのアレ！　なんでわたしにだけ態度が違うの！　この二重人格っ！　極悪人！　ドS！）

イライライライライライラ――

真白が秀二を上から睨《にら》んでいると、四宮と目が合った。

女性の営業担当は華がある人が多いが、四宮も漏れなくそのタイプだ。ネイルは綺麗に手入れされ、いつもきっちりメイクをしている。凹凸《おうとつ》のある魅力的な身体のラインをした彼女は、顔もいいが頭もいい。平々凡々な真白とは真逆である。近い部署にいるとはいえ、同じ案件を扱ったことがないので、特に親しくはない。

四宮がなにを考えているのか読めない表情で真白を見つめたのは、ほんの数秒。彼女は真白を華麗に無視すると、もう一歩秀二のほうに身体を寄せた。

「あのぉ～、この見積もりのところなんですけれどぉ～」

べたべたに甘い、鼻にかかった四宮の声が、妙に癇《かん》に障る。

プイッと身を翻《ひるがえ》して真白が自分の席に戻ると、細谷がバインダーを手にやってきた。

「ヤッホー、及川チーフ」

「先輩！」

からかいまじりの細谷の声に、思わず苦笑いする。

「もーやめてくださいよ。チーフなんて名ばかりで、実際にはなんの権限もないんですから。わたしなんかパシリですよ、パシリ。ずっと扱《こ》き使われてるんですから」

真白は本音でそう言ったのだが、細谷は謙遜《けんそん》と受け取ったようだ。ずっと笑っている。

「そう？　でも、秀二さんのプロジェクトでしょ？　皆も羨《うらや》ましいって言ってるよ。秀二さんかっこいいよね。ザ・御曹司って感じで。目の保養になるわぁ〜」

そう言って、細谷は蕩《とろ》けた眼差しを秀二に向けた。

(あの人は本当はドSなんですよ！　確かに見た目はかっこいいケド、中身は二重人格なんですよ！　わたしに対する態度とかホントひどいんですから！　細谷先輩も皆も騙《だま》されてますよ！)

紳士で人当たりのいい極上御曹司——でもその裏の顔はドSな暴君なんだと言ったところで、誰も信じないだろう。それぐらい、会社での秀二は完璧だ。

真白は説得をハナから諦めて、細谷に向き直った。

「ところでなにか御用でしたか？」

「あ、いけない。忘れるところだった」

細谷は思いだしたように、持っていたバインダーを真白に見せた。

「営業部の皆で、秀二さんの歓迎会をやろうって話になってね」

なんだって？

真白の表情筋がピクリと固くなる。が、細谷はまったく気付かなかったようで、嬉々《きき》として話を続けてきた。

「来週の金曜なの。都合どうかな？　参加・不参加に丸を付けて——」

「不参加です！」

バインダーを受け取るなり、間髪《かんはつ》をいれず不参加にぐりぐりと丸をする。

（あの人の歓迎会？　そんなの絶対参加しない！　絶対絶対絶対参加しない！）

拉致《らち》されて、無理やりセックスされて、仕事でもいやがらせされているのに、歓迎なんかできるわけがない。こんな状態で歓迎会に出席なんて、それこそ『ドＭ』じゃないか！

真白の気迫に圧《お》されたのか、細谷が若干引き気味で後退した。

「そ、そう？　用事あった、かな？　じゃ、私、これを他の人に回しとくね」

「はい。お願いします」

細谷の背中を見送って、自分のパソコンに向かう。密かに盗み見た秀二は、四宮との会話をちょうど終えたところのようだった。

秀二の手が、真白の置いた苦茶《にがちゃ》入りの湯呑みを持ち上げ、口に運ぶ。

お茶に口を付けた彼は――相当苦かったのだろう、一瞬ピタリと動きをとめた。が、何事もなかったかのようにお茶を飲み干すと、秋波《しゅうは》たっぷりの流し目で真白を見つめてきた。

目が合って、思わず固まる。

正面から見た秀二は、憎いくらいにいい男で、正直困る。

久しぶりに彼をしっかり見て、心臓が勝手にドキドキしていくのだ。

彼は真白を見つめたまま、その濡れた唇を親指の先でゆっくりと拭《ぬぐ》った。

――おぼえてろよ。

ひと文字ずつ紡《つむ》がれる唇にゾクリとして、真白はパッと顔を逸《そ》らした。

顔が、身体が、信じられないくらいに熱かった。

◆　◇　◆

「店を六時半に予約してるんで、そろそろ移動しましょうか」

「はーい」

秀二が営業部に転任してきてから三週間後の金曜日。終業後の幹事の掛け声で、皆がぞろぞろと連れ立って部署を出る。

秀二の歓迎会には、営業部のほぼ全員が参加するらしい。部長をはじめとした営業担当は全員が参加で、不参加は家庭持ちの事務方が数名だけだ。

社内でも屈指の野心家が集まる営業部のメンバーにとって、社長の次男の歓迎会は優先順位が高いらしく、「都合がつかない」という理由での不参加は誰ひとりとしていない――真白を除いては。

(皆さん熱心なことで)

歓迎会の参加者と一緒に営業部を出た真白は、ロッカールームから自分のコートと鞄《かばん》を取って、何食わぬ顔でエレベーターに乗った。

次期社長は長男の健一か、それとも次男の秀二か？　社内の噂は絶えない。

健一は役員として既に経営に長いこと関わっているから、経営者としての経験は豊富。一方の秀二は、現場に近い位置にいる。経営には遠い立場といえるかもしれない。しかしながら、成約率の高さは折り紙つきで、現場からの支持は絶大だ。

秀二が将来社長になれば、現営業部のメンバーは近い場所にいた同僚となるわけだ。

歓迎会の出席率の高さは、将来を見越した打算的ななにかを窺《うかが》わせる。

エレベーターが一階に着いたので、真白は開くボタンを押して、最後に降りた。そして、歓迎会の参加者とは反対方向の駅へと、さっさと足を向ける。

（今日はおいしいもの食べに行こうっと！）

秀二の歓迎会は、最近新しくできた、ネットでも話題の創作料理の店を貸し切りにして行われるらしい。

真白は負けじと、ネットで見つけたお洒落《しゃれ》なイタリアンレストランへと入った。

予約をしていなかったため少し待たされたが、別に予定もないのでどうということはない。

週末の店内は、人気店らしくカップルばかりだ。だが、人目を気にしてその辺で捕まえた適当な男と食卓を囲むような馬鹿な真似はもうしない。カップルだらけのレストランで、堂々とひとりで食事をするだけの度量は、ここ数年でついた。

(あのときも、こうすればよかったんだよね)

そうすれば、秀二と再会してもなんとも思わなかっただろうに。

これは自分の幼さへの後悔なのだろうか?

でも、あのとき彼と過ごした夜は、後悔とは違う意味で忘れられないし、これからもずっと忘れない気がする。

この店の名物らしい、溶けたチーズをかけたミートソースに舌鼓《したつづみ》を打った真白は、少しウインドウショッピングを楽しんでから、自宅へ向かう電車に乗った。

(明日はなににしよう? あぁ、最近旅行に行ってないなぁ。気分転換にどこか行きたいかも……)

ここではないどこかへ——

頭ではそう思っていても、電車に揺られて辿り着いた先は、見慣れた家路だ。

駅から徒歩十五分。川沿いに並ぶ住宅地に、真白が住むアパートはある。少し古いしエレベーターもないが、風呂とトイレが別なところが気に入って入居を決めた。新卒で就職して以来の我が家だ。

街灯が点々と続く夜道を歩いて、もうすぐ我が家に着く——というとき、一台の黒塗りの車がアパートの前にとまっていることに気付いた。

路上駐車は時々あるが、この地域には似つかわしくないハイグレード車のような？

違和感を覚えながらも、真白が車の横を通り過ぎようとすると、ウィーンと窓が下りた。

「真白」

呼ばれてピタリと足をとめる。開いた窓から、運転席の秀二が見えた。

「乗れ」

（なんでいるのよ……）

今日は彼の歓迎会のはずなのに。いや、それよりも、教えてもいない自宅を秀二が知っていた。ということは、彼は真白の履歴書をチェックしたのだろうか。驚くよりも先に呆れてしまう。

真白は小さくため息をつくと、車の助手席に乗った。

「へぇ？　今日は素直に乗るんだ」

エンジンをかけた秀二が、機嫌よさげに言う。真白はシートベルトを着けて、そっぽを向いた。確かに、自分を無理やり抱いた男の車に進んで乗るなんて、正気の沙汰《さた》とは思えない。でも真白は、この人に言いたいことがあった。

ゆっくりと車が動きだす。「どこに行くの？」と聞けば、「俺の家」と秀二が言った。

「遅かったな。どこか行ってたのか？」

「ご飯食べてただけです」

「うまかったか？」

「それなりに。あなたは？　歓迎会だったんでしょう？」

主役のいない歓迎会なんて成立しないのだから、おそらくちゃんと出たのだろう。けれど、彼が真白のアパートの前にいつからいたのかわからないだけに、ちょっと心配になる。

秀二は滑《なめ》らかにハンドルを切りながら、「出たよ」と言った。

「でも、二次会は断った。おべっかだらけのどうでもいい宴会だ。真白は来なくて正解だ。賢い賢い。俺も真白とふたりで飯を食いたかったな」

乾いた嗤《わら》いを吐く彼は、真白が歓迎会に出席しなかったことなんて、微塵《みじん》も気にしていないらしい。それどころか、ふたりでいたかったというようなことを言われて調子が狂う。

真白は自分を戒《いまし》めるように、キッと秀二を睨《にら》んだ。

今こそ溜まりに溜まったものをぶちまけるときだ。

「わたしはあなたを歓迎してないから出なかったんですけど？　言っときますけど、この間のことだって、わたしは許してませんから。なによ。だいたい、会社でわたしにだけ態度が違うのはなんなの？　他の子にはニコニコと愛想いいくせに、あからさますぎるでしょ!?　わたしが気に入らないならもう構わないで。わたしはあなたのせいで忙しいんだから、お茶とか雑用とか、手があいている他の子に頼んでくれる？　なんでもかんでもわたしに振るのはやめて」

「……他の女が淹《い》れた茶とか飲めるわけないだろ、気持ち悪い」

「は？」

秀二がなんと言ったのかよく聞こえずに、思わず眉根が寄る。すると、赤信号で車をとめた彼が、真白のほうを向いた。

「なに、嫉妬《しっと》？　ああ、それであの不味《まず》い茶ね。可愛い奴」

「嫉妬《しっと》!?　わたしが!?」

そんなことあってたまるもんかと目を剥《む》く。

妬《や》いてるんじゃない。これは怒っているんだ。なのに秀二には、ちっとも伝わらない。

彼は少し栗色がかった真白の髪をひと房すくうと、柔らかく目を細めた。

「心配しなくて大丈夫だよ。俺には真白が一番だから。俺が真白しか見えてないことぐらい、わかるだろう？　冷たくするくらいが、会社ではちょうどいいんだよ」

「……なに、それ……？」

一番？

ダメだ。声が上擦《うわず》る。

こんなのは、からかわれているだけに違いない。そう思いながらも、トクンと胸が疼《うず》く。

秀二はただ静かに笑いながら、真白の髪を自分の指にクルクルと絡めた。

「それとも、可愛がってほしいのか？　ならそうするよ。俺も我慢してたし」

「…………」

（それ、どういう意味？　わたしを、可愛がるのを我慢しているってこと？　会社だから？）

ドクン、ドクン、ドクン、ドクン――……

彼の考えていることがまるでわからない。なのに彼の言葉の端々に、自分への特別ななにかを勝手に感じ取った心臓が、徐々に徐々に反応していく。触れられた髪さえも敏感になっていくみたいだ。

彼に会社で可愛がられたらどうなるんだろうと思うと、背中の辺りが妙にゾクゾクした。

「い、今までと一緒でいい……です……」

「真白はなんだかんだで、俺が回した仕事を全部こなしてるし、ミスもないんだよなあ。チーフとしての評価はまずまずだな。正直、意外だった。あれだけ捌《さば》けるなら、もっと早くチーフやってもよかったんじゃないか？　勿体ない。まぁ、真白のキャリア的にも、今の案件に関わっておくのは悪くないはずだ」

「ど、どうも……」

いきなり仕事振りを評価されたことに、軽く動揺しながら固い返事をする。秀二が自分の仕事を評価しているとは思っていなかったのだ。

（てっきり、いやがらせをして楽しんでいるのかと思ってた……）

「ま、作業量が多いのはわかってるんだ。希望するなら俺の裁量で減らしてやるよ。どうする？」

試すような、からかうような言い方だ。仕事量を減らしてもらったら楽にはなるかもしれないが、それはそれでプライドに障る。しかも、秀二に貸しを作ることになってしまいそうだ。

「いいえ、これまでと同じでいいです。むしろそのほうがいいです、ハイ。多いですけど、やれないことはないので。むしろ最近、なんか慣れてきたので」

キッパリと言い切る。

「ドM」

信号が青になると、秀二はニヤッと笑って真白の髪から手を離し、アクセルを踏んだ。

その横顔が、なんとも嬉しそうで目が離せない。会社で見る彼とは明らかに違うのだ。

柔らかくて、綺麗で、それでいて意地悪で……

この人の言葉に、一挙一動《いっきょいちどう》に振り回されているのを感じるのに、憎めない。憎んでもいいはずなのに。

真白が固まっていると、秀二がまた笑った。

「見すぎ」

「〜〜〜っ！」

見ていたことを秀二本人に指摘されるとは思わなかった。一気に顔に熱が上がるのを感じて、俯《うつむ》くしかない。

「真白は可愛いな」

「可愛くないから！」

「可愛いよ。真白は自分がよくわかってないんだな。最高に俺好み」

否定する真白を、更に否定する秀二の声は優しい。妙にドキドキする。この人がくれる言葉が嬉しいのだ。でも素直に「ありがとう」なんて言えない。

真白が頑《かたく》なな態度を貫《つらぬ》いていると、秀二がわざとらしく嘆息《たんそく》した。

「あーあ。可愛がりたかったなぁ。でも真白が、虐《いじ》めてくださいって言うから仕方ないか」

「そ、そんなこと言ってないです！」

真白はなんとかそう言い返したのだが、秀二は笑うばかりだ。

「まあ、俺が皆の前で真白を可愛がると、真白が俺以外の奴に虐《いじ》められるかもしれないから、しょうがないな」

「え？」

意味がわからずに聞き返す。すると秀二は真白のほうを少し見て、また前を向いた。

「俺の周りには、今も昔も面倒くさい連中しかいないよ。今日も歓迎会で大勢いた。俺の身体にべたべた触って媚《こ》びを売ってくる女やら、俺に気に入られようと必死な男。そして、親の七光りだと見下すことに忙しい奴。どいつもこいつも、長谷川コーポレーションの社長の息子としてしか俺を見ないし、本当の俺を知ろうともしない。ま、俺も興味ないけどね。でもそんな奴らの前で、真白だけを特別扱いすることを考えてみろよ。どうなると思う？」

「…………」

ただでさえ、秀二と同じプロジェクトチームというだけで羨《うらや》ましがられているのだ。それに加えて特別扱いなんてされたら、確かに碌《ろく》なことにならないだろう。

「だからふたりっきりのときに、真白を可愛がろう。そうすれば俺は、なにも我慢しなくていいわけだ」

「別に……そんなことを……」

望んでいるわけではないのに。

「――真白だけだよ、俺をちゃんと見てるのは」

ポツリとこぼれた秀二の呟きに、ハッとする。

叔父にあたる役員への彼の態度、社員に対する彼の態度。どれを取ってみても、長谷川コーポレーションの社長の息子としては申し分ない。でもそれは、完璧な王子様が、彫刻のように貼り付いた笑顔で微笑んでいるだけだ。

真白の知っている秀二は違う。ぶっきらぼうだけど、もっと激しくて熱い……

普段は長谷川コーポレーションの社長の息子としての仮面を被っているこの人が、仮面の下にある素顔を自分にだけ見せてくれているのだとしたら？

もしもそうなら――

「……わたしはもう、あなたを知ってるの？」

「うわべの俺しか知らない連中よりは、よっぽどね。俺は真白の前では素《す》だよ。初めからね」

彼のマンションの地下駐車場に、車が入っていく。

車をとめた秀二は運転席から降りると、わざわざ車を回って助手席のドアを開けた。

そして、右手を差し出す。

「来いよ」

無造作に差し出された手が、「俺をもっと知りたいならこっちに来い」と、言っているように感じる。

「…………」

（……わたしは……）

真白は少し視線を下げた。

この手を取ればどうなるか、想像はつく。また彼の部屋に連れていかれて、きっとこの間のように抱かれるのだろう。でもここで逃げれば、そうはならない。

本来なら、この手を拒絶するべきなのかもしれない。でも、さっき秀二が言ったことが本当なら、たぶん彼は既に、真白に自分を見せているのだ。

お互いに名前も素性も知らない出会い方をしたせいか、真白に対する彼の態度は、他の人とは明らかに違う。それが秀二の素顔だとしたら、真白がここで逃げればどうなるだろう？

この人が今まで自分に見せてくれていた大事なものを失うような気がする。その代わり、他の人と同じように扱ってもらえるだろう。

あの不気味なくらいに完璧な、王子様の笑みを向けられることになるのだ。

それが、本当に自分が望んでいることなのか……？

（違う――わたしは……、知りたい……この人のことがちゃんと知りたい……）

ひどいことをされても、どうしたって憎めないこの人のことが知りたい。この人に対して、どうして自分がそんな気持ちになるのかも……

顔を上げた真白は、彼の手に、自分の手を載せた。秀二が柔らかく握ってくる。振りほどこうと思えば、振りほどける強さだ。けれど真白は、その手を離そうとは思わなかった。手を引かれるままに車を降りる。

「いい子だ」

嬉しそうに笑った彼の笑みがあまりにも綺麗で、思わず息を呑《の》む。

反則だ。その笑みは反則だ。なにも言えなくなるではないか。

エレベーターで上階に上がった秀二は、カードキーで鍵を開けると、真白を奥の部屋へと連れていった。

通されたのは、この間は案内されなかったリビングダイニングだ。

「座って待ってな。——ああ、逃げるなよ？」

「に、逃げないですよ……」

前回とは違う。今日は自分からここに来たのだ。

やっと口を開いた真白に、秀二はまた笑った。

「それはよかった」

秀二がリビングを出ていって、パタンと扉が閉まる。

ひとり残された真白は、ぐるりと辺りを見回した。

（広い……）

真白の部屋全てが入ってしまいそうなほど大きなリビングは、モデルルームのインテリアをそのまま持ってきたように美しく整えられている。

壁に掛けられたテレビ。ガラスのローテーブルに、L字型のソファ。ひとり暮らしだろうに、六人掛けのダイニングテーブルなんてものまであった。

秀二が生活の拠点を日本に移したばかりだということを差し引いても、綺麗すぎて生活感がない。対面型キッチンも使われている形跡はなく、カーテンも閉め切っている。

ここで彼はどんな生活をしているのだろう？

真白がソファに座って待っていると、秀二が戻ってきた。

「お待たせ。これやるよ」

ネクタイはそのままだが、ジャケットは脱いでいる。そんな彼が差し出してきたのは、縦長のアクセサリーケースだ。高級感のあるワインレッドのフランネル生地が貼られている。いかにも、ネックレスが入っていますといった箱を見て、真白は微妙に固まった。

「……なに、それ」

声が上擦《うわず》る。そんな真白に、秀二は当たり前のように言ってのけるのだ。

「プレゼントだよ」

「わ、わたしに？」

「他に誰がいるんだよ」

秀二が呆れた声で言って、真白のすぐ隣に座る。

彼は滑《なめ》らかな動きで、アクセサリーケースの縁《ふち》をなぞった。

「デザインなんかは、会えなかった間にあれこれ考えてたから、割とすぐ決まったんだ。でも再会してからオーダーしたもんだから、やっと昨日できたんだ。絶対に真白に似合うと思う」

秀二の声が弾んでいる。

彼は本当に、会えなかった間もずっと自分のことを考えてくれていたように聞こえて、真白の胸が自然と高鳴る。しかも、自分のためだけのオーダーメイドなんて。そんなプレゼントを貰ったことなんて一度もない。

（もしかして、最近なにも言ってこなかったのは、これが届くのを待っていたから……とか？）

我ながら都合のよい解釈だと思う。でももし、そうだとしたら？

顔に熱が上がるのを感じて、真白は俯《うつむ》いた。秀二の顔が見られないのだ。

「あの、わたし、誕生日とかじゃ、ないんですけど……」

「知ってる。誕生日は五月五日だろ。誕生日は誕生日でまた一緒に祝おうな。楽しみにしてな」

「………」

駄目だ。心臓が壊れそうなくらいに締めつけられる。

（この人は……わたしの誕生日も一緒に過ごすつもりなんだ……）

履歴書を勝手にあさったりして、文句を言ってもいいはずなのに、これではなにも言えない。

なんて身勝手な男なんだろう！　なのに嬉しい気持ちが抑えられない。ますます顔が熱くなる。

顔を上げられずにいると、秀二がアクセサリーケースを開ける音が耳に入った。ケースの蓋が視界を遮《さえぎ》って中身が見えないが、胸のときめきは加速する一方だ。

「着けてやるよ」

そう言った秀二の手が伸びてきて、真白の髪を背中に流す。

真白はぎゅっと目を瞑《つむ》った。

髪が持ち上げられ、首に彼の手がそっと触れる。

首の裏に紐《ひも》のような感触があって、同時に鎖骨に金属の冷たさを感じた。苦しくはないが、少し首が締めつけられるような感じがする。かなりぴっちりと首に巻き付いているのだ。

（紐《ひも》？　チョーカー？）

真白がゆっくりと目を開けると、首元でカチッと硬い音がした。まるで鍵が掛かるような――

（え？）

思わず自分の首に手をやる。鎖骨のすぐ上で、固いモチーフらしき物に指が触れた。自分では見えはしないが、紐《ひも》に触れた感覚からしてチョーカーだと確信する。

真白の視線が、ニヤリと愉《たの》しげに笑う秀二のそれと絡んだ。

「え？　なに？」

なにかに突き動かされるように、真白は辺りを見回して鏡を探した。が、この部屋には鏡がない。ならばと、自分の鞄《かばん》からコンパクトミラーを取り出した。

鏡に映ったのは――黒く細い革紐のチョーカーを身に着けた自分だ。

チョーカーの両端にピンクゴールドのリングが付き、そのリング同士を繋ぐように、U字の掛け金が付いた小さな花のモチーフがぶら下がっている。一見すると、南京錠の本体部分を可愛らしい花にした感じだ。ロックモチーフとでも言えばいいか。

モチーフには、小振りではあるもののエメラルドらしき石も付いていて、全体的に上品である。革紐部分も細いので、ハードな印象はまったくない。

チョーカーだから会社に着けていくにはあまり向かないが、普段使いなら問題なくできそうだ。

（普通の可愛いチョーカーに見えるけど……？）

それに、贔屓目《ひいきめ》を除いても自分に似合っている気がする。

秀二が自分のことをたくさん考えた上で、このチョーカーをプレゼントしてくれたのだ。それが素直に嬉しい。

真白が熱心に鏡を覗いていると、秀二がまた笑った。

「それさ。俺じゃないと外せないから」

「え？」

思わず首を傾げる。外せない、とはどういうことだろう？

真白は留め金を探して首の裏に手をやった。が、留め金がない。

革紐を辿って一周回っても、留め金なんかどこにもなく、花のロックモチーフを外さなくては取れない仕組みだと気付く――

（……まさか……！）

「鍵付き」

アクセサリーケースから小さなピンクゴールドの鍵を取った秀二が、悪戯《いたずら》っぽく笑いながらそれを見せてきた。

「……どういう、つもり？」

「どうもこうも。どれだけ待っても真白は連絡してくれないし、再会してこっちから連絡しても無視だ。おまけにすぐ逃げるからな。こうでもしないと、俺が安心できないんだよ」

そうすることがまるで当然のように言いながら、秀二は鍵に付いている輪を人差し指に引っかけて、クルクルと回している。

確かに真白は彼に連絡しなかったし、彼からの連絡にまともに出たのは一度だけだ。無視した数のほうが多い。逃げだしたのもそうだ。

しかし、だからといって、これは間違っている。間違っているはずだ。

「言っとくけど、俺をこういう男にしたのは真白だからな」

「な、に？　それ……」

わけがわからない。真白がなにをしたと言うのだろう。

「鍵をちょうだい。これを外して……」

しかし秀二は笑うばかりで、応じる気配はない。

埒《らち》が明かないと、真白は秀二から鍵を取ろうとした。が、逆に押さえ込まれて、ソファにうつ伏せになる体勢で押し倒された。

「は、離して！」

横目で睨《にら》みながら、ジタバタと藻掻《もが》く。そんな真白の両手を、左手一本で押さえ込んだ秀二が、右手で、自分のネクタイをほどいた。

「離さないよ。一生な」

「っ！」

なにかが籠もったような強い声に、身体が硬くなる。

衣擦れの音がしゅるり、しゅるりと異様なまでに頭に響いた。

「逃げようとしたって無駄だ。俺は真白しか見えないのに、俺をずっと放置してた罰だよ。やっと会えたんだ。もう絶対に離さない」

そう言いながら、彼は真白の両手首にネクタイを巻き付けていく。自分が縛られていく傍《かたわ》らで、真白の胸はあろうことか高鳴っていた。

言葉だけでは足りないと言いたげに、秀二は身体までも縛ってくる。そうまでして、自分を欲しがるこの人を振りほどけない。

（だめ……だめ……なのに……）

こんなことをされて悦《よろこ》ぶ趣味なんて、自分にはない。

けれど剥《む》き出しの執着《しゅうちゃく》を向けられて、ときめく女心がある。

今だってほら、縛った指先に秀二が優しくキスしてくるから、なにも言えない。それどころか、触れられた処《ところ》から身体が火照《ほて》ってきている。

乱暴なだけなら今すぐにでも嫌いになれるのに、熱くて優しい一面もあるこの人に、自分をまるごと奪われたくてたまらないのだ。

でも、ここに愛はあるのだろうか？

秀二は真白を仰向けにすると、微笑みながら真白の首元に手をやった。

「ペットだ」

放たれたひと言に、ズキッと胸が痛くなる。

ぴったりと身体を重ねてきた彼の指先が、首輪のようなチョーカーをなぞった。その指が熱い。

後ろ手に縛られた真白は、ソファの上で秀二の熱い口付けを受けていた。

上唇、下唇と交互に食《は》んで、口内に舌をねじ込まれる。顔を逸《そ》らそうとしても無理だ。秀二の両手ががっちりと真白の頬を挟んで離さない。

長いキスだった。

「ふ、んぅ……は……んぅ……」

「真白……は……真白……可愛い」

くちゅり、くちゅりと音を立てて繰り返されるキス。そして、合間に囁《ささや》かれる自分の名前。すり合わされる舌と熱い吐息が、真白を搦《から》め捕ろうとする。

秀二はキスをしながら、硬くなった物を真白の太腿《ふともも》に擦《こす》りつけるように腰を動かしてきた。スラックスの中で張り詰めた漲《みなぎ》りは、凶器だ。真白を貫《つらぬ》いて、快感で攻め立て、服従させる。

あれを挿《い》れられたら、この間と同じだ。真白は心から抵抗できなくなる。いや、心からの抵抗なんて、今もできていないんだろう。もしかしたら秀二に抗《あらが》うなんて、一生できないのかもしれない。この人のキスは、いつだって真白を蕩《とろ》けさせる。

「ぁ……」

ようやく唇が離れたとき、真白は濡れてしまった己《おのれ》の身体を恥じて、頬を染めた。性の悦《よろこ》びを植えつけられた身体は、キスだけで敏感に反応して、抱かれる準備をしてしまう。

それを知ってか知らずか、秀二は真白の身体をぎゅっと抱きしめると、ジャケットのボタンを外してきた。続けてブラウスのボタンも外される。ジャケットとブラウスを左右に広げられたら、もうキャミソールとブラジャーしかない。

縛られた真白は、上半身下着姿で無抵抗に目を伏せていた。

（……どうして……どうしてわたしは、この人を拒《こば》めないんだろ……）

好きなんだろうか？　秀二のことが。

失恋した真白を、同情でもあんなに丁寧に抱いてくれたのは秀二だ。だからこそ、元彼の良平に自分が愛されていなかったことにも気付けたし、吹っ切ることができたのは間違いない。

あのとき、一時的にでも、秀二に支えてもらったから、立ち直りも早かった。きっとあの夜の救われた記憶がある限り、真白はこの人のことを完全に嫌いにはなれないのだろう。

でも、彼は真白の前では素《す》だと言うが、「好き」とか「愛してる」なんて言葉をくれたことは一度もない。「会いたかった」とは言っていたけれど……

その結果、再会した今、ふたりは身体だけが繋がっている関係だ。

三年前、自分たちには愛も恋もなかった。秀二が、あのときと同じ関係を望んでいるのだとしたら？

他の人に見せる王子様なイメージを崩さずに自分の欲求を満たすために、真白は都合がいい存在なのではないか？　なぜなら真白は、彼のドSな正体を知っているのだから。

胸の谷間を秀二の唇《むし》がなぞる。

彼はブラウスを剥いて真白の肩をあらわにすると、キャミソールとブラジャーの肩紐を無造作に落とした。ブラジャーがずれて、乳房がこぼれる。秀二が乳首の先にキスして、そっと吸うのと同時に、真白の身体から力が抜けた。

初めて彼に抱かれた翌日に感じた、胸のときめきを思いだす。

あのとき真白は、傷付いた自分をひと晩中抱きしめてくれた彼に、心惹かれていた。彼との恋の予感に、胸を躍らせていたのだ。

でも彼は帰ってしまって……

一夜限りの関係なのに、彼に捨てられたように感じたのかもしれない。そしていくら連絡先を貰っても、この想いが自分だけだと思ったから、素直に電話をすることができなかったのだ。もうはじまってしまっていた恋を、恋と認めることが怖かった。また捨てられるのが怖かった。

けれども再会した彼が「会いたかった」と、「ずっと待っていた」と言ってくれたから、強引に抱かれても、真白はあんなに感じたのだ。

それは――

（ああ……そっか。なんだ……わたし、ずっとこの人が好きだったんだ……）

秀二が自分に執着《しゅうちゃく》する理由に気が付いて落胆する程度には、真白の中に彼に対する恋心が育っていたらしい。それはきっと、三年前のあの日からずっと、真白の中にあった気持ちだ。彼に会いたかったのは、真白も同じなのだ。

何年も彼に囚《とら》われていた自分の気持ちに気付いた途端、無性に悲しくなった。胸が苦しい。

弄《もてあそ》ばれるだけの女にはもうなりたくないのに……抵抗できない。

――この人が好きだから。

「あっ……」

乳首を吸い上げられて、不本意ながらも声が漏れる。秀二の口元が綻《ほころ》んだ。彼は両方の乳房を揉みながら、交互に乳首をしゃぶる。

舐《な》めて吸って、舌で包むように扱《しご》いては、乳房を揉む。縛られ、秀二にのし掛かられた真白は、彼の愛撫《あいぶ》から逃れることができない。

唾液をまぶされた乳首を両方とも、指先でくりくりと摘《つ》ままれる。真白は眉を寄せながら、唇を噛んだ。

秀二のことを好きだなんて、気付きたくなかった。ただでさえ憎めないのに、自分の気持ちに気付いたら、受け入れることしかできなくなる。受け入れたら最後、この人の熱が毒のように身体に回って、動けなくなることなんかわかりきっているのに。

これじゃあ、秀二にドMと言われても否定できない。

「真白。この間はひどくして悪かった。今日はたっぷり感じさせるから」

秀二はそう言って、真白の唇をちうちうと吸ってくる。

彼の手が、スカートの中に入ってきた。パンストの上からショーツのクロッチをなぞられて、ピクリと身体が強張《こわば》る。

ショーツがしっとりと濡れている。脚を寄せようとしたけれど、秀二の脚が間に陣取っていて、これ以上は叶わない。舌を絡める秀二の右手が、ウエスト部分からショーツの中に入ってくる。蕾《つぼみ》を優しく捏《こ》ね回され、真白は唇を合わせたまま、熱の籠もった吐息を吐いた。

「んっ」

「可愛い」

秀二の目が細まって、真白の反応を嗤《わら》う。どうしてこの人は、ありふれた顔立ちの自分なんかを可愛いと言うんだろう。

秀二の声から逃げるように顔を背《そむ》ける。けれども、追いかけてきた彼に、またすぐキスをされた。今度は唇が離れない。唇の合わせを舌でなぞるのと同時に、花弁《かべん》の中に息づく女の割れ目が、つーっとなぞられた。後ろで縛られた手に思わず力が入ったけれど、そんなことをしても、解《ほど》けない。ネクタイが手首に食い込むだけだ。

真白の身体の上に、秀二の重みが重なった。

今度は口の中に舌を挿《い》れられるのと同時に、膣の中に指が一本入ってくる。口内を探るように、秀二の舌がゆっくりと回転した。

歯の裏だけでなく口蓋《こうがい》まで、余すところなく舐《な》め回され、しかもその動きとまったく同じに膣の中で指が回る。次は、口蓋《こうがい》を舌先で繰り返し舐《な》め、膣肉を指先で繰り返し引っ掻く。

秀二は舌と指の動きをわざとシンクロさせ、真白の身体の反応を愉《たの》しんでいるのだ。掻き回し、浅く出し挿《い》れし、ちろちろと小刻《こきざ》みに動かして、深い処《ところ》まで挿《い》れる。

くちゃくちゃ……くちゅ、にちゃにちゃ……

このいやらしくとろみを帯びた音は、上と下、どちらから響いているのだろう？

「ん……は、はぁはぁはぁん……んぅ……あん、……あん……あん、はぁはぁ……あん……」

キスされながら喘《あえ》いで、指を挿《い》れられた膣が中からヒクヒクする。

気持ちいい。好きな人にキスされるのが、身体の中を触られるのが、気持ちいい。縛られているのに。首輪《チョーカー》だって着けられているのに。なのに、真白の声は徐々に甘みを帯びていく。

すると、乳房を触っていた秀二の手が、そっと頬に触れた。優しく頬をさするその手は、あたたかい。

真白が思わず力を抜くと、膣肉を撫《な》でていた指が、ぐっと奥まで挿《い》れられた。

「はぅ！」

声が漏れるのと同時に舌が深くねじ込まれ、口の端から飲み込みきれなかった唾液がダラダラとあふれる。秀二と目が合った。

彼の目には、ひとりの女しか映っていなかった。

首輪《チョーカー》を着けられ、泣きそうになっているのに、しっかりと女の顔をした自分。そんな自分を彼が見ている。そう思うと、どうしようもなく濡れた。

口の端から唾液があふれるのと同じに、膣口からあふれたのは愛液《あいえき》だ。

「この前より濡れてる。真白は縛られてするのも好きなんだな」

唇を離した秀二が、真白の気持ちなんかお見通しだと言わんばかりに、あの蠱惑的《こわくてき》な笑みで嗤《わら》う。そんな彼の意地悪な囁《ささや》きにも、身体は感じてしまう。

真白が頬を染めて目を伏せると、くちょっと音がして膣から指が引き抜かれた。

（あ……）

解放されたという安堵《あんど》よりも先に、身体が切なく疼《うず》く。

秀二は、パンストとショーツを無造作に脱がせると、真白の右脚を抱えてソファの背《せ》凭《もた》れに載せた。同時に曲げた左膝を押し広げられ、秘め処を晒《さら》される。

「とろとろ。あふれてる」

「……っ！」

恥ずかしかった。

感じている自分の痴態《ちたい》を、秀二に見られるのが恥ずかしい。なのに、羞恥《しゅうち》に燃える身体は、冷めるどころか、ますます熱くなっていく。

秀二はぬめりを帯びた花弁《かべん》を広げて、愛液《あいえき》を蕾《つぼみ》になすり付けながら、絶え間なく刺激を与えてくる。左右に揺らしたり、小さく円を描いたり、たっぷり濡れた蕾《つぼみ》は、ぬるんっと彼の指から滑っていく。それが絶妙な強さで焦《じ》れったい。

「はぅ……ん……」

腰がひとりでにくねりそうになるのを必死に堪《こら》える。内腿に妙に汗をかいた。

「は……たまらない」

そう小さくこぼした秀二が、指の動きをとめる。そして彼は、真白の脚を今まで以上に広げると、真白のそこにむしゃぶり付いてきたのだ。

「はあぅ⁉」

蕾《つぼみ》をじゅっと吸い上げられて、ビクッと腰が跳《は》ねる。

秀二は真白の脚を固定するように太腿《ふともも》を押さえて、吸い上げた蕾《つぼみ》を舌先で弄《もてあそ》んできた。舌で器用に包皮を剥《む》き、尖《とが》った肉芽をねっとりと舐《な》め上げる。

「やあっ⁉」

目眩《めまい》がする。シャワーも浴びていないのに、身体の一番恥ずかしい処《ところ》を、好きな人に舐《な》められるなんて。

「やめ……そんなとこ舐《な》めないで……やだぁ！」

羞恥《しゅうち》のあまりに引き攣《つ》った声で叫んで、縛られた身体を捩《よじ》って懸命に腰を引く。しかし、秀二は真白が逃げたぶんだけ、腰を引き寄せてきた。

「舐《な》めたいんだよ。この間は気が立っていたとはいえ、可哀想なことをしてしまったからな。後悔してるんだ。だから今日はちゃんと真白を可愛がりたい。真白はただ、俺に抱かれて気持ちよくなっていればいいよ」

秀二は手を使って花弁《かべん》を左右に割り広げると、割れ目をつーっと舐《な》めた。

仕上げにピン！　っと蕾《つぼみ》を弾《はじ》かれる。

「はぁう～～～っ」

たまらない快感に、真白は仰《の》け反《ぞ》って目を見開いた。ヒクヒクと痙攣《けいれん》しながら愛液《あいえき》をこぼす膣に、秀二の指がまた入ってくる。しかも、今度はさっきより多い。

「あ！　く、う～～～……あ！」

蜜口が広げられ、媚肉《びにく》が万遍《まんべん》なく擦《こす》られる。真白が身悶《みもだ》える中、ちゅっと蕾《つぼみ》が吸い上げられた。

「はぁああんっ！」

目の前に快感の閃光《せんこう》が迸《ほとばし》って、一際大きな声が出る。

感じきったこの声をとめたいのに、口を塞《ふさ》ぐための手は縛られたままで動かない。腰を引こうとしても、がっちりと掴まれていてどうにもできない。背凭《せもた》れに載せられた脚すら下ろせないのだ。

ぺちゃぺちゃ、ぐちゅぐちゅ……舐《な》める音と、掻きまぜる音が同時に響く。

秀二は蕾《つぼみ》にキスをしながら、指を出し挿《い》れしてきた。ときには奥まで挿《い》れてくる。それが気持ちいい。真白の感じる処《ところ》を、彼は的確に何度も擦《こす》ってくるのだ。まるで、真白のなにもかもを知っているかのように、何度も何度も。

真白のあそこは、秀二の舌と指にほぐされて、愛液《あいえき》をダラダラとこぼしてヒクつく。

そんなとき、中をぐっと広げられた。

「真白の中、物欲しそうにうねってる。見られて感じてるのか？　いやらしい汁が垂れてきた」

こじ開けられた膣の中まで覗き見られて、恥ずかしさでもう死にそうだ。愛液《あいえき》を舐《な》め取られ、指だけでなく舌までも膣の中に挿《い》れられている。

「あぁ……はぁう……ううう……ううう……」

唇を噛んで声を出すまいとするが、漏れる吐息は誤魔化しようのないほど甘い。今は触れられていない乳首までピンと立っていて、痛いくらいだ。汗が浮いた肌は桃色に薄く染まって、淫靡《いんび》な性の匂いを発している。秀二の愛撫《あいぶ》に、全身が感じていた。

（どうして……？　わたし、こんなことされてるのに……気持ちいいなんて……この人が好きなんて……）

身体が感じれば感じるほど、真白のプライドは崩れていく。

好きな男に弄《もてあそ》ばれた身体が、熱く火照《ほて》る。秀二の言う通り、中はもうぐずぐずだ。どうしようもなくいやらしい身体になってしまった。いや、秀二に変えられた。

舌と指だけじゃ足りないのだ。

秀二のあの太い肉棒を挿《い》れられたくて、彼と繋がりたくてたまらない。そのことばかり考えてしまう。

この間のように、強引に奪ってほしい。この身体をめちゃくちゃにしてほしい。真白の中の雌の本能が、より強い雄を欲しがっている。

三年前、秀二に抱かれたときに、真白はもう、彼の手で変えられていたのかもしれない――彼に恋するように。

「目がとろんってなってる。気持ちいいんだな」

「ち、違う！」

認めるのが悔しくて強気に吼《ほ》えるが、そんな真白の反応を彼は気に入ったのか、「ホント可愛い」と囁《ささや》いて蕾《つぼみ》をツンと突いた。

「そろそろ俺の女《もの》になってもらおうかな」

秀二はシャツを脱いで上半身裸になると、自分のベルトに手を掛けた。

カチャカチャと金属音が鳴る。その音を聞きながら、真白はただ濡れた。

また抱かれる――この人に。

抵抗しなきゃいけない、この人から逃げなきゃいけない。そういった気持ちは、もう真白の中から消え失《う》せている。この恋に気付いてしまったから、真白は秀二を拒《こば》めない。

彼が、自分をどう思っているかすらわからないのに、好きだから拒《こば》めないのだ。それどころか、どんな形であれこの人に抱かれることに、悦《よろこ》びすら覚えている。

「今日は、抵抗しないんだな」

いつの間にか避妊具を手にしていた秀二が、笑いながら言う。その声が、彼に恋している真白の気持ちに気付いているように聞こえて、悔しい。一生懸命に睨《にら》むけれど、秀二は笑うばかりだ。

「駄目。その顔は逆効果。可愛いとしか思えないから」

言いながら秀二が、反《そ》り返った漲《みなぎ》りを取り出した。

はち切れそうなほどパンパンに膨らんだそれは、怖いくらいに雄々《おお》しい。それに避妊具を着けた彼は、だらりと投げだした真白の脚を、自分のほうに引き寄せた。彼の漲《みなぎ》りが濡れた蜜口に充《あ》てがわれて、ぬるんと滑る。自身の先で蕾《つぼみ》を嬲《なぶ》り、蜜口に当てて滑らせる。その繰り返しだ。

「もういい加減わかっただろう？　俺は真白を一生離さないって」

直後、一気に奥まで貫《つらぬ》かれた。

「ああああああぁぁぁっ‼」

真白は仰《の》け反《ぞ》って悲鳴を上げた。

ぐったりとしていた身体が固く強張《こわば》って痙攣《けいれん》する。

浮いた背中に両手が回され、固く抱きしめられた。彼は真白を強く抱きしめたまま、その逞《たくま》しい凶器を出し挿《い》れする。

「あっ、あっ、ふあっ、ああっ！」

揺さぶられるのと、抱きしめられるのとで、気道を抜ける声がとめどなく漏れる。それは感じた女の声で、甘く鼻にかかっている。

秀二は真白の鎖骨にキスをして、波打つ乳房に頬擦《ほおず》りをした。

「真白、気持ちいいか？」

鈴口で子宮口をぐりぐりと擦《こす》られ、その快感に身体が震える。唇を噛んで、つま先をきゅううっと丸める真白は、堪《こら》えるように顔を左右に振った。

「物足りない？　なら、もっと激しくしようか？」

秀二は真白の身体を更に自分のほうに引き寄せると、両脚を肩に担《かつ》いで、上からのし掛かるように奥に奥にと入ってきた。

パンパンパンパンパンパンパン――

激しいピストン運動に、蜜口の痙攣《けいれん》がとまらない。首に着けられた首輪《チョーカー》のロックモチーフが上下に揺れる。こじ開けられた身体が、快感を自分から貪《むさぼ》りにいっているのがわかるのだ。ぐちゃぐちゃと中を掻きまぜられて、真白は甲高い声で啼《な》いた。

「ゃぁああ！　だめ、だめ……奥はだめ、お願い、こんなにいれちゃ――はぁう!?」

「嘘はよくないな。奥が気持ちいいくせに。ああ、よく締まってる。ほら、ちゃんと奥まで届いてるだろう？　わかるか？　俺のがここまで入ってるんだよ。真白の中に入ってるのは俺だ」

「あああっ！」

奥まで深く挿《い》れられ、恥骨を擦《こす》るように大きなグラインドで中を掻き回された。自分のお臍《へそ》の辺りまで秀二が入っているのがわかる。

秀二は真白の感じる奥処《おくか》ばかりを、執拗《しつよう》に突いてくるのだ。

（わたしのなかに、入ってる……この人が入ってる……）

秀二が出し挿《い》れする度に、蜜口から愛液《あいえき》が掻き出される。秀二が入っている。会いたくて会いたくて、自分でも知らないうちに恋い焦《こ》がれていた男と繋がっている。

力ずくで強《し》いられたセックスなのに、彼に堕《お》ちていく——

「ああ……ああ……」

「は、なんだこれ、この前より気持ちいい。もう中がぐずぐずじゃないか。真白はめちゃくちゃにされるのが好きなんだな？　——ドM」

秀二は揺れる真白の乳房を鷲掴《わしづか》みにしながら、押し出した乳首をしゃぶる。

縛られた真白が無抵抗なのをいいことに、茱萸《ぐみ》のように真っ赤になった乳首を、彼は好き勝手に吸い散らかして甘噛みしてきた。肌にも吸い跡を付けられる。

そんな行為にも感じてしまう自分の身体が憎い。

こんなんじゃ、誰に抱かれても感じるドMな女だと彼に誤解されてしまう。秀二にだから、こんなに感じてしまうのに。けれども、この乱れきった身体では、説得力なんてないだろう。

三年前だって、自分から彼を誘った。彼は真白を、淫乱なドMだと思っているのかもしれない。

——ただ、好きなのに。

「あぁ……だめ……もぉ、いく……」

真白が絶頂を極めようとしたそのとき、ずぽっと勢いよく秀二の漲《みなぎ》りが引き抜かれた。

「え……？」

快感のブランコから、いきなり放り出されて呆然とする。

今、とても気持ちよかったのに。イキそうだったのに……

「どう、して……？」

目も口もポカンと開けて放心する真白に、秀二はニヤリと挑発的な笑みを向けてきた。

「真白が俺の女《もの》になるって誓うならイカせてやるよ」

「なっ！」

カアァッと顔に熱が上がった。そんな交換条件のようなことを言われるとは思っていなかったのだ。

真白をこんな身体にしておきながら、秀二は余裕綽々《よゆうしゃくしゃく》だ。人差し指で、真白の身体の輪郭をなぞる。

「イキそうだったのに惜しかったなぁ？　こんないやらしい身体してるんじゃ辛いだろう？　可哀想にヒクヒクして。ああ……びしょ濡れ。ほら、また挿《い》れてやるよ」

そのひと言と共に、また秀二が入ってくる。

真白の中をいっぱいにした彼は、またリズミカルに奥を突いてきた。

「あっ、あっ、あっ、あっ！」

「真白、こんなに中が蕩《とろ》けてる。真白の身体はもう俺じゃなきゃ駄目なんだよ。もう自分でわかってるだろう？　真白をこんなに気持ちよくできるのは俺だけだって」

秀二に抱きしめられた真白は、その熱に溺れるように溶けた。

気持ちいい。中を突かれることよりも、秀二に抱きしめてもらえることと、彼と繋がっていられることが気持ちいい。今この手が自由なら、彼を抱きしめるのに――

「はぁう！　いく……も……はぁあんっ！」

また漲《みなぎ》りが引き抜かれて、秀二が離れる。

彼のぬくもりを失った途端に、全身が凍えたように震えた。まるで突き放されたように感じるのだ。

「いや！　お願い、抜かないでっ！」

気付けば、真白は、ぽろぽろと涙をこぼしていた。

秀二が真白に構うのは、一時の気まぐれと、あとは単に都合がいいからかもしれない。

でも、それでもいい。

他の誰でもないこの人に、どうしようもなく惹かれている自分がいる。

「俺が欲しいか？」

秀二の声に、泣きながらコクコクと頷く。

綺麗な薔薇《ばら》を素手《すで》で触れれば、その棘《とげ》で傷付くことになるなんてわかりきっている。それでも、手を伸ばさずにはいられないのだ。

冷静さを失くすことが恋ならば、これ以上の恋はない。

（もう、なんでもいい……。なんでもいいから、お願い、抱きしめて……）

快感が欲しいからじゃない。この人が欲しいのだ。たとえ恋人でなくても、この人が欲しい。身体でしか繋がれないなら、それでもいいから……。

真白が潤《うる》んだ瞳で秀二を見つめると、彼が小さく喉を鳴らした。

「ああ、真白……その顔、最高だ。ゾクゾクする」

秀二の両手が頬に触れてくる。そのぬくもりだけで、どうしようもなくホッとした。

抱かれる快感以上に、この人に触れられる歓《よろこ》びが強い。

流れる涙を拭《ぬぐ》うことなく、彼は真白の唇にキスをした。舌が絡まって、互いの唾液を交換して、同じ温度の息を吐く。

柔らかく優しいキスに、心も身体も溶けていく。

「俺が欲しくて泣いてるのか？　可愛すぎだろ。ああ、真白……真白……」

重なってきた秀二が、真白を呼ぶのと同時に中に入ってくる。

幸せだと思った。

内側から開かれる快感は、真白にとって、彼が自分の中にいることを教えてくれるシグナルにすぎない。この快感が続いている間は、秀二がここにいる。彼に抱きしめてもらえる。

この男を離したくないと、女の身体がわがままに収縮する。彼を自分に引き留めようと足掻《あが》いているようだ。

秀二は絡みついてくる肉襞《にくひだ》を抉《えぐ》るように突き上げながら、真白を蹂躙《じゅうりん》した。その抜き差しがこの上なく気持ちいい。自分でも知らぬ間に、真白ははしたなく腰を振っていた。

乳房をねっとりと揉みしだきながら、秀二が真白を見下ろす。

「……真白、俺の女《もの》になるか？」

「ん……うんっ……うん……」

そう返事をした途端、真白の中に埋められた彼の物が、より一層、大きく硬くなった。

「真白っ!!」

秀二は真白にのし掛かり、両手でしっかりと抱きしめると、叩きつけるように強く激しく腰を動かした。

荒々しいセックスは男と女というよりは雄と雌で、その目合《まぐわ》いは交尾のようでもある。美しさよりも生々しい。だから余計に夢中になる。

荒々しくソファが軋《きし》んだ。

過ぎる快感は暴力だ。それでも気持ちいいのは、秀二に強《し》いられたこの行為に、真白自身が完全に麻痺《まひ》しているから。

彼は真白の唇を吸いながら、何度も何度も名前を呼ぶ。「真白、真白、真白」と……

「やっと俺の女《もの》になった」

合間に聞こえる息づかいから、彼が興奮しきっているのがわかる。

「あ、あっ……あぁ……はぁ、はぁはぁ　あぅく……はぁはぁあぁあ！　ふぁ……いく……ああ……ああ……おねがい、おねがい、このまま離さないで……」

「ああ、離さない。離すもんか！　だから真白、俺から逃げるな」

巻かれた首輪《チョーカー》のロックモチーフを秀二が引っ張って、真白の頭が持ち上がる。ソファの軋《きし》む音が一段と激しくなるのと同時に、息がとまるほど、深くキスされた。

唇が離れない。身体の中は全部、彼に埋められて、心の中まで支配される。

秀二のリズムで揺さぶられながら、真白はこの人からはもう逃げられないんだと悟った。

3

「は……んっ、んっ、う……」

ベッドの中央に座る秀二に跨《また》がった真白は、膝立ちになった格好でゆっくりと自分の腰を沈めた。

彼の雄々《おお》しい肉棒が、ずぶずぶと蜜口にめり込んでいく。薄い膜越しでも、熱くて硬いのがわかる。真白が快感に小さく眉を寄せると、両方の太腿《ふともも》が同時に撫《な》でられた。

「ちゃんと奥まで入ったな。いい子だ。真白、そのまま腰を振ってみろ」

「んっ」

秀二の言葉に頷いて、ぎこちなく腰を前後させる。それと同時に、着けられている首輪《チョーカー》のロックモチーフが小さく肌に当たった。

ゴールデンウィークがはじまって、休暇に入った秀二と真白は、朝からずっとベッドの中にいた。

あれから三カ月以上が経つが、秀二はずっと、真白を離さない。お陰で真白が自分のアパートに帰ったのは、着替えを取りに行った数回だけだ。それも秀二の送迎付き。彼はどうやら、真白がひとりで行動することを極端に嫌うらしい。

朝は秀二の腕の中で目覚め、朝食は彼が用意してくれた物をふたり揃って食べて、彼の車で最寄り駅まで送ってもらう。そして真白は、一応の電車出勤を果たすのだ。

出勤するにあたって、首輪《チョーカー》を外してほしいと何度も頼んだが、秀二は聞いてくれない。困り果てた末に、真白は首輪《チョーカー》を隠すように首にスカーフを巻くようになった。

不審《ふしん》がられるかとも思ったのだが、お洒落《しゃれ》目的で首にスカーフを巻いている女性も少なくはないので、特に追及されるようなことはなかった。

最初の頃は何度か細谷に「珍しいね」と、言われはしたものの、今ではもうなにも言われない。

秀二とは、会社では適度に距離をおいている。昼は基本的に別々だし、相変わらず他の事務方より仕事を押し付けられているのだが、ミーティングだとかなんとか理由を付けて、秀二に食事に連れていかれることはある。

退社時間は真白のほうが先だ。もちろん、帰る先は秀二のマンション。合鍵も渡された。

なんとなく夕飯を作ってみたら妙に喜ばれたので、それ以来、朝食は秀二、夕食は真白、のような役割分担ができている。

そして夜は秀二に抱かれて眠る。セックスをする夜も、しない夜も、彼は真白を離そうとしない。いつもいつでも「可愛い」と言って、真白を猫可愛がりする。それは職場で真白に見せる素っ気なさとも、他人に見せる王子様な態度とも、完全な別物だ。

休日になると、彼は更にベッタリになる。一緒にいない時間というのがほぼない。

食事も、テレビを見るときも、入浴タイムも、寝るときも、この部屋の中ではずっと一緒だ。でも、相変わらず真白は秀二の彼女ではない……

にちゃ、にちゃ……くちゅっ……繋がった処《ところ》から、いやらしく粘っこい水音が響く。それは、真白の中を秀二の物が擦《こす》っている証《あかし》だ。

恥ずかしくて、気持ちよくて、頬が染まっていく。

真白は俯《うつむ》いて、唇を固く引きしめた。

「どうした？　下を向いたりして。こっち見ろよ」

秀二は意地悪な口調で言いながら、左の乳首をきゅっきゅっと摘《つ》まんでくる。中を擦《こす》られながら、乳首を触られるのが気持ちいい。お腹の奥が疼《うず》いて締まるのが自分でもわかる。秀二を咥《くわ》えている膣が彼の形になるのだ。

「こっち見ろって」

「ふー、ふー、うく………」

小さく腰を揺らしているうちに、甘い声が漏れそうになる。真白が自分の口に手を当てると、摘《つ》まれていた乳首に秀二がキスしてきた。

「俺を見ろって言ってるだろう？」

顔を覗き込むように上目遣いしながら、柔らかく乳房を揉んでくる。そんな彼の目は優しく細まっていて、正直、心臓に悪い。

「は、恥ずかしいから……そんなに見ないで」

一瞬だけ合った視線を遮《さえぎ》るように、両手で顔を隠す。

秀二への想いを自覚してからこっち、真白はまともに彼と目が合わせられなくなっていた。きっと、彼の顔が綺麗すぎるのが悪いのだ。視線が絡むだけで、身体が熱くなってしまう。

「なんで？　もう全部見てるじゃないか。隅々まで」

「～～～っ!!」

（な、なんでそういうこと言うの？　ぜ、全部とか、す、隅々とか……）

秀二に身体中隅々まで全部……それこそ、身体の中まで覗き見られてしまったのは本当のことだけど、恥ずかしいものは恥ずかしいのだ。頬と言わず、顔中に熱が上がる。

すると、顔を隠していた手が外されて、後ろ手にひとつに掴まれた。

「真白は俺の女《もの》なんだよ。わかってるだろう？　俺は真白の感じてる顔を見るのが好きなんだって。だから顔を隠すなよ」

「え、えっち……へんたい……」

瞳を潤《うる》ませ、真っ赤になった顔で睨《にら》むと、秀二は蠱惑的《こわくてき》な笑みを浮かべて囁《ささや》いた。

「へぇ？　そういうこと言うんだ？　ドMのくせに」

秀二はそう言って、真白の乳首をれろーっと舐《な》めた。あいた片方の手で乳房をふにふにと揉みながら、そのまま乳首を咥《くわ》える。

ちゅぱちゅぱ……くちゅくちゅ……と、舌と口蓋《こうがい》で挟んだ乳首を扱《しご》き吸う。しかも真白をじっと見つめながら、だ。なんて強い視線なんだろう。感じていることを見透《みす》かされているみたいで、頭がクラクラする。そうして秀二の物を挿《い》れられたあそこは、更にぐっちょりと濡れるのだ。

「ゃあ……みちゃ、いや……あ……みないで、みないでよ……」

恥ずかしい。見ないでほしいのに、掴まれた手は動かせない。秀二は乳を吸いながら、真白の表情ひとつ、反応ひとつ見逃すまいと、じっと見つめてくる。まるで視姦されているみたいだ。恥ずかしい姿も全部、彼に——好きな人に見られてしまう。

真白は鎖骨の辺りまで真っ赤になっていた。彼の口の中で、乳首が転がされ、甘噛みされて、吸われる。その絶妙な力加減と視線に感じて、甘い声を上げ続けた。

「はぁんっ！」

「可愛い」

「〜〜〜っ!!」

「真白、真白……真白は本当に可愛い。ああ――」

秀二は乳房を揉むのをやめて、首輪《チョーカー》のロックモチーフに触れた。コロンと丸みを帯びたデザインが、鎖骨の間で揺れる。

「――俺の女《もの》だ。俺の可愛いペット。ずっと俺の側にいろよ」

そう、真白は秀二の女《もの》ではあるが、彼女じゃない。ペットだ。セックスをするためのペット。

従属の証《あかし》の首輪《チョーカー》を着けられ、求められたらいつでも脚を開く――彼に飼われている女《ペット》。

こんなのセフレと変わらない。いや、真白に割り切れない気持ちがあるぶん、セフレなんかよりももっと悪いかもしれない。

そんなことはわかりつつも、彼にぎゅっと抱きしめられると、嬉しくてしょうがないのだ。

胸の谷間に顔を埋《うず》めて、満足気な表情《かお》をする秀二に、真白の胸がきゅんとときめく。この柔らかく自然体な表情を自分にだけ見せるこの人が、真白は愛おしくてたまらない。

（どうしよう……好き……）

秀二は普通じゃない。真白に異常な執着《しゅうちゃく》を見せるし、束縛も遠慮がない。

あの日、彼の女《もの》になることを受け入れた日――。真白は彼からもっとひどいことをされるかもしれないと覚悟していた。けれど、現実はただただ、甘い。

秀二は真白を大切に大切に抱いて、芯から蕩《とろ》けさせる。時々縛られることはあるが、それもスパイス程度で、真白の身体を痛めつけたりすることは絶対になかった。

だから、勘違いしそうになる。この人があんまり優しく抱きしめてくるから、「もしかして、ただのセフレではなく、これは恋人関係なんじゃないのか?」と。

「好き」だなんて、一度も言われたことなんかないのに。

「真白、腰がとまってる。動いて」

「ん……ぁ、ぅん……」

ぎこちないながらも、懸命に腰を動かす。どうすればいいのかわからないので、とりあえずさっきと同じように腰を前後に揺すった。すると、秀二が苦笑いした。

「下手くそ」

咄嗟《とっさ》に顔が強張《こわば》る。真白がセックスが下手なのは、今にはじまったことじゃない。真白がセックス下手でつまらない、まぐろ女だったことも、元彼に捨てられた一因なのだ。

(えっちが下手なままだったら、この人にも――)

真白の胸に不安がよぎったとき、秀二が頬にゆっくりと触れた。

「いいんだよ。真白は下手でいいんだ。そこが可愛いんだから。大丈夫、全部俺が教えてやるよ」

うっすらと微笑んだ秀二に、また胸がきゅんとなった。

この人は、真白がなにを怖がっているのかを知っている。知っているから、突き放さない。

四六時中一緒にいるから、秀二に他の女がいないことはすぐにわかったし、彼が自分以外の女を抱いていないこともわかる。

秀二に束縛されることで一番安心しているのは、他の誰でもない真白なのだ。

「真白、ほら」

秀二は真白の顔を引き寄せると、唇に柔らかくキスをした。そして頬を撫《な》でる両手を下に滑らせ、くびれた腰をさする。きゅっと抱きしめられるのが嬉しいし、そのあたたかさが心地いい。

真白が秀二の肩に手を回して抱きつくと、口の中に彼の舌が入ってきた。秀二のキスは好きだ。激しいのと優しいのと、交互に続くキス。

くちゅり、くちゅり、くちゅり……今は優しいキスだ。本当に蕩《とろ》けそうになる。思わず力が抜けた真白の腰を秀二が両手で掴んで、無理やり上下に動かしてきた。

持ち上げられた身体が自重《じじゅう》で沈むのと同時に、繰り出される下からの突き上げ。彼の物が深い処《ところ》まで入る。秀二の首に縋《すが》ったまま、真白はあられもない声を上げた。

「ぁん！　んぅ、あ！　ぁあ〜〜っ!!」

「気持ちいいか？　真白、騎乗位ではこうやって上下に動くんだよ。そして——」

これ以上入らない処《ところ》まで腰を押し付けると、秀二は掴んだ真白の腰を動かして、ぐりんぐりんと大きく円を描いた。

「あッ！」

媚肉《びにく》が強く擦《こす》られる、というより、中が強く掻きまぜられる。恥骨で蕾《つぼみ》まで捏《こ》ねられて、目の前が霞《かす》んだ。

「時々、腰を回す。わかるか？」

秀二はレクチャーしながら、また真白の腰を上下に動かしてきた。今度はズンズンと子宮口を突かれて、気持ちよすぎて身体も頭も甘く痺《しび》れる。

「ああっ……あはああっ……んっ、きもちぃ、ああっ……」

「俺に腰を動かされて感じてるのか？」

真白の気持ちをなにもかも見透《みす》かしたような秀二の囁《ささや》きに、ドキッとする。

きっとそうなんだろう。自分から腰を振っても真白はたぶん、気持ちよくなれない。

秀二にさせられるから、気持ちいいのだ。真白の頬が染まった。

（恥ずかしい……でも、気持ちいい……）

「本当にドMだな。でも可愛いから許す。ほら、もっとだ」

秀二は真白の腰をぐっと押し付けると、そのまま下からリズミカルに突き上げてきた。

「あんっ！　こ、こんな……ひぅううう〜〜〜」

真白の中はもうとろとろで、秀二が動く度にいやらしく愛液《あいえき》を垂らす。

（あ、だめ！　いく……いっちゃう！）

秀二は真白を揺さぶりながら、愉《たの》しげに口角を上げた。

「考えてみたら、俺の上で自分からノリノリで腰振ってる真白とか見たくないな。困りながら感じてるその顔がいいのに、なぁ？」

秀二は真白の腰を大きく回して、鈴口で子宮口を押し上げてくる。

快感を含んだその熱に、呆気《あっけ》なく達してしまった真白は、ガクガクと震えながら崩れ落ちた。

「あ……ああ……ああ……」

「可愛い」

秀二に縋《すが》って肩で息をつく。汗ばんだ顔に張り付いた髪を丁寧にどけて、秀二が額《ひたい》にキスをした。

彼は真白を抱きしめたまま、ゆっくりとベッドに仰向けになる。真白も一緒に、秀二の胸の上に重なった。頭の置き場を探して、真白が秀二の胸にすりっと頬を擦《こす》りつけると、中に埋められたままの彼の物がピクッと動いた。

（あ……わたしたち、まだ繋がってる……）

好きな人とひとつになっている……そう思うと、急に愛おしさが湧《わ》きおこって、媚肉《びにく》がきゅっと締まった。

「っ！　急に締めるなよ」

「え、そ、そんなつもりは、ないんだけど……えと、こ、こう？」

無意識だったのだが、どうやらまずいことをしてしまったらしい。真白は焦りながら、さっき教えられたように、腰を動かしてみた。すると、ぐりんっと天地が逆さまになって――

「わぁっ!?」

「覚えがよすぎる。気持ちいいだろうが。出るかと思った」

眉間に皺《しわ》を寄せた秀二に見下ろされ、自分がベッドに押し倒されたことを知る。

「そ、そうなの？」

自分が彼を気持ちよくさせたことに驚く。それと同時に、ちょっと嬉しい。

いつもは真白を翻弄《ほんろう》してばかりの彼を、逆に翻弄《ほんろう》できたなんて。真白が照れた笑いを浮かべると、秀二も表情を緩《ゆる》めた。

「真白が可愛いのが悪い」

彼は中に挿《い》れたままの漲《みなぎ》りを更に熱く滾《たぎ》らせながら、今度はゆったりとしたペースで腰を動かしてきた。

額《ひたい》と額《ひたい》をくっつけて、お互いの目を見つめたまま、快楽に興じる。気持ちいい。全身が蕩《とろ》ける。もっとくっつきたくて、秀二に抱きついた。

両手を彼の首に回し、自分に引き寄せる。脚を彼の腰に絡ませた。

秀二は真白の乳房を揉みながら、浅く深く出し挿《い》れを続ける。

「気持ちいいか？」

「んっ、うん」

「おかしいな……、最初は泣いてる真白が気に入ってたはずなのに、最近はそうでもない気がする。真白は笑っていても可愛い。真白が気持ちよさそうにしてると、俺も気持ちいい……」

「…………」

自然と唇が合わさって、それから離れない。

彼の言葉の中に、自分を慈《いつく》しんでくれる確かな感情を、真白は見つけた気がした。

行為が終わって、真白は秀二の胸に抱かれたまま、髪を梳《す》かれていた。大きな手がゆったりと髪を撫《な》でるのは気持ちがいい。それに彼は、とてもいい匂いがする。

お互い裸のまま、火照《ほて》った身体をくっつけて微睡《まどろ》むこの時間が、真白は好きだった。

秀二は真白と一緒にいる時間、スマートフォンを触ることはまずない。真白だけを見てくれる。誰かから電話が掛かってきたときに出る程度で、むしろそれすら、いやいやといったきらいがある。そういうところは、前と変わりない。

彼は自分のことはあまり話さないが、二重人格ばりの裏表の激しさは、人間不信のあらわれのように真白には見えた。

「あ、そうそう。明日から一泊二日で旅行に行くから」

微睡《まどろ》んでいた中に突然の旅行宣言を受けて、真白は上体を起こすと目を瞬《またた》いた。

秀二の趣味は旅行だ。しかもひとり旅。ふたりの出会いのきっかけも旅行だったのだから、真白はそれを知っている。

「そうなんだね。いってらっしゃい。気を付けてね」

お土産《みやげ》を買ってきてくれたら嬉しいなと思いながら返せば、真白を撫《な》でていた秀二がその手をとめて、わけがわからないと言いたげに眉を寄せた。どこか、不機嫌そうでもある。

「ちょっと待て、なんでそうなる。真白も行くんだよ。明後日《あさって》は真白の誕生日じゃないか。一緒に過ごそうって約束してただろう？　まさか忘れてたとか言わないよな？」

真白は固まったまま動けなかった。

忘れるわけがない。

緊張や興奮とは違う別のリズムが、心臓を加速させている。

（わたしの誕生日だから、一緒に旅行に行こうって言ってるの？）

でも、真白の誕生日はゴールデンウィーク真っ只中だ。日本全国が連休になるのだから、宿の確保もだいぶ前からしておかなければならないはず。もしかしたら、真白に首輪《チョーカー》をプレゼントしてくれたときから、計画を立てていたのだろうか？

「わ……わ……どうしよう……嬉しい……」

自然と言葉が出ていた。顔がどんどん熱くなっていく。

秀二のマンションは会社から近いので、ふたり揃って近場を歩くことはない。だからデートらしいデートを、真白は秀二としていなかった。いつもこの部屋でふたりっきりの時間を過ごしていたのだ。それを当たり前に受け入れていたのは、秀二にとって自分は、身体だけの女だと理解しているからなのだが……

（こ、これって、デートだよね？　セフレは……デートとかしない、よね？　セフレの誕生日に旅行なんて、わざわざプレゼントしないよね？）

ドキドキしすぎたせいか、頭が飛躍的に幸せな妄想をはじめる。

もしかして、自分はセフレなどではなく、彼の特別な存在なのではないかと——

「そんなに遠くないから車で行くし、俺は着替えくらいでいいけど、真白はなんかいろいろ荷物があるだろう？　用意しときな」

「わ〜。ねぇねぇ、どこに行くの？」

期待に胸が膨らむ。

秀二と初めての旅行。そして、彼と過ごす初めての誕生日。もう嬉しすぎて、今夜は眠れないかもしれない。

「それは内緒。真白は黙って俺についてくればいいんだよ」

秀二は楽しそうに笑ってそう言うと、再び真白の髪を撫《な》でた。

◆　◇　◆

「わぁ……綺麗……すごい……」

ビーズのカーテンのように頭上から垂れ下がる満開の藤を見つめて、真白は感嘆の声を上げた。青、白、そして淡い紫……それぞれの色合いの藤が交互に配置され、計算され尽くした美を演出している。自然の美しさに人の手を加えることで完成する芸術作品に、真白は興奮した。

ここは、秀二のマンションから高速に乗って一時間半ほどの距離にある、新しめの会員制リゾートホテルだ。ひと口に会員制といっても、その客層はかなりバラつきがある。

秀二の話では、ここは個人だけでなく、様々な企業と保養所契約をしているタイプの会員制リゾートなのだそうだ。だから、真白たちのように若い年代の宿泊客も多かった。

門から玄関までの間は、手入れの行き届いた日本庭園になっている。その一角にあるアーチを象《かたど》った藤棚が、今ちょうど見頃を迎えていて、真白たちを含めた数人が足をとめているところだ。

「わたし、藤って初めて見たかも！」

真白がスマートフォンでパシャパシャと藤の写真を撮っていると、前にいた秀二が肩越しに振り返った。

「そうなのか？」

彼曰《いわ》く、フラワーパークなどに藤はよく植えてあるそうだった。だから、真白が「藤を初めて見た」と言ったのが意外だったらしい。

「だってゴールデンウィークの旅行って、なんだか行きにくくて……」

会社は休みになるが、旅行に行きやすいかというとそうじゃない。ホテルは宿泊ランクが軒並み上がり、かなり高額。交通渋滞は風物詩だし、こどもの日もあるから、やたらと子供向けのイベントが多い。正直、あまり楽しめないのだ。

（まぁ、わたしはゴールデンウィークどころか、年末年始もお盆も避けてますけどね）

オンシーズンよりオフシーズン。一般OLの旅行はそんなものだ。

例年の真白のゴールデンウィークは、実家に顔を出すか、近場の映画館に繰り出すくらいである。それよりも気になるのは、藤を見ていた女の人たちの視線だ。

「見て。ホラ、かっこいい人がいる！　絶対芸能人だよ。一般人じゃないって」

「え、でも隣の女の人は超普通だよ？　彼女さんじゃないの？」

「きっとマネージャーだって！　マネージャー！」

漏れ聞こえてきた会話に、胸が痛くなる。

（すみません。超普通顔ですみません……マネージャーじゃなくてごめんなさい……）

会社にいるときほどの王子様オーラは出していないものの、その整った顔立ちだけで秀二は充分人を魅了する。彼女らが見ているのは明らかに藤ではなく、秀二だ。

（この人、かっこいいもんね……主人公顔なんだよね。それに比べてわたしは……完全にモブ……）

真白がネガティブなことを考えていると、秀二が手を差し出してきた。

「そうだ真白、写真撮ってやろうか？」

そう言った秀二に、真白は初めて会ったときのことを思いだして、少し照れた笑いを浮かべた。あのときも彼が写真を撮ってくれたんだった。

「うん。じゃあ、お願い……えへへ」

藤棚を背景に、秀二がスマートフォンのシャッターを切る。けれども撮影した彼は、真白のスマートフォンの画面をじっと見たままだ。

「どうしたの？」

不思議に思って真白が近付くと、秀二が顔を上げる。彼はなにを思ったのか、客の案内をしていたホテルの男性従業員を呼び止めて、その人に真白のスマートフォンを差し出した。

「すみません。彼女との写真を撮ってもらってもいいですか？」

「いらっしゃいませ、当ホテルへようこそ。もちろんでございます」

これに驚いたのは真白である。

（今、彼女って言った！　彼女って言った！　彼女って言った!!）

心臓がバクバクする。この場合の彼女とは自分のことに間違いはないわけで、それは即ち、秀二が真白のことを「彼女」と認めているということで――

（わたし、ペットじゃないの？）

「真白、撮ってもらおう」

「う、うん」

秀二の誘いに頷いて横に並ぶ。

綺麗めな花柄カントリーワンピースを着てきてよかった。これは今年買ったばかりで、まだ一度も袖を通していなかった新品だ。初めてのデートだからと、張り切っておろしたのだ。

（一緒に写真を撮ってくれるなんて思わなかった！　嬉しいっ）

彼が自分から真白との写真を残そうとするなんて、想像すらしていなかったのだ。

「真白、来いよ」

彼が真白の右肩を抱いて、自分のほうに寄せる。真白の左側面が秀二の身体に当たり、彼のぬくもりを感じた。

（わ～っ、わ～っ、わ～っ！）

緊張と興奮で、鼻血が出そうだ。

幾度となくセックスしているくせに、今更なにをと思われるかもしれない。でも、秀二との初ツーショットに、ドキドキがとまらない。ハンドバッグを持つ手に、じんわりと汗が滲《にじ》んだ。

「じゃあ、撮りまーす。はい、ポーズ！」

シャッターを切る音がして、ホッと力を抜く。すると、写真を撮った従業員が苦笑いした。

「申し訳ございません。彼女様の目が閉じてしまっているので、もう一回よろしいですか？」

「あ、はい！　すみません！　すみません！」

ペコペコと頭を下げる真白の頭を秀二が軽く撫《な》でながら笑った。

「すみません。お願いします。――真白、今度はしっかり目を開けとけよ？」

「んっ！」

真白は秀二に言われたとおり、目をしっかり開けて彼の隣に並ぶ。

「はい、ポーズ。うん、今度は大丈夫でございますね」

「ありがとうございます！」

秀二がスマートフォンを受け取る。そして、撮影してくれた従業員にふたり揃ってお礼を言った。

「見たい、見たい」

はやる気持ちを抑えられずに、小さくジャンプをしながら秀二の持つ画面を覗き込む。けれども秀二は余計にスマートフォンを上に掲《かか》げて、真白に見せてくれない。

「待て、待て。まず俺が見るから」

「意地悪……」

そう、ぶーたれつつも、「待て」と言われたら、その通り待ってしまう辺り、自分でも相当な忠犬だと思う。

（ああ～、初ツーショット楽しみ！　早く見たいっ！）

期待しつつ、秀二がスマートフォンを返してくれるのを待つ。すると、秀二が突然、ブッと噴き出した。

「真白ガッツリ目閉じてる。あははは！　しかも、なんでこんなに顔が真っ赤なんだよ。ぷっ！　あれだ、キス待ち顔だ」

「キ、キス待ち⁉」

秀二に笑われた真白は、彼の手からスマートフォンを引ったくって、画面を見た。

にっこりと自然に微笑む秀二の横で、茹《ゆ》でダコ並みに真っ赤になった顔で目を瞑《つむ》っているのは自分。緊張しすぎたせいか、微妙に口元が歪《ゆが》んでいて、確かにそれは「キス待ち」状態――

（ええっ⁉　ヤダ……わたし、いつもこんな顔してるの⁉）

キス待ち顔というからには、秀二はいつもこの状態の真白の顔を見ているのだろう。これは軽く――いや、かなり絶望的にショックである。

今度キスするときには、もうちょっとマシな顔をしようと心に固く誓って二枚目に移ると、そちらはちゃんと目が開いていた。

顔が真っ赤なのは相変わらずだが、それでも一枚目よりはうんとマシだ。ただ、秀二がイケメン過ぎるせいで、ただでさえ薄い自分の顔立ちが、更に薄く見える。

（もうちょっとこう、可愛く……可愛くならないかな……）

どうにもならないことだとわかりながらも、自分の顔を擦《こす》って落胆していると、ポンポンと頭を撫《な》でられた。

「真白。撮ってもらった写真、両方とも俺に送っといて」

「え、両方？　一枚でいいでしょう？　ちゃんと目を開けているほう」

あんな変顔をどうするつもりなんだ。むしろ、秀二にはあんな写真を持っていてほしくない。そんな思いだ。

でも、彼はなにかを企《たくら》んでいるような顔で、ニヤリと笑うのだ。

「ダーメ。両方。キス待ち顔は待ち受けにしとく。スマホを見る度に真白のキス待ち顔が登場……」

「いや――っ！　待ち受けとかそんなのやめて～！」

秀二は意地悪だ。でも、意地悪なことを言われているのに、真白の胸はドキドキしてしまう。

「あはは！　冗談だよ、冗談。目の前に可愛い本物がいるもんな？」

秀二の両手が、わしゃわしゃと髪を撫《な》で回して、真白の頭を鳥の巣にする。それを「もおっ！」と怒りながらも、真白の頬は綻《ほころ》んでいた。

幸せだ。秀二が笑ってくれている。それだけで幸せだ。

真白はもう、周りにいた女性たちの視線が気にならなくなっていた。

「真白、チェックインしようか」

「んっ！」

手を繋いでホテルのフロントに向かう。案内されたのは、和洋折衷《せっちゅう》タイプの部屋だった。

部屋の半分が洋室でベッドが二台置いてあり、簾《すだれ》と襖《ふすま》で仕切ったもう半分は和室だ。和室の窓からは、木々が青々とした葉を繁らせている山が見える。下を覗けば、先ほど通ってきた日本庭園とは別の庭が見渡せた。

石が敷き詰められた人工の川を、チロチロと流れていく水。水面《みなも》に太陽の光が反射して綺麗だ。背の高い木は、イチョウにモミジ。秋になればきっと美しく色付くのだろう。

今、咲き誇っている花は、かなりの面積に植えられているらしく、庭の半分がピンク色に染まっている。

「綺麗。あれツツジかな？」

庭を眺めながら言うと、荷物を運んでいた秀二が見もしないで、「芝桜《しばざくら》だ」と言った。

「見ないでわかるの？」

「わかるさ。このホテルを建設したのは〝長谷川〟だ。営業担当は俺」

「ええ？　そうなの？」

それは知らなかった。

驚く真白を横目に秀二は座布団に座ると、座卓の上にホテルの館内案内を広げた。

「俺が営業になって初めて取った案件が、このホテル。次からはもう海外部に回されたからな。俺が関わった仕事で、日本国内にあるのはこのホテルだけだ。だからなんだって話だけど、単純に真白に見せたかった。まぁ、それだけ……」

そう言った秀二の隣にそっと座る。

見せたい――その彼の言葉が、以前「わたしはあなたを知らない」と言った自分への返事に思えて嬉しかった。彼はきっと、いろんなことを考えてこの旅行を計画してくれたのだろう。真白に自分という人間を教えるために。

(前に営業の仕事が好きって言ってたけど、それは本当なんだろうなぁ)

このホテルは営業としての彼の初仕事で、思い出がたくさんあるのかもしれない。

「わたしね、人に計画してもらった旅行って初めて。だから嬉しい。ありがとう。今の案件も、ここみたいに完成するときが楽しみだね」

真白が笑うと、秀二が身体を倒して真白の膝の上に頭を載せてきた。突然の膝枕にむず痒《がゆ》くなるが、秀二は平気そうだ。恐る恐るその髪を撫《な》でてみると、彼は気持ちよさそうに目を閉じた。

「二年後だな」

「まだだいぶ先だね。――そうだ、明日はどこに行くの？」

「前来たときにうまかった飯屋と、いちご狩り。もう予約してる」

「いちご狩り⁉　わたしそういうの大好き」

「知ってるよ。俺も好きだから」

こうやってたわいない話をしているだけでも楽しい。秀二との距離が、前よりずっと近くなった気がする。

(ここまで考えてくれるなんて。やっぱり彼女……なのかな……)

ぶっきらぼうな人だから言葉は足りないけれど、態度から伝わってくるものがちゃんとある。それを受けて、真白もドキドキしたりホッとしたりするのだ。

「ねぇ、あなたの誕生日はいつ？　わたしもお祝いする！」

「もう終わったよ、そんなもの。真白が俺から逃げ回っていた一月にな」

「ええっ⁉」

秀二は一月生まれだったのか。言ってくれればよかったのにと思いつつも、あのときに言われてもお祝いする気にはなれなかっただろうことは確実だ。しかしこれは地味にショックである。

真白が落ち込んでいると、秀二が器用に片目を開けた。

「じゃあ、来年の俺の誕生日は真白が旅行を企画して、俺をしっかり喜ばせればいいじゃないか」

それはいい考えだ。ふたりとも旅行好きなんだから、お互いの誕生日に旅行をプレゼントし合えばいい。

――これは未来の約束だ。

「うんっ！　楽しみにしててね。わたし、いっぱい考えるから」

「しょうがないなぁ。まぁ、期待しといてやるか」

「ふふっ。きっとよ」

真白が笑うと、秀二が手を伸ばして、真白の髪をクルクルと指に絡めた。

「あー。やっぱり、真白のキス顔、待ち受けにしようかなぁ」

「なんで！　ダメったら、ダメ！　あんな変な顔、消してほしいくらいなんだから。第一、人に見られたらどうするの？」

「ん〜、そこなんだよなぁ。しょうがない。観賞用にするか」

「なにそれ」

そうやって秀二と話をしながら館内案内をめくっていると、真白の目に「大浴場」の文字が飛び込んできた。どうやら、自家源泉による温泉が堪能《たんのう》できるらしい。お風呂の種類も多くて楽しそうだし、とても肌によさそうだ。

渋滞を避けてゆっくりした時間に出てきたから、今の時間は十七時に近い。それでも、夕飯にはまだ余裕がある。

「ここ、大浴場があるんだね。温泉入ってこようかな」

「入れば？」

「じゃあ、これ、外して？」

普段の入浴ならまだしも、首輪《チョーカー》なんか着けたままで温泉に入れるわけがない。マナー違反以前に、ひと目が気になりすぎる。今なら当たり前に外してもらえる気がして、首輪《チョーカー》に付いたロックモチーフを小さく掲《かか》げると、真白を見上げた秀二が、ニヤッと笑った。

「駄目。第一、鍵は持ってきてないし」

「なんで？　温泉に入れないよ」

秀二はこのホテルに温泉があることを知っていたはずだ。そして、真白が入りたがることも……。旅行の間くらい、外してくれてもいいのに……。

ショックを受けている真白の膝から、秀二はひょいっと身体を起こした。そしてすっと立ち上がり、真白の髪をくしゃっと撫《な》でる。

「そんな顔するなよ。温泉なら、この部屋に付いてる」

「そうなの!?」

秀二が和室を出て、隣の小部屋を開ける。付いていくと、そこは脱衣所になっていた。

そして奥のガラス戸の向こうに、三、四人は入れそうな檜《ひのき》風呂が設《しつら》えられているではないか。

「わぁ〜、露天風呂!?　露天風呂付きのお部屋なんて初めて!」

「ここ、いいぞ。かけ流しなんだ」

もしかして、このお部屋はとてもランクが高かったりするんじゃないだろうか。

「これなら首輪《それ》着けたままでも平気だろう?」

そう言いながら、秀二が首輪《チョーカー》のロックモチーフを軽く引っ張る。それに引き寄せられ、真白はすっぽりと彼の腕の中に収まった。

「一緒に入ろうか」

言うなり、真白のワンピースのファスナーが下ろされる。

ゆったりしたワンピースはストンと肩から落ちて、いとも簡単に真白を下着姿にしてしまう。

秀二は続けて真白のキャミソールを落とし、ブラジャーのホックを外す。

「んっ」

耳を軽く噛まれて、ピクッと肩が竦《すく》む。そんな真白の肌に唇を当てながら、彼はショーツを脱がせた。

抵抗なんて、初めからする気もない。ただ、透明な窓ガラスを一枚隔てた向こうが野外だということに、心臓が落ち着かない鼓動を刻《きざ》む。

「ほら、真白。俺を脱がせて」

真白を腕の中に包み込んだまま、秀二が耳元で囁《ささや》いてきた。

まるで魔法にかけられたかのように、真白は彼のシャツのボタンに手を伸ばしていた。ゆっくりと、ひとつずつボタンを外していく。

シャツを床に落として、肌着代わりのTシャツを脱がせる。上半身裸になった彼を見て、小さなため息がこぼれた。引き締まった理想的な身体に、見事に割れた腹筋。男の人の身体を綺麗だと思ったのはこの人が初めてだ。身体の奥が、じゅんっと濡れた。

秀二は真白を腕に抱いたまま、真白の手を取って自分のベルトのバックルに添えた。それはわかりやすい「外せ」の合図だ。

真白はドキドキしながら、秀二のベルトを外した。そしてスラックスのファスナーを下ろし、前を寛《くつろ》げる。

黒のボクサーパンツが逞《たくま》しく隆起していて、彼が興奮していることを教えてくれる。躊躇《ためら》いがちに真白が指で触れると、秀二が機嫌よさげに言った。

「欲しいのか？」

「〜〜〜っ！」

別にそんなつもりだったわけじゃない。「脱がせて」と言われたからそうしただけで……。でも、そんなのは言い訳だ。欲しいのかと聞かれたら、真白は否定できない。

聞かないでほしい。わかっているくせに――

真白が恨みがましく潤《うる》んだ瞳を向けると、秀二が笑って瞼《まぶた》にキスをしてきた。

「あとでな」

「ん……」

夜の約束に真白が照れた笑いを浮かべると、秀二がまたキスをくれる。

「早く入ろう。冷えてきた」

五月といっても、まだ少し肌寒い。秀二は結局残りを自分で脱いで、ガラス戸をガラリと開けた。

「ま、待って！」

真白は慌ててバスタオルを身体に巻き付ける。

露天風呂だから、外からは見えないような場所に作ってあるはずだ。しかし、すぐ裏手が山のためか、それとも景観のためか、この露天風呂にはバルコニーの柵の手前に、竹製の低い囲いがあるだけなのだ。人から見えるわけではないとわかりつつ、まだ陽のある時間だし、どうしても気になる。

そんな真白を尻目に、秀二はさっさとかけ湯をして、湯船に浸かっていた。

「大丈夫だよ。あの山はオーナーの私有地だ。部外者は入れないようになってる」

秀二の言葉に安心して、湯船に近付く。でも、身体に巻いたバスタオルは外せない。

バスタオルの上からかけ湯をして、湯船に入った。

「あったか〜い」

ちょっと熱いくらいでもある。だが、それが気持ちいい。真白が息をつくと、すぐ隣に座っていた秀二が唇にキスしてきた。

「っ！」

突然のキスに驚きはしたものの、もちろんいやじゃない。微笑むと、抱きしめられてキスが深くなった。

外でこんなふうにキスしたことなんてない。囲いはあっても、やはりここが外ということには変わりなく、いつもとは違うドキドキがある。

湯船の中で、真白は秀二の膝の上に座らされた。

ぬめった舌と舌が絡んで、軽く吸われる。お返しに彼の唇を吸うと、秀二がバスタオルの上から乳房に触れてきた。

「んっ！」

気持ちいい。やわやわと揉みしだかれて、自然と声が漏れる。秀二はバスタオルの合わせをほどいて乳房をあらわにすると、真白の乳首をくりくりと摘《つ》まみながら囁《ささや》いた。

「山に入る人はいないけどさ、下の庭は出入り自由なんだ」

「え？」

（庭？　ああ……そういえば、お庭があった……）

和室から見た見事な芝桜《しばざくら》を思いだす。確かにあの庭なら、記念撮影にももってこいだし、ただ眺めるだけでも心が洗われるだろう。

「だからあんまり大きな声を出すと、下に聞こえるぞ」

「ええっ⁉」

秀二が言わんとしていることの意味を理解して、カッと顔に熱が上がる。そんな真白を見ながら、秀二は意地悪に笑うのだ。これは、なにかを企《たくら》んでいる顔だ。

「真白が声を出さなきゃ気付かれないさ」

「そ、そうかもしれないけど」

自然と声のトーンが落ちた。既に声が下に聞こえてやしないかと、ヒヤヒヤする。

眉を寄せる真白に、秀二が囁《ささや》いた。

「真白、立ってごらん」

この場に立てばどうなるかくらいわかる。でもその先を想像して、ドキドキしている自分もいる。彼に触れられることを期待しているのだ。

躊躇《ためら》いながらも、真白は言われた通りにその場に立った。はだけていたバスタオルが落ちて、静かに底に沈んでいく。

濡れた真白の肌を、春の風が優しく撫《な》でる。そして秀二の視線も……

顔から首、乳房、腰、そして太腿《ふともも》——秀二の視線が絡むように肌を這《は》う。その視線が熱い。

真白の肌は寒さに粟立《あわだ》つどころか、火照《ほて》って薄く染まっていった。

「真白、後ろを向いて、風呂の縁《へり》に両手を突いて」

言われた通りにすると、自然と秀二にお尻を突き出すような格好になる。恥ずかしい処《ところ》が全部丸見えだ。

屈辱的な格好をさせられているはずなのに、なぜか真白は更に興奮した。秀二に与えられた首輪《チョーカー》しかしていないこの身体を、秀二が見ている。

「ああ、濡れてきたな」

指先で花弁《かべん》を開かれて、ふっと息を吹き掛けられた。真白の身体がぶるりと震える。寒さからではなく、興奮による震えだ。

「あ……」

「声は出すなよ。真白の声は響くからな」

そんなことを嘯《うそぶ》きながら、秀二は真白の割れ目にねっとりと舌を這《は》わせてきた。

唇を噛みしめて、ぐっと喉を反らせる。

秀二の舌が熱い。彼は花弁《かべん》を一枚ずつ口に含むと、唇にキスするのと同じように舌を膣に差し込んできた。

「〜〜〜っ！」

思わず声が漏れそうになる。

気持ちいい。野外でこんないやらしいことをされている背徳感と、声を漏らせば人に聞かれるかもしれないという落ち着かなさが、どうしようもない愉悦を生む。

真白は眉を寄せて、熱い息を吐いた。舌の腹で媚肉《びにく》を舐《な》められて、中がヒクヒクする。

秀二は舌を抜くと、ぐちょぐちょに濡れたそこを、両手でぱっくりと左右に開いた。

「み、見ないで……」

秀二の視線がそこに注がれているのを感じて、弱々しい声で懇願《こんがん》する。でも言葉とは裏腹に、覗き見られたそこはとろとろとした愛液《あいえき》をあふれさせて、熱を持っていく。

秀二はいやらしくヒクつくそこを指先で撫《な》で回しながら、立ち上がった。

「声は出すなって言ったろう？　お仕置きが必要だな」

硬く聳《そび》え立つ肉棒をそこに直接充《あ》てがわれ、真白の身体はぶるりと震えた。

「────っ!!」

思いきり根元まで挿《い》れられて、奥まで貫《つらぬ》かれる。

遮《さえぎ》る物のないそれを挿《い》れられたのは久しぶりのことで、真白は目を見開いた。いけないと思いつつも、嬉しく感じてしまう。

太腿《ふともも》の内側がガクガクして、今にも崩れ落ちそうだ。沈みそうになる真白の腰を支えながら、秀二が両手で蕾《つぼみ》を捏《こ》ね回した。

「挿《い》れられただけでイッて……可愛いよ、真白」

包皮を剥《む》いて、尖《とが》った肉芽をちょんちょんと優しく突かれる。真白はブンブンと、首を横に振った。快感に攻められて、声が漏れそうになる。

そのとき、下から女の人の声がした。

「は〜さっきの人かっこよかった。また会えないかなぁ」

聞き覚えがある。さっき、藤棚で秀二を芸能人だと言った人の声だ。

「マネージャーじゃなくて残念だったね、彼女と仲良かったじゃん」

「でもさ、あの彼女地味すぎ！　メイクも下手だし、あたしのほうがまだイケてない？」

自分のことを言われているのだと気付いて、ズキッと胸が痛んだ。確かにさっき見た彼女は、目鼻立ちがはっきりしていて、胸も大きかった。文句なしに美人だったと思う。

（…………）

胸の中を、言葉にできない漠然とした不安が通り過ぎる。

そのとき、秀二が背後から覆い被さって、耳元で囁《ささや》いてきた。

「あの女よりも、真白のほうがずっと可愛いよ」

「っ!!」

まさか秀二にそんなことを言われるとは思ってもいなかった。完全に不意打ちを喰らった状態だ。

「あ、ありがとう。で、でも……あの人が言うことも本当だし……わたし、メイクしてもしていなくても変わらないし……地味だし……わたしは――」

言いよどむ真白の頬を、彼が優しく撫《な》でた。そして、真白の顔を自分のほうに向かせる。

「ちょっと待て。もしかして真白は、自分のことを可愛くないって思っていたのか？　真白は可愛いぞ？　化粧で誤魔化さなくても肌は真っ白ですべすべだし、顔立ちも整ってる。真白は素材がいいんだ。安心しろ。俺の目に狂いはない」

「～～～～っ！」

顔が熱くなる。自分なんかたいしたことないとわかっているのに、彼にこんなふうに言われたら、嬉しくてたまらない。

秀二は真白の唇に自分のそれを軽く触れさせると、両方の乳房を揉みしだきながら腰を打ちつけはじめた。

その抽送《ちゅうそう》は、真白の中を優しく撫《な》で回す。

「可愛いよ、真白。誰よりも、一番真白が可愛い。……出会ったときから、俺は真白しか見えないよ」

秀二が何度も繰り返し耳元で囁《ささや》く。

もうだめだ。身体と同時に心まで高められていく。この人が自分を可愛いと言ってくれる。こんな自分でもいいんだと思わせてくれる。

（い、く……）

絶頂を極めた真白が、快感の声を上げそうになったとき、秀二の手が真白の口を覆った。

「――――っ！　は……、はぅ……ぐ………」

「真白の心も身体も、全部俺のものだ。声もな。誰にも聞かせたくない。わかるだろう？」

秀二の手に口を塞《ふさ》がれながら、秀二に背後から貫《つらぬ》かれ、秀二に感じさせられる。

じゅぼじゅぼと荒々しく媚肉《びにく》を掻き分け、秀二は我が物顔で真白の中に入ってくる。

そして躊躇《ためら》いなく、子宮口を突き上げていく。

気持ちいい。

いきっぱなしで身体がいうことを聞かない。愛液《あいえき》とも快液ともつかない汁をダラダラと垂らしながら、真白の中に秀二の雄々《おお》しい肉棒が何度も何度も出し挿《い》れされる。

「可愛いよ、真白。俺だけの真白。可愛い真白の中に射精《だ》したい」

秀二の言葉に反応して、淫《みだ》らな媚肉《びにく》が蠢《うごめ》き、新たな絶頂を味わう。下に人がいることなど、もう忘れていた。

幸せだ。

この人が好きで、この人との繋がりが狂おしいほど愛おしい。首輪《チョーカー》にさえも、繋がりを感じてしまう。

セフレ？　恋人？　ペットとご主人様？

秀二と自分の関係にどんな言葉を当てはめればいいのかわからないが、自分が彼に大切にされていることはわかる。だから離れたくない。

「ああ………」

真白がガクンと湯船に崩れ落ちたのと同時に、腰に秀二の精液が掛けられた。熱いそれは敏感になった肌を伝って、それだけでも真白を感じさせる。

綺麗なものではないはずなのに、彼の女《もの》だという印をつけられたみたいで、嬉しいのだ。

「はぁはぁ、んっ、はぁはぁはぁはぁ……」

お互いに荒い息をつきながら、無防備に抱き合ってキスを交わす。

秀二は部屋に戻っても、真白をなかなか離さなかった。

4

ゴールデンウィーク明け──

「おはようございまーす」

会社のロッカールームに入った真白が挨拶《あいさつ》すると、先に出勤していた先輩の細谷が振り向いた。

「おはよ～」

「先輩、連休はどうでした？」

「一月に合コンしたときのメンバーと、バーベキューに行ったんだ～。なんか気が合うんだよね。楽しかったんだけど、でも帰りに渋滞にはまっちゃってさ。しんどいのなんのって。及川ちゃんは？」

「わたしは友達といちご狩りに行ってきました。あ、これお土産《みやげ》のいちごジャムです。どうぞ」

「わ～、ありがとう、嬉しい」

笑顔で、事実を織り交ぜた嘘をつく。秀二と行ったなんて言えるわけもない。

(嘘ついちゃって、ごめんなさい……)

真白はこの気さくな先輩に、心の中で謝った。

ゴールデンウィークの間中、真白は秀二と一緒にいた。一泊二日の温泉旅行は夢のような時間で、今も身体のあちこちに秀二の跡が残っている。

彼は真白の身体を味わい尽くし、何度も何度も中に入ってきた。

ひと晩中、寝間着を着る間もなく絡み合っていたから、次の日は寝坊して、いちご狩りの時間にちょっぴり遅れてしまったくらいだ。でも、そんなハプニングも楽しい思い出で、真白に幸せを感じさせてくれる。

(来年の一月は、どんな旅行プランにしようかな。特別なお祝いにしたいな)

確か三十歳になるんだよね。どんなのなら喜んでくれるかなぁ。

秀二の次の誕生日まで、時間はまだまだたっぷりある。彼の好きなものをリサーチして、プランに組み込まなくてはならない。

(体験型のイベントは絶対入れるでしょ。それから、景色とかお花を見るのも、なんか好きそうなんだよね。一月って、梅かなあ？　いや、まだ早いかも？　南に行けば大丈夫なのかな？　その辺、ちゃんと調べとかないと……)

頭の中は秀二のことでいっぱいだ。ロッカーに荷物を入れながら、ああでもない、こうでもないと考える。

「思ってたんだけど、及川ちゃん、最近綺麗になってきたね」

不意に、細谷に言われた。思ってもみなかったことに面喰らう。秀二は「可愛い」と、一日に十回は言ってくれるが、同性にそんなことを言われたのは初めてだ。本当にそう思ってくれているのか、お世辞なのか判断がつかない。

「ええ⁇」

驚いてわたわたする真白の頬を、細谷が指差した。

「色白なのは前からだったけど、肌が前よりきめ細やかな気がする。もしかして、化粧品変えた？」

「ぜ、全然変えてないです。前と一緒……」

これは事実だ。でも言われてみれば、ずっと同じ化粧品を使っているのに、最近はメイクのノリがいいような……

「じゃあ、もしかして彼氏できた？」

「ええっ⁉」

真白は大きな声を上げながら仰《の》け反《ぞ》り、次の瞬間には盛大に首を横に振った。

「いやいやいやいや――……」

「う～ん、違ったかぁ。前の彼氏が忘れられないって言ってたもんね」

前に合コンに誘われたときに、断り文句でそんなことを言ったこともあったっけ。真白は苦笑いしながら、ほんのりと身体が火照《ほて》ってくるのを感じていた。

（……恋、だね……）

秀二との関係に名前がなくても、自分が秀二に向けるこの気持ちは恋だ。

「好き」の気持ちが、どんどん身体からあふれているんだろう。

「きっと連休で楽しんだからですよ！」

真白は照れ隠しにそう言って、細谷と共に自分のデスクに向かった。

営業部ではもう既に出勤していた秀二が、席で書類を捲《めく》っている。秀二の近くを細谷と一緒に通り過ぎると、彼がチラッと顔を上げた。

「及川さん、A棟のほうに若干遅れが出てるから、スケジュールを切り直して。それからこれが先月の伝票と領収書ね。整理しといて。こっちはコピー。午後の会議で使うから。あとお茶」

秀二の声に真白が足を止めると、細谷が小さく耳打ちしてきた。

「秀二さんって、いつも及川ちゃんに仕事頼んでない？　他の人に頼んでるの見たことない気がする」

「チーフだからって、いいように扱《こ》き使われてるだけですよ。あれやれ、これやれって」

「及川さん、返事」

秀二に睨《にら》まれて、小さく肩を竦《すく》める。本当にこの人はふたりっきりでいるときと違うんだから、器用としか言いようがない。お陰で真白も、自然とオフィスモードに切り替えられるわけだけど。

「はい。全部かしこまりました。お茶。コピー。スケジュール、伝票と領収書整理の順でやらせていただきます」

(たまにはわたしにも、王子様の外面してくださいよーだ)

真白は心の中で秀二に向かって小さく舌を出すと、給湯室にお茶を淹《い》れに行った。もう、苦茶《にがちゃ》を淹《い》れることもない。

電気ケトルに水を入れていると、人が入ってきた。営業の四宮だ。

「おはようございます、及川さん」

あまり接点のない彼女に朝から会ったことに、多少動揺する。

「おはようございます。四宮さんもお茶ですか?」

「ええ」

ならばと、真白は少し多めに電気ケトルに水を入れた。

「わたしが一緒に淹《い》れますよ」

「いいです。自分でやります。及川さんは、秀二さんのお茶ですよね? 私が一緒に淹《い》れますから、及川さんは戻っていいですよ」

（え……）

秀二が真白にお茶を頼むのは毎度のことなので、彼女がそれを知っているからといってどうということはない。だが、秀二のぶんも自分が一緒に淹《い》れるから、あなたは戻っていいと言われるとは思ってもみなくて、真白は内心かなり戸惑った。

「お茶なんて、誰が淹《い》れても同じじゃないですか。代わりますよ」

にこっと微笑む四宮は、とても可愛らしい。けれども真白は、上手に笑い返すことができなかった。自分の仕事を横取りされそうになっていることに、微妙な不快感を覚えたのだ。四宮は厚意で代わろうと言ってくれているのかもしれないが、もやもやする。

「いえ。これはわたしが長谷川さんに頼まれたことですから……」

それだけを言って、電気ケトルのスイッチを入れる。秀二がいつも使う湯呑みを棚から出したり、茶葉を用意したりしている真白の横に、四宮が並んだ。

「及川さんって、どうして秀二さんの案件をやることになったんですか？」

唐突に振られた話の真意が掴めずに、四宮の顔を凝視する。彼女がスーッと目を細めた。笑っているのか、睨《にら》んでいるのかわからない。たぶん、両方なんだろう。

「だって、他に相応《ふさわ》しい事務さんがいたんじゃないのかなーって思って。及川さん、いつも小さい案件ばかり担当してたじゃないですかぁ～。なんか不自然。しかもチーフって柄じゃないし」

べたべたに甘い声から、ハッキリと敵意を感じる。ここまでされれば、さすがに真白も気付かないわけにはいかない。

四宮は秀二が好きなのだ。だから秀二とペアを組み、秀二と接する機会の多い真白が気に入らないのだろう。たとえ真白が、秀二に素っ気なくされていたとしても、だ。

（あの人が意図的にわたしに冷たいのは、こういうのを見越して、なんだろうなぁ……）

それでもこうなのだ。もしも秀二が会社でも真白に甘かったら——そのとき、自分に向けられる敵意を想像するだけでゲンナリしてしまう。

「そうですね。わたしも不思議なんですよ。たまたま手があいていたからではないでしょうか」

感情を交えずに淡々と返した。たぶん彼女は、真白がなにを言っても気に入らない。年は真白のほうが上でも、真白は営業事務。営業担当の四宮のほうが、部署内での発言権は強いのだ。将来、彼女と同じ案件を担当する可能性だってある。できるだけ禍根《かこん》は残したくない。

真白は秀二のぶんだけのお茶を淹《い》れると、四宮に軽く会釈《えしゃく》をした。

「お湯、残ってますからどうぞ。では」

営業部に戻って秀二の机に湯呑みを置く。秀二からはお礼のひと言もないが、もう別に気にならない。家での彼は、そういう人ではないからだ。この人はふたりでいるときと、会社にいるときの態度がまったく違う。それは真白を守るため……

（ふぅ……あなたの予想は当たってるよ……）

四宮のことが気になりながらも、これしきのことで秀二に心配を掛けるのも、お茶を淹《い》れる係を手放すのもいやだ。しばらく様子を見よう。

四宮とまた対峙《たいじ》するのを避けるため、お盆を給湯室に返すのはあとにして、真白は自分のデスクに戻って今日の作業を開始した。

◆　◇　◆

五月も終わりに差し掛かった今日、真白は細谷と一緒に小走りで会社に向かっていた。ランチ休憩に出て、突然の雨に降られたのだ。

「もーっ、さっきまで晴れてたのに～」

「帰りまで降っていたら、いやですね」

会社のエントランスで、濡れたスーツをハンカチで拭いていると、見慣れない若い女の人が、受付嬢となにかを話しているのが目に入った。年は真白より少し下くらいか。

上品に巻いた茶色の髪に、明るい黄色のブラウス。そして、コーラルカラーの小花が散ったシフォンのスカートという出で立ちだ。手に持つハンドバッグもピンク色で、彼女の纏《まと》う空気はビジネススーツ一色のオフィスの中では、華やかでとても目を引いた。

(来客?)

役員のご令嬢だろうか。細谷もそう思ったのか、なんとなく不思議そうな表情で真白と目を合わせる。けれど、じろじろ見るわけにもいかないので、彼女の横を通り過ぎようとした。そのとき、開いたエレベーターから男の人がふたり、降りてくるのが見えた。

(あ、社長)

そしてもうひとりは社長の長男、長谷川健一だ。

健一は背格好こそ秀二と似ているものの、眼鏡のせいかその鋭い眼光のせいか、とてもインテリちっくで、王子様タイプの秀二とは雰囲気が違う。

真白の隣にいた細谷が、「ほんと美形兄弟よね~」と耳打ちしてきた。

「やあやあ、茉子《まこ》さん。こんにちは。少し久しぶりですかな?」

親しげに社長が話しかけている。

「ご機嫌よう、おじ様、お義兄《にい》様。突然押しかけてしまって申し訳ありません。私、どうしても秀二さんにお会いしたくて……」

(え!!)

茉子の口から秀二の名前が出て、真白は思わず彼女を見た。

髪をいじりつつ目尻を下げて話す茉子からは、ほんの少しのはにかみと、不満が感じ取れる。彼女はぽってりした唇を尖《とが》らせながら、社長を上目遣いで見ていた。

「ゴールデンウィークもお仕事だって会ってくださらなかったし。せっかく日本に帰って来られたのに、私、秀二さんとほとんど会えてなくて。結納のお話もしたいのに……」

（ゆ、結納……？）

秀二と彼女が？　真白のその疑問に答えてくれたのは、健一だった。

「我が弟ながら秀二は仕事熱心な奴でして。茉子さんには寂しい思いをさせて申し訳ありません。秀二の代わりに謝罪します。上野《うえの》総裁はお怒りではありませんか？」

「私の父も仕事熱心な人ですから、なにも。秀二さんもお忙しいんだろうというのはわかるんです。けれど、私が寂しくって……。だって、最後にちゃんとお話したのが、お正月なんですよ？」

「大切な婚約者を放って、本当にしょうがない奴です。ああ、こんなところで立ち話もなんです。応接室にご案内します。秀二を呼んできましょう」

健一がエレベーターに茉子を促《うなが》すと、細谷がサッとエレベーターのボタンを押して扉を開けた。

「どうぞ」

「ありがとう。さ、茉子さん、どうぞ」

健一が紳士的な所作で、茉子を先にエレベーターに乗せる。乗り込む寸前、軽く会釈《えしゃく》をしてきた茉子と目が合った気がした——

細谷と並んで深く頭を下げ、彼女らを見送る。

エレベーターの扉が完全に閉まってから、細谷が興奮気味に言った。

「今の女の子って、秀二さんの婚約者みたいだね！　上野って、あの上野財閥かな？」

上野財閥なら、真白でも知っている。上野セメントや上野スチールといった工業製品を中心とした財閥で、長谷川とも長年取り引きがある国内有数の大企業だ。

社長や健一が気を遣っているらしいところをみると、茉子はおそらく、その上野財閥の娘なのだろう。そして——

（あの人の……婚約者……）

真白の脳がフリーズして、現実を受け入れるのを拒否している。

「及川ちゃん？　どうしたの？」

再度、細谷に話しかけられて、真白はようやく彼女のほうを見た。

「……え、と……」

うまく声がでない。

「ちょっと、及川ちゃん！　顔が真っ青じゃないの！　どうしたの！」

言われて真白は、自分の頬を触った。真っ青？　そんな自覚はないが、そうなのだろう。

ただ、秀二に婚約者がいたというのが信じられなくて、信じたくなくて、でも実際に上野茉子という子がいて……頭がぐちゃぐちゃで、考えが纏《まと》まらない。

「雨に濡れて、具合悪くなっちゃった？」

「……そうかも、しれないです」

やっとそれだけを言って、真白は目を閉じる。

胸が、痛い。

猛烈にこの場から離れたい衝動に駆られた。

「早退します。なんか、駄目そうです……」

「えっ、雨降ってるけど、大丈夫？　医務室で休んでたほうが……」

細谷はそう言ってくれたが、真白は小さく首を横に振った。たぶん、秀二は茉子と会うんだろう。ふたりが会っているここにいたくない。その思いのほうが、今は強い。

「いえ、動けるうちに帰ります」

「そっか。そのほうがいいかもね」

真白は細谷に支えられて、エレベーターに乗った。営業部に戻ると、もう大半の社員が昼休憩を終えて仕事に取りかかっている。その中に秀二の姿はない。

（…………）

真白は部長に早退の旨を告げ、逃げるように会社を出た。

自分のアパートに帰って、濡れたスーツを脱ぎもせずに玄関の床に座り込む。

雨に濡れたせいか、身体が怠《だる》い。

顔に張り付いた髪を退《ど》ける気力もなく、真白は抱え込んだ膝に額《ひたい》を押し当てた。

(……上野、茉子……さん……)

秀二に婚約者がいたなんて知らなかった。もう既に家族ぐるみの付き合いのようだ。

去年、社長の長男である健一が財閥のご令嬢と結婚したのだから、弟の秀二もそういうお嬢様と結婚するだろうということくらいわかりそうなもの。なのに、真白はそのことにまったく考えが及んでいなかったのだ。

大人になったつもりだったのに、結局、昔とちっとも変わっていない。

目の前の恋に一生懸命になったら、真白はそれだけしか見えなくなってしまう。

ただ秀二が好きで、彼と一緒にいられることが嬉しくて、どうしたら彼が喜ぶかばかりを考えていた。それが真白の幸せだったのだ。でも、周りが見えていない恋なんて、独り善《よ》がりでしかない。

秀二には、家族にも認められた婚約者がいる……

(ど、どうしよう……。この状態って……わたしが浮気相手……? よね?)

普通に考えて、婚約者が本命だろう。茉子の話では、正月以降、秀二と会っていないらしい。それは、秀二と真白が再会したからではないのだろうか。真白と再会しなければば、秀二は茉子とそのまま結婚するつもりだったのだろう。

それは、考えようによっては、秀二は茉子ではなく真白を選んだといえるかもしれない。けれど、もし仮にその可能性があったとしても……本当にそれでいいのだろうか。

かつて自分が、元彼の良平に浮気されたときのことを思いだして、真白は思わず口を覆った。胸が締めつけられる。茉子からしてみれば、真白は婚約者を横取りした女だ。良平のときに自分が感じた辛さや悲しさ、やりきれなさを、今度は自分が別の人に感じさせているのかもしれない。

『寂しくって……』

そう言った茉子の、はにかんだ笑顔が脳裏《のうり》を掠《かす》める。

彼女は秀二の仕事が忙しいという言い訳を信じて、これまで過ごしてきたのだろう。だから、あんな表情《かお》ができるのだ。

秀二だって、あんな育ちのよさそうな茉子に首輪を着けて、ペット呼ばわりしながら、快感で飼い慣らすようなセックスなんかできるはずがない。なにせ相手は、取引先のお嬢様。

自分は秀二にとって、やっぱり都合のいい女《ペット》だったのだ。彼が真白に一度も「好きだ」といった言葉を言わないのは、茉子がちゃんといるからなのだ。そう思ったら、怒りで目の前が真っ赤になった。

秀二は知っている。真白が浮気で傷付いた過去があることを。それなのに、彼は真白を浮気相手にしたのだ。そんなの、真白を捨てた良平と同じじゃないか！

「っ！」

真白はキッチンに走った。

流しの引き出しからキッチンバサミを取り出し、リビングの姿見の前に立つ。首に巻いたスカーフを力任せに毟《むし》り取って、あらわれた首輪《チョーカー》にハサミを向けた。

こんな物、鍵がなくてもベルトの部分を切り落としてしまえば簡単に外せる。

セフレもペットも、異常な関係なんだ。誰かを不幸にしてまで、続ける価値なんかない。今すぐ首輪《これ》を切り落として、秀二との関係を断とう。そうするべきだ。

真白は震える手で、首輪のベルトにハサミを向ける。

あとは切るだけ……なのに、できない。

ハサミを持つ手が、ぶるぶると震えた。

（切らなきゃ……あの人と別れなきゃ……、あの人は婚約者がいるんだよ……？）

婚約者がいる限り、真白は浮気相手のまま。しかもそれも、秀二の気持ちひとつの関係だ。

秀二が茉子と結婚したら、あっさりと捨てられるのだろう。いや、もしかしたら、茉子にはできないセックスをするための女《ペット》として、今の関係を続ける可能性もある。そうなったとき、自分は抗《あらが》えるだろうか——そこまで考えて、真白はへなへなと床に座り込んだ。

『絶対に真白に似合うと思う』

『やっと会えた』

『離さないよ、一生な』

この首輪《チョーカー》を着けたときに、秀二が言ってくれた言葉が次々と甦《よみがえ》ってくる。この首輪《チョーカー》は、秀二と真白を繋ぐ絆《きずな》だ。彼が初めてくれた物で、真白にとってても宝物。それを壊すなんてとてもできない。

好きなのだ。秀二が。

でも、許されない関係を続けることなんて耐えられない。一度は茉子の立場になったことがあるだけに、彼女の悲しみを思うと、申し訳なくて申し訳なくて、消えてしまいたくなる。

「やだ……やだぁ……別れたくない、別れたくない……別れたくない……」

一度言葉にしてしまったら、もうとまらない。これが自分の本音なのだ。

なんて浅ましいんだろう！

茉子《ひと》を悲しませておきながら、自分の気持ちばかりを優先させるなんて……

床に突っ伏して、真白は嗚咽《おえつ》をこぼしながら泣きじゃくった。

ブー、ブー、ブー、ブー……

どれだけ時間が経っただろう。泣き疲れて眠っていた真白は、スマートフォンのバイブレーションに気付いた。

音は、玄関に置き去りにした鞄《かばん》の中から聞こえる。真白はなにも考えられないまま玄関に向かい、のろのろと電話に出た。

「はい……」

「真白！　早退したと聞いて驚いた。具合はどうだ？　熱か？」

秀二の声だ。時間的に、今、仕事が終わったところなのだろう。早退した真白を心配して、家に帰る前に電話をくれたのかもしれない。彼が家に帰りついているのなら、真白がいないことに気づいて「どこにいる？」くらいは聞きそうだから。

（『今日、あなたの婚約者に会ったよ』って言ったら、この人はどんな反応をするんだろうね……）

文句のひとつでも言ってやろうと思ったのに、出てこない。

秀二は優しい。でも今は、彼の優しさが辛い。この人がこうやって気遣うべき相手は他にいるのに、優しい言葉を貰って喜んでいる自分もいる。

　真白はその場に座り込んだ。

「大丈夫……そんなんじゃないから」

「食欲は？　なにか買って帰ろうか？」

「……いらない……」

「そうか、わかった。すぐ帰るからな。待ってな」

　電話が切れて、真白はぼんやりと天井を見上げた。

　秀二が帰るマンションに、真白はいない。そのことに気付いた彼は、再び電話を掛けてくるだろう。真白がその電話を無視したら、あの人はきっとこのアパートに来る。そして玄関のドアを叩きながら、鍵を開けるように言うだろう。言うことを聞かなければ、延々と車のクラクションを鳴らすかもしれない。あの人はそういう人だ。

　秀二がマンションに帰りつくまであと三十分。そしてこのアパートに来るまで、更に三十分……

　真白はのろのろと起き上がると、濡れたスーツを着替えて荷物を纏《まと》めた。とりあえず場所を移そう。ホテルでも、ネットカフェでも、どこでもいい。

　秀二を前にしたら自分が彼に逆らえないということくらい、真白はわかっていた。でも、それでは駄目なのだ。

今まで深く考えないようにしていたけれど、今回ばかりは自分たちの関係をちゃんと考える時間がほしい。

『しばらく、ひとりにしてください』

アパートを出て、鍵を掛けながら秀二に短いメッセージを送り、スマートフォンの電源を落とす。

真白は駅に向かって、雨の中を歩きだした。

◆　◇　◆

「及川さん、ちょっと」

翌日、出社してすぐの真白を、仏頂面の秀二が呼び出した。

直属の上役にあたる彼の呼び出しだ。無視するわけにもいかず、真白は彼について誰もいない会議室に入った。

「昨日はどこにいたんだ？」

椅子に座った秀二が聞いてくる。

向かい合うように立ったままの真白が素直に「ネットカフェ」と答えると、彼は「は～っ」と深いため息をついて、ガシガシと頭を掻いた。

「ごめんなさい。ひとりになりたくて」

「メッセージは見た。……無事でよかったよ」

怒られるかと思ったが、秀二は怒らなかった。怒りはあったのだろうが、呑《の》み込んだという感じだ。

「でも、こういうのはもう二度としないでくれ。いくらひとりになりたいからって、具合の悪いときに、無理に出歩かなくてもいいだろう？」

秀二がまっすぐに真白の目を見てくる。昨夜、相当心配してくれたのだろう。彼の顔に、疲労の色が見える。彼が、真白がどこでなにをしようと興味なんてないという男なら、真白だって悩まずに済んだかもしれない。けれどこうやって心配してくれるから、この人に心を残してしまう。

「具合は？　出社したってことは大丈夫なのか？」

「ん……」

「本当に？　目が腫《は》れてる。まさか泣いてたのか？」

「泣いてなんかない！」

（……あなたのせいだよ……ばか……）

でも、この人を好きになってしまった自分も、相当の馬鹿だ。

目を逸《そ》らして唇を噛みしめる。真白は、秀二の顔をまともに見ることができなかった。

ネットカフェで一晩中考えてみたが、正しい答えはひとつのままだ。

真白が頑《かたく》なに目を逸《そ》らしていると、秀二にそっと手を握られた。

「真白。いずれ耳に入るかもしれないから先に言っておく。昨日、俺の婚約者を名乗る上野——」

「やめて！」

真白は咄嗟《とっさ》に秀二の手を振りほどいて、後ずさった。

（聞きたくない。いやだ、聞きたくないっ！）

茉子の存在を、秀二の口から聞きたくなかった。彼の話を聞く心の準備なんてできていない。

——継続か、別れか、なんて。

「あの、わたし、もう行くね！」

「真白。話を聞いてくれ。俺は——」

「ほ、ほら、昨日早退しちゃったから、今日、いっぱい作業が残ってるの！　大丈夫。ちゃんと終わらせるから！」

そう、終わらせるから……。

真白はぎこちなく微笑むと、会議室を飛びだした。

◆　◇　◆

「及川さん、お茶」

出社してすぐの真白に、秀二がお茶を要求する。もはや恒例《こうれい》と化した日常だ。真白は言われるがままに、給湯室に向かう。

上野茉子が会社に来た翌日から、秀二に婚約者がいるという噂は瞬《また》く間に社内中に広まっていた。

噂によると、秀二と茉子の婚約は三年前から決まっていたことで、秀二が帰国したのはプロジェクトのためだけではなく、彼女のためでもあるらしい。

どこまで本当なのかはわからないが、火のないところに煙は立たないというし、ある程度は本当なのだろう。

これだけ噂が広まっているのだから、真白の耳に入っていることくらい、秀二も勘づいているはずだ。そのせいか、彼はいつもなにか言いたそうにしている。しかし、真白はずっと秀二を避けていた。スマートフォンの電源すら入れていない。

あれから二週間。真白は秀二のマンションに行っていなかった。自分のアパートに帰っている。秀二と別れたほうがいいのだが、それを言葉にすることができなくて、ただ距離だけを置いている状態だ。

（………）

真白はぼーっとしたまま湯呑みにお茶を注ぐと、お盆に載せて給湯室を出た。

営業部のドアを開けようとしたタイミングで、中から女性社員が三人出てくる。真白は彼女らを通そうと壁側に寄って場所をあけたのだが、運悪くそのうちのひとりと肩がぶつかってしまった。

「きゃっ‼」

ぶつかった拍子に湯呑みが真白側に倒れて、お盆を持っていた真白の左手にバシャッとかかる。淹《い》れたばかりの熱いお茶をまともに浴びて、真白はお盆ごと湯呑みを取り落とした。

パンッ！　と叩きつける音と共に、湯呑みが派手に割れる。

体勢を崩した真白がお茶を被った左手を押さえると、クスクスと嗤《わら》う声がした。

「あら、ごめんなさぁ～い。いるとは思わなかったのぉ～」

悪意たっぷりにそう言ったのは四宮で、真白はこのとき初めて、自分が彼女とぶつかったことに気が付いた。

「どうした⁉」

秀二が営業部から廊下に駆け出てくる。

割れた湯呑みと床に広がるお茶、そして左手を押さえる真白を見た彼の顔色が、見る見るうちに変わった。

「──ま、……は、早く冷やさないと！」

「真白」と言おうとしたのだろう。彼は言葉に詰まりながら、真っ赤になった真白の手を取ろうとする。真白は慌ててその手を引いた。まだ四宮らが目の前にいるのに。

「だ、大丈夫です、このくらい」

「駄目だ！　痕《あと》が残ったらどうする！」

秀二は、真白の手を見てその綺麗な顔を歪《ゆが》めると、四宮らを鋭く睨《にら》んだ。

「誰がぶつかった？　わざとか？」

いつもと声が違っていて、完全に喧嘩腰だ。四宮らも、王子様の変貌《へんぼう》ぶりに言葉をなくしている。こんなに感情をあらわにする彼は、再会したとき以来だ。

真白は咄嗟《とっさ》に秀二の背中に縋《すが》って、彼を諫《いさ》めた。

「やめて！　大丈夫です!!　わたしが悪いの！　わたしがぼーっとしてたから──」

真白は四宮らに深々と頭を下げた。

「ごめんなさい。ここはわたしが片付けますから、気にしないで。ね？　もう行って？」

四宮は面白くなさそうにムッとした表情を浮かべたが、睨《にら》む秀二と目が合うと、サッと踵《きびす》を返した。

「……わざとやられたんだろ」

四宮らが立ち去った廊下で、ボソリと秀二が呟く。真白は彼の背中から手を離して、落としたお盆と割れた湯呑みを拾った。

「違います。ただの事故です。長谷川さんは部署に戻ってください。人が見たら変に思います」

人に聞かれないように小声で返しながら、真白は湯呑みの破片を集めてお盆に載せた。婚約者がいる彼が、ひとりの女性社員をあからさまに庇《かば》うなんて、なにか勘ぐる人が出てきてもおかしくない。噂でも立ったら醜聞ではすまないかもしれない。真白が気にしたのは、周囲からの秀二の評価が下がることだった。

「……あとは俺がやっておくから。真白は早く手を冷やせ」

「お願い。あなたは戻って。人に見られるから……！」

真白が遂に声を震わせると、しゃがんだ秀二が最後の欠片《かけら》を拾って、お盆の上に置いた。

コツンと額《ひたい》を押し当てて、秀二がじっと見つめてくる。久しぶりに触れた彼の体温は、相変わらず優しかった。

「……ちゃんと冷やしとけよ。真白は俺の女《もの》なんだから。火傷《やけど》の痕《あと》なんて絶対許さない」

「…………」

なんとか秀二を営業部に帰し、ひとりで給湯室に戻った真白は、赤くなった左手に流水を当てた。ピリピリとした痛みが走るが、見た目ほどひどい火傷《やけど》にはなっていないようだ。真白は肌が白いから、多少の赤みでも目立つのだ。

（たいしたことないんだから、あんなに心配しなくてもいいのにね。もう……ばかなんだから……）

流れ落ちる水をながめていたら、ぽろぽろと涙があふれてきた。

ここは会社で、今は勤務中。この給湯室にだって、いつ誰が来てもおかしくないのに、真白は泣くのをとめられなかった。

嬉しかったのだ。

秀二が真っ先に来てくれたこと、彼が心配してくれたこと、彼が怒ってくれたこと――『真白は俺の女《もの》だ』と言ってくれたこと。その全部が嬉しい。

あの人は普段、真白に意地悪ばっかりするくせに、肝心なときにこうやって優しい。だから、憎めない。

婚約者がいることも教えてくれず、心も身体も弄《もてあそ》ばれたのに、憎めないのだ。いつの間にか彼が、自分の心の真ん中にいた。

（ああ……わたし、本当にあの人が好きなんだなぁ……）

真白はスカーフ越しに首輪《チョーカー》に触れると、ゆっくりと涙を拭《ぬぐ》った。

秀二には婚約者がいる。彼が優先すべきは婚約者の茉子だ。彼女がいる限り、自分は秀二の一番にはなれない。

そう、真白は秀二の一番になりたかった。誰よりも彼に愛されたかったのだ。

あの人を自分だけのものにしたかった――そんな自分の本心に気が付いて、真白はまた泣いた。

（あの人とちゃんと、さよならしよう……）

仕事を終えた真白は、そんなことを考えながら自宅アパートへの道を歩いていた。

今日、秀二は真白を『自分の女《もの》』だと言った。おそらく彼は、真白と別れる気なんてないのだ。そのことに気付いて、真白の中で秀二という男の見え方が少し変わった。

秀二は自分《ましろ》を離さない。彼の異様な執着《しゅうちゃく》は今もそのままだ。

その執着《しゅうちゃく》が、お気に入りのペットに対するものだとしても、その執着《しゅうちゃく》こそが、真白が彼にとってなんらかの意味がある存在になれたという証拠ではないのだろうか？

自分は秀二にとって、婚約者とは違う、特別ななにかだったのではないか？

少なくともこの半年近く、彼が自分の側に置いたのはあの婚約者ではなく真白だ。自分は彼にとって、婚約者よりも側に置きたいと思えるなにかだったはず。彼と一緒に過ごしたあの日々は、身体だけの関係とはまた違ったものだったのではないか？　そう気付いたら、胸の中にとてもあたたかな気持ちが広がった。

それは、これまで彼に向けていた感情とは、また少し違ったもののように感じる。

これまでの気持ちが恋なら、今この胸の中にある気持ちは愛なのかもしれない。

（わたしはあの人が好き……あの人の汚点にはなりたくない……）

秀二と茉子の婚約は、彼の親兄弟も認めているようだし、確かなことなのだろう。それに茉子は、取引先企業のご令嬢だ。余程のことでもない限り、破談なんてあり得ない。

外にはにこにこと愛想のいい秀二が、自分から断るとも思えない。だからきっと、彼は真白との関係を続けたまま、茉子と結婚するつもりなのだろう。

爽《さわ》やかで素敵な王子様が、結婚する前から奥さんを裏切っていたなんて知れたら——槍玉《やりだま》に挙げられるのは、真白だけでは済まない。

真白が失うのは秀二だけだが、秀二が失うものは計り知れない。

この関係を続けることは、秀二にとって快楽以上のリスクを伴うのだ。彼を大切に思っているからこそ、そんなリスキーなことはさせられない。彼が道を踏み外そうとしているのなら、それを正さなくては。そのためなら、自分から身を引くくらいできる。

ちゃんと考えた上での結論だ。

茉子への贖罪《しょくざい》の意識や、秀二に捨てられるかもしれないと怯《おび》えていたときよりも、

「秀二に捨てられることはない」と確信した今のほうが、「別れなくては」と思う気持ちが強くなったのは皮肉だろうか。

（ちゃんと、別れてって言わなきゃ……ね。別れてくれるかなぁ……どうやって説得しよう）

秀二が執着心《しゅうちゃくしん》の塊《かたまり》なのは、真白自身が誰よりもよく知っている。

幸い、明日は土曜日だ。秀二の予定がなければ、話ができるかもしれない。

もうすぐアパートに着く。そのとき、アパートの前に立つ人影に気が付いた。暗くてよく見えないが、シルエットから男性だと思われる。

なんとなく見覚えがある気がして、歩調を緩《ゆる》める。するとその人が、ゆっくりとこちらを振り向いた。

「真白？」

呼ばれて、真白はピタリと足をとめた。

タッタッと軽い足音を立ててその人が走ってくる。

「良平……」

それは、何年か振りに見る元彼だった。

どうして彼がこんなところに。

仕事帰りなのか、スーツを着ている。真白が動揺した声を漏らすと、良平は照れたようにニカッと笑った。

「久しぶり」

記憶にある彼より、髪が短い。顔付きもなんだか、ふっくらと丸くなったような気がする。そんな彼の小さな差異は、懐かしさと苦い気持ちを同時に真白に与えた。

このアパートは、良平と付き合っていた頃から住んでいる。だから、彼がここを知っているのは当然だ。だが、電話一本で自分を捨てた男が、今更なんの用があるというのだろう。

「……なに？」

懐かしさを共有するよりも、今は良平の目的をはっきりさせたい。

真白は訝《いぶか》しみながら彼を見た。

「あのさ。半年くらい前、真白の会社の人と会ったんだ。細谷さんって人。その……合コンで……」

言いにくそうにしながらも、良平が喋《しゃべ》りだす。

彼が合コンに行こうがどうしようが興味はないが、真白を捨ててまで選んだ年上の彼女はどうしたのか。別れたのかもしれないし、もしかしたら彼女に隠れて合コンに行ったのかもしれない。

「前に真白から細谷さんのこと聞いてたからさ。ほら、いい先輩だって」

そういえば就職したばかりの頃、話した気がする。長谷川コーポレーションで、営業事務の細谷といえば、ひとりしかいない。それで良平にはわかったのだろう。一方で、真白は細谷に良平の名前を出したことはない。

真白は、細谷がゴールデンウィークに、一月に会った合コンのメンバーと一緒にバーベキューに行ったと言っていたことを思いだしていた。

「その合コンさ、女の子の人数がひとり足りなくて。俺、細谷さんに言ったんだ。『誰かいなかったのか』って。そしたら、『三年くらいフリーの子がいるから誘ったけど、断られた』って。その、元彼が忘れられないからって」

「………」

「この間さ、そのメンバーでバーベキュー行って。ああ、付き合ってるわけじゃないんだ！　ただ、友達って感じで遊びにさ。そんで細谷さんに聞いたんだ。『この間、合コンに誘ったけど来なかった子はどんな子？』って。そしたら、名前は言わなかったけど、色白で旅行好きの子って言うから。あ、真白だって思ってさ」

自分の首の裏に手を当ててる彼は、どこかそわそわした空気がある。逆に真白は妙に冷静だった。

それでこの男は、真白が自分を忘れられないのだと舞い上がって、のこのこと家まで来たわけか。

（なんておめでたい男……）

「自惚《うぬぼ》れないでよ、忘れられない男はあんたなんかじゃない！」と言ってやりたかったが、真白はその言葉を呑《の》み込んだ。

こうやってアパートまで来たからには、良平は真白とよりを戻してもいいと思っているのだろう。「つまらない女」だと言ったくせに。

あのときの良平の言葉は、彼の本音だったと今でも思っている。良平にとって真白は、「つまらない女」だったのだ。真白が彼とやり直したいと思ったことなど一度もないし、仮に何度やり直したとしても、彼の真白への評価は変わらないだろう。やり直すだけ時間の無駄だ。

真白が黙っていると、良平はどこか機嫌を窺《うかが》うように顔を覗き込んできた。

「真白、綺麗になったなぁ。前より、ずっと」

「………」

それは、真白を綺麗にしてくれた男がいただけだ。毎日、毎日、「可愛い」と言って、愛《め》でてくれた男が。

その人のことを思うだけで胸がぎゅっと苦しくなる。さよならしなくてはいけない人だけど、今は秀二のことだけを考えていたい。

「……わたし、忙しいから」

真白が足早に良平の横をすり抜けようとすると、いきなりガッと肩を掴まれた。

「っ⁉」

「なんだよ。せっかく来てやったのに、逃げることないだろ？」

来てほしいなんて頼んだ覚えはない。真白は懸命に身を捩《よじ》って逃げようとしたのだが、逆に腕を掴まれて塀《へい》に背中を押し付けられた。

めいっぱい力を入れて抵抗しているのに、良平はびくともしない。

「離し——」

「いい加減素直になれって。俺が忘れられなかったんだろ？」

そう言った良平の手が、不躾《ぶしつけ》に真白の乳房を鷲掴《わしづか》みにする。

真白は完全に硬直《こうちょく》していた。自分の身体が秀二以外の男に触れられているショックで、動けないのだ。

良平は生暖かい息を吹きかけながら、痛いくらいの力で乳房を揉み上げていく。

「真白は胸触られるのが好きだもんな？　俺は真白のことを全部知ってるぞ？　なんたって俺は真白の初めての男だもんな？」

そう言われた瞬間、真白は目を見開いて、じわじわと顔を歪《ゆが》めた。

真白にとって初めての男は——

「……ち、がう……」

やっとの思いで声帯が絞り出したのは、小さな小さな声だった。でもその声は、良平の耳には聞こえなかったらしい。真白が動かないことを同意と受け取ったのか、良平がニヤリと笑った。

「部屋行こうぜ」

良平が固まったままの真白の手を引いて、ズルズルと半ば引きずりながらアパートの門を潜《くぐ》ろうとする。

抵抗しても無駄なんだと悟った瞬間、真白の瞳からすーっと光が消えた。

（ああ、もう、どうでもいい……。どうせあの人を説得しなきゃいけないんだし、良平とよりを戻したことにすれば、あの人も別れてくれるよ……うん……）

投げやりな気持ちになった途端、どんどん身体が冷え切っていく。

良平は自分を抱くんだろう。でも彼に強引に抱かれたところで、秀二に慣らされたこの身体が、感じるとは思えない。良平だって、なにも反応しない「まぐろ女」なんかすぐに飽きる。

真白が心の底から感じたらどうなるのか、知っているのは秀二だけなのだ。

別れたって、誰に抱かれたって、ずっと秀二だけ……

そのとき、向かいから来た車のライトに照らされて、良平の足がとまった。

真白がぼーっとした状態で突っ立っていると、車がアパートの前でとまって、ライトが消える。そして、運転席から人が降りてきた。

「真白、なにをしてる？」

「っ！」

聞こえてきた怒りの滲《にじ》む声に真白がゆっくりと視線を向けると、そこに秀二がいた。

どうして彼がここに？

返事もできずにいる真白に、良平が「知り合いか？」と耳打ちしてきた。

知り合いなんて生ぬるい関係じゃない、この人は——

「俺？　俺は真白のご主人様だよ」

秀二が笑いながら言う。でも声に含まれた怒りはそのままだから、かえって不気味だ。

彼は車のボンネットに軽く凭《もた》れながら、良平を値踏みするように眺めた。

「で？　真白。その男は？」

「………」

答えられない。黙ったままの真白を前にして、秀二は「ああ」と頷いた。

「もしかして、良平クン？」

「ええ？」

秀二が良平の名前を言い当てたことに驚くが、それは良平も同じだったようだ。良平の眉間に皺《しわ》が寄る。

（どうして……）

なぜ、秀二が良平の名を知っているのだろう。彼の前で良平の名前を出したことがあっただろうか？　記憶にない。少なくとも再会してからは、良平のことは一度も話題にしていないはずだ。

「ちょうどいいや。良平クン、君には言いたいことがあったんだ」

秀二が身体を起こし、スタスタと近付いてくる。その一方で、警戒したのか良平の顔が強張《こわば》った。

彼がいったいなにを言うつもりなのか、見当がつかない。

真白を挟んで良平に対峙《たいじ》した秀二は、彼の目をじっと見ながら低い声で言った。

「真白はつまらない女なんかじゃない」

今まで一度も聞いたことのないような声だった。怒りと軽蔑《けいべつ》が有り余るほど込められていて、それほど大きな声じゃないのに、お腹にどっしりと響く。

三年前、良平に捨てられ泣いていた真白がこぼした愚痴《ぐち》を、秀二はずっと覚えていたのか。もしかすると、良平の名前も真白がそのときに出したのかもしれない。

秀二にしてみれば、良平なんて赤の他人だ。一度も面識がない。けれども彼は、真白を傷付けた男として、良平をずっとずっと記憶していたのだ。

真白の瞳に少しずつ光が戻る。あの日、真白を抱きながら良平に向かって怒りをあらわにした秀二の姿を思いだした。彼に抱きつきたくなるのを懸命に耐えて、真白は唇を噛みしめる。

嬉しかった。この人が自分にずっと寄り添っていてくれたことが。

「は？　な、なんだよそれ……」

「覚えていないのか？　君が真白に言った言葉だぞ」

良平はわけがわからないという顔をしている。本当に覚えていないようだ。

わかってはいたけれど、良平の反応に真白はそれなりにショックを受けていた。あのとき、あんなに傷付いたのに……。

「なんだよあんた、真白に気があるのか？　だったら残念だったな。俺たちはよりを戻すことにしたんだよ！」

秀二の迫力に呑《の》まれていた良平が、我に返って応戦する。すると、今度は秀二の眉が寄った。

「よりを戻す？」

彼は真白を一瞥《いちべつ》すると、また良平を見据えた。

「……なるほど、自分が言ったことを覚えていないから、浮気して捨てた女と、簡単によりが戻せるなんて都合のいいことを考えられるわけか。俺には理解し難いな。ところで真白を捨てて選んだ女はどうした？　もう別れたのか？　さすがに、自分が二股かけていたのは覚えてるだろう？」

「あ、あんたに関係ないだろ⁉」

「ある。真白は俺の女《もの》だ。手を離せ。こっちは何年も前から、あんたにはたいがい腹が立ってんだよ」

「おい、真白！　こいつなんなんだよ！」

良平が大声で叫ぶ。そんな彼に、秀二は「うるさいな」と顔を顰《しか》めると、良平の手を払いのけるようにして、真白を自分の方に引き寄せる。そして、真白の首からスカーフをしゅるりと取った。

「ご覧の通り、真白は俺の女《もの》なんだよ。ずっと前からな」

首輪《チョーカー》のロックモチーフをぐっと引っ張られて、真白が前のめりに体勢を崩す。すると秀二は、真白を抱きしめて唇に噛みついてきた。

「んっ……！」

久しぶりのキスに目を見開いたのは一瞬。舌をねじ込まれて搦《から》め捕られたら、もう息ができない。冷めていた体がカッと熱くなって、蕩《とろ》けていく。

大胆に舌を使ったキスをしながら、呆気《あっけ》に取られている良平を見て、秀二はニヤリと笑った。

「あぁ……」

へなへなと腰が抜ける。秀二が、今にも地面に崩れ落ちそうな真白を抱きかかえて、ゆっくりと車の助手席に座らせた。そして座席のリクライニングを少し倒す。

「お、おい！」

我に返った良平が追いかけてくる。助手席のドアを閉めた秀二は、面倒くさそうに振り返った。

「まだいたのか。とっとと失《う》せろ。そして二度と真白に近付くな。これでも、あんたを殴り飛ばしたいのを我慢してやってるんだ」

「……っ！」

言葉を失った良平の前を素通りして運転席に座った秀二が、助手席に横たわる真白の頬を柔らかく撫《な》でた。いつもと同じようにあたたかい。あたたかいその手に触れられて、泣きそうになりながら目を閉じたら、額《ひたい》をぺちっと軽く叩かれた。

「あの男とよりを戻したことにすれば、俺が引き下がるとでも思ったのか？　俺の真白をなんだと思ってるんだ。適当に扱いやがって、この馬鹿。いっぺん躾《しつ》け直してやろうか」

「………………」

反論すらできない。あのときの真白は、完全に自暴自棄《じぼうじき》になっていた。自分の身体を、――秀二が「可愛い、可愛い」と愛《め》でてくれていたこの身体を――自《みずか》ら投げ出そうとしていたのだ。

　そのことを彼は怒っている。

「ごめん、なさい……」

　震える声で謝ると、秀二が真白の額《ひたい》に頬を押し当て、そしてキスしてきた。

「帰るぞ。ちゃんと話そう」

　ゆっくりと車が動き出す。

　秀二のマンションへと向かう車の中で、窓の外を流れていく風景をぼんやりと眺めながら、真白はポツリとこぼした。

「……浮気相手になるのは、いやなの……」

　なにをどこから、どう話せばいいのかわからないながらも、自分の気持ちをひとつずつ言葉にしていく。

　車を走らせながら、秀二がくしゃっと髪を撫《な》でてきた。

「わかってるよ」

「ま、茉子さんが、会社、来て、婚約、社長も知ってて……わ、わたし、わたしは……いやで……、一番じゃなきゃ、いやで……でも、わたしは、わたしは……あなたが――」

「うん」

　ボロボロと泣きながら言葉を詰まらせる真白を撫《な》でながら、秀二は聞いてるよと相槌《あいづち》を打ってくれる。その声には子供をあやすような優しさがあって、苦しくなった。秀二から離れたくない気持ちが強くなっていく。せっかく別れようと決心していたはずなのに、その決心が鈍る。彼が来てくれて、ホッとしている自分がいるのだ。秀二に道を外させないためなら、身を引くこともできると思っていたのに、結局、自分の別れたくない気持ちが前に出てしまう。

声も、仕草も、匂いも、ちょっと意地悪なところも、あり得ない執着心《しゅうちゃくしん》も、ぶっきらぼうな中にある本当の優しさも、この人の全部が好きなのだ。どうしようもなく、好きになってしまった。

「う……ひっぅ……ううう……うう……」

本格的に泣き出して、言葉が出ない。

泣きやんで、ちゃんと秀二と話をしなくてはならないのに、出てくるのは嗚咽《おえつ》ばかりだ。

そんな中で、秀二の静かな声が響いた。

「今日、上野茉子と話をつけてきた」

「え……？」

話がうまく呑《の》み込めずに、泣きながら首を傾げる。秀二は真白の髪を撫《な》でながら話を続けた。

「婚約の話は断った。俺には、本気の女がいるからって」

「え……？」

目を瞬《またた》いて、ハンドルを握る秀二をじっと見つめる。

（本気の……女……？）

運転する彼の横顔は、いつもと同じように綺麗で整っているのに、窓から射し込んでくる対向車線のライトのせいか、今はちょっと頬が赤いように思える。

あまりにも強く見すぎたせいか、秀二がちらっと真白のほうに視線を向けて、また前を見た。

「……あんまり見るなよ」

そんなボソリとした呟きを残して、彼は真白の髪を撫《な》でていた手を離し、腕で自分の口を覆った。今まで見たことのなかった彼の仕草に、ドキンと心臓が跳《は》ねる。

この人は今、もしかして、照れているのだろうか？

真白が見たから？　それだけで？

涙が自然にとまる。そして、この不器用な人に対する愛おしさが、胸の中で優しい旋《せん》律《りつ》を刻《きざ》みはじめた。

秀二は、車を赤信号でとめると、小さく息を吐いた。

「あの旅先で真白を初めて抱いた次の日、一緒にいるとき、俺に電話がかかってきたのを覚えてるか？」

「うん……」

覚えている。その電話を受けて、彼は慌てて出ていったのだ。

「あの電話は親父からで、俺の婚約者に上野茉子はどうだという話だったんだ」

そんなに前から……

唇を引き結ぶ真白の手を、秀二がぎゅっと握ってきた。

「親父が俺に言ってくる時点で、ほぼ決まり掛けているのはわかっていたから、電話じゃ埒《らち》が明かないし、急いで帰ったんだよ。断るために。——まぁそのせいで、真白の名前も連絡先も聞きそびれたわけだが……」

彼は握っていた真白の手を、親指でゆっくりと擦《こす》ってきた。

「どれだけ後悔したかわからない。今でも後悔してる」

はっきりとしたその声は、言葉以上に彼の悔《く》やむ気持ちを強く感じさせる。

同じ会社にいたのだから、もっと早く再会できたんじゃないのかと、秀二は思っているのかもしれない。だが再会できなかった一番の原因は、連絡しなかった真白だ。

本当は彼のことが気になっていたくせに、「どうせ」と正論じみた理由を付けて、ずっと行動を起こさなかったのだから。

真白が手を握り返すと、秀二が少し笑った。

「上野茉子との婚約話を断って、俺は欧州の仕事に戻った。その間、俺はひたすら真白からの連絡を待った。旅行が好きだって言ってたから、日本に帰ったら観光地に立ち寄ってみたりしたけど、会えなかった。ただ待つしかなかったんだ。——言っとくけどな、俺は真白を待ってる間、他の女と付き合ったり、関係を持ったりしたことは、ただの一度もないからな。上野茉子ともだ。あの女に会ったのは今年の正月が初めてで、そこからまた俺の知らないところで、婚約話が復活したらしい。あの女が俺にひと目惚れしたとかなんとか言って。会社にまで押しかけて来やがって、しかもしつこいし……お陰で妙な噂は立つし、親は乗り気だし、真白は俺から逃げるし……」

ブツブツと茉子への恨み言をこぼしながら悪態をつく秀二を見ていると、じんわりと胸が熱くなってくる。

あの婚約は、秀二の意志ではなかった。むしろ彼は断っていたのだ。

——本気の女がいるから、と。

信号が青になって、秀二がアクセルを踏む。

秀二は真白と手を繋いだまま、片手でハンドルを操作しながら話を続けた。

「真白にまた逃げられたのは、正直こたえた。噂じゃなくて、俺の話を聞けって思ったよ。でも真白に全部事情を説明することができても、現に婚約の話がある以上、決着がつくまでは結局、『俺を信じて待っててくれ』としか言えないなと思って。上野茉子は会社に来る。婚約の噂は立つ。親は乗り気だ。そんな状況、真白にとってはキツイだけだ。俺を信じられる状況じゃないから逃げたんじゃないか？　──そう思ったら、どのみち、すっぱりカタをつけてからじゃないと、真白を迎えに行けないって思ったんだ。距離はあけられてたけど、真白が自分から俺に『別れてくれ』って言わないことだけが救いだった」

「…………」

車がマンションの地下駐車場へと入っていく。

「真白、俺は本気だよ。真白しか見えない。婚約の話も断った。真白以外の女との関係は一切ない。今なら俺を信じてくれるか？」

車をとめた秀二が、まっすぐに真白を見つめてくる。

その目には真白しか映っていなくて、また涙があふれてきた。

『真白しか見えない』

前にもこの人は、同じことを言った。その言葉の通り、この人の目には、いつだって真白しか映っていなかったのだ。

そのことにちゃんと気付いているのに、心が欲張りになっていく。

「お願い……好きって言って。わたしのこと好きだって……遊びじゃないって。わたしが一番だって言って……」

気付けば、そう懇願《こんがん》していた。秀二が真白の涙を拭《ぬぐ》いながら笑う。

「そんなことでいいのか？」

秀二が自分を想ってくれているのはわかる。彼は彼なりの言葉と態度で、今までずっと真白への愛情を示していたのだろう。でも、それでもありきたりな言葉を望んでしまう。

自分の気持ちと、彼の気持ちが同じだと知りたい――

秀二は泣きじゃくる真白を胸に抱くと、そっと囁《ささや》いた。

「愛してるよ、真白」

頬に柔らかく唇が押し当てられる。真白は瞬《まばた》きをするのも忘れて、固まった。

「愛してる。誰よりも愛してる。真白が一番だよ。本当だ。遊びなんかじゃない。本気だから。俺には真白だけだから……」

紡《つむ》がれる言葉のひとつひとつが、鼓膜から心に染《し》み込んでいく。

望んだ以上の言葉を貰って、今までと違う涙がどっとあふれた。

感情が決壊したように、ボロボロと泣きながら秀二に抱きつく。

「愛してる！　わたしも愛してる！」

「知ってる」

秀二はぎゅっと強く真白を抱きしめると、真白の前でだけ見せる、自然体の笑みを浮かべた。

「帰ろう、真白。早く抱きたい」

「も、もう……」

直接的すぎる。でも、心が繋がったら身体も繋がりたくなるのは真白も同じ。

真白が抱きしめ返すと、秀二がスリッと頬を寄せてきた。

車を降りて、上階へと向かうエレベーターに乗る。キスがやまない。少しの間も離れていられなくて、ふたりっきりのエレベーターで唇を合わせ続けた。

「真白を不安にさせたのは悪かったと思ってる。でも、あの男を使って俺と別れようとしたことだけは許せない。よりを戻す？　ふざけるなよ」

真白の身体を抱きしめ、秀二が怒りを吐露《とろ》する。真白は蕩《とろ》けた表情《かお》で、秀二の腕の中にいた。彼が向けてくれる感情の全てが愛おしい。それが嫉妬《しっと》でも、独占欲でも、執着《しゅうちゃく》心《しん》でも、愛に根差したものだともう真白は知っているから。

「ごめんなさい」

「あの男に抱かれるつもりだったのか？　俺にしか感じないくせに」

秀二はエレベーターを降りると、急《せ》いたように部屋の鍵を開けた。

キスをしながらベッドになだれ込んで、秀二はもどかしげに真白の身体を触る。

ブラウスのボタンをひとつずつ外す余裕もないのか、遂に彼は毟《むし》るようにブラウスやキャミソール、ブラジャーを捲《めく》り上げた。そしてこぼれた乳房にかぶり付く。

「あうっ！」

乳房に歯を立て、ぎゅっぎゅっと舌で扱《しご》き吸いながら、しゃぶられる。乱暴にされて痛いはずなのに、甘い痺《しび》れに似た快感が身体を駆け抜けていく。

真白は熱い息を吐いた。

秀二は再び唇にキスをしながら、自分のベルトのバックルを外すと、真白のスカートの中に手を入れてきた。性急にパンストが引き千切られる。

「あっ、そんな、強引に……」

「いやだ。待てない。真白が悪い。真白が俺から逃げるから、いつまでも俺が安心できないんじゃないか。捕まえたと思ったらするりと逃げて。わざとやってるなら、真白は相当な悪女だぞ。真白に狂わされた俺の身にもなれよ」

息を荒くする秀二の目は、熱に浮かされたように真白しか見えていない。

愛で心を縛って、首輪で身体を縛って、真白を自分の女《もの》にしているくせに、まだ足りないとこの人は言う。

なんてわがままな人。そして、なんて可愛い人。

再会して真白を強引に抱いたときも、きっとこの人は安心できなかったのだ。

あのとき既に、身体を繋げることで真白を独占したがっていたのだと、もう真白は知っている。それに気付いたら、愛おしさが増した。

「わたしは全部あなたの女《もの》だよ。一生……」

真白は秀二に向かって両手を伸ばした。

心と身体だけでまだ足りないと言うのなら、未来もあげる。

真白が微笑むと、秀二は喉を鳴らして己《おのれ》の屹立《きつりつ》を取り出した。

「もう我慢できない。真白が可愛いのが悪いんだからな」

秀二はショーツのクロッチを脇に寄せると、彼の物で花弁《かべん》を押し開き、そのままずぶりと一気に入ってきた。

「はあぁぁあぅ！」

熱い漲《みなぎ》りで、身体の奥まで貫《つらぬ》かれる。

秀二に抱かれるのは久しぶりで、挿《い》れられただけで真白の意識は軽く飛んだ。

「は、はっ、はう……ううぅ……」

「イッたのか？　挿《い》れただけで？　感じすぎだろ。前戯《ぜんぎ》もしてないのに、もうこんなにぐちょぐちょ。奥まで入る」

秀二は乳房を揉みしだきながら腰を動かし、真白の中を堪能《たんのう》する。柔らかく熟《う》れた身体は熱を持っていて、白かった肌が今や桃色に染まっていた。

「気持ちいいか？」

「んっ……んっ……きもちぃ……ぁん……」

「俺も気持ちいい」

掻き回すように出し挿《い》れされる度、きゅっきゅっと媚肉《びにく》が蠕動《ぜんどう》して、秀二の物を扱《しご》き上げた。息が荒くなって、肌にじんわりと汗をかく。

とろみがかったいやらしい音は、間違いなく真白の身体の中から響いているのだ。掻き出された愛液《あいえき》が垂れて、ショーツやスカート、果ては太腿《ふともも》まで濡らす。

遮《さえぎ》るもののない性行為に、心も身体も興奮しているのだ。秀二になら、どんなに強引な行為をされても、真白の身体は濡れて、受け入れてしまうだろう。今のように。

「腰が揺れてる。真白、そんなに俺に抱かれたかったのか？」

「うんっ！　うんっ！」

頷きながら舌を出して、キスを強請《ねだ》る。秀二は、ぱちゅんぱちゅんと荒々しく腰を打ちつけつつも、真白の舌を吸った。

「可愛い」

真白をこんな身体にしたのは秀二なのだ。秀二にだけ、この身体は反応する。

この人が真白を女にして、身体に快感を植えつけ、愛おしい男に貪《むさぼ》られる女の悦《よろこ》びを教えてくれた。愛されることを教えてくれた。もう、彼の愛なしには生きていけない。

秀二が『真白しか見えない』と言ったように、自分もまた、『この人しか見えない』

んだと気付く。

彼の瞳が真白《じぶん》を映す。それが幸せだ。

揺れる乳房を鷲掴《わしづか》みにしてしゃぶられるだけで、真白の中はきゅんきゅんと締まった。

「ああ……きもちぃ、いく、いっちゃうっ」

「もう、か？　今日は早いな。好きなだけイッてもいいが、まだ終わってやれないぞ？」

絶頂を味わいながら、繋がっている処《ところ》から快液をあふれさせる。

恥ずかしい。

もう下肢がどろどろだ。でも秀二は、その言葉通り、真白がいくら気をやっても、決してこの行為をやめてはくれなかった。乳首を舐《ねぶ》り、真白の中を掻き回し、抉《えぐ》って、奥を突き上げて、徹底的に侵《おか》してくる。

秀二は真白の腰を両手で掴んで引き寄せ、上下左右にとめちゃくちゃに動かした。

「ああっ！」

深く繋がったまま腰を動かされ、恥骨で蕾《つぼみ》が擦《こす》れて今まで以上に感じる。愛液《あいえき》を滴《したた》らせ、絶頂を味わいながら、真白は恍惚《こうこつ》の表情を浮かべた。

（あぁ……好き……好き……好き……）

「あっ、あっ、あっ、あっ――……」

揺さぶられながら真白は、秀二に手を伸ばした。

秀二が倒れ込んできて、自然と唇が合わさり舌が絡む。同時に指も絡んで、離れない。

「ん……く、真白……真白……好きだ。愛してる。俺の気持ちはちゃんと伝わってるか？」

「……うん、わたしも、わたしもすき。あいしてる……」

呂律《ろれつ》の回らない舌っ足らずな告白を、秀二はいたく気に入った様子で、食い込むように真白の中に深く深く入ってきた。これ以上入れない処《ところ》まできたのに、更に子宮口にぐりぐりと鈴口を擦《こす》りつけてくる。彼の額《ひたい》に汗が滲《にじ》む。

秀二はぬぷぬぷと出し挿《い》れしながら、真白に絶え間なく快感を送り続ける。

「真白は俺だけの女《もの》だろう？」

「うんっ」

「真白のご主人様は誰だ？」

「あなた……」

「名前で」

囁《ささや》くような催促《さいそく》。

名前を呼べと言われたことが訳もなく恥ずかしくて、真白は頬を染めて俯《うつむ》いた。そういえば、真白は今まで一度も秀二の名前を呼んだことがない。

会社では皆が「秀二さん」と呼ぶのに、真白は頑《かたく》なに「長谷川さん」と苗字で呼んでいたのだ。それは、皆と同じになるのがいやだという、真白の小さな意地だったのかもしれない。

「…………」

「ほら、真白のご主人様の名前は？　言えないのか？」

乳首を両方とも摘《つ》まみながら、挑発的な笑みを向ける秀二。真白はピクピクと身体を震わせながら、中の彼の物を締めつけた。

「このペットは自分のご主人様の名前も言えないらしい。しっかり躾《しつ》けないといけないな？」

秀二は意地悪に笑いながら、抽送《ちゅうそう》を強く荒々しくする。そして真白の足首を掴んで、左右に大きく広げた。

「ああっ！」

繋がった処《ところ》が丸見えになって恥ずかしい。引き裂かれたパンストと、脱がされてもいないショーツが愛液《あいえき》でぐちょぐちょに濡れているのだ。

秀二はパンストを引っ掻いて、穴を大きくしながら、真白の太腿《ふともも》の内側を触ってきた。

「真白のご主人様の名前は『秀二』だ。ほら、呼べ」

命令しながら出し挿《い》れされ、張り出した雁首《かりくび》でお腹の裏を優しく引っ掻かれる。

「しゅ、う、あっ、あぁう、んんぅ～」

「こらこら、喘《あえ》いでばかりじゃないか」

秀二は笑いながら真白の花弁《かべん》を開き、赤く尖《とが》った蕾《つぼみ》を摘《つ》まんだ。愛液《あいえき》まみれのそれは、秀二の指からぬるんぬるんと逃げる。

逃げれば、捕まえられたときに、より一層めちゃくちゃにされることがわかっている。

わかっているのに、逃げるのだ。

この人にめちゃくちゃにされたいから――

秀二は真白の奥を突いていた肉棒を引き抜いて、代わりに指を挿《い》れてきた。

「ほら、ちゃんと呼べるようになるまで、指でするからな」

「ああっ！」

愛液《あいえき》を掻き分けて、秀二の指が身体の中に入ってくる。

一本、二本、三本……真白を弄《もてあそ》ぶように意地悪な指が身体の中でばらばらに動いて、肉棒を挿《い》れられているときとは違う快感を生む。彼の反対の手の指は、蕾《つぼみ》をしつこく触っている。

真白の頭は「気持ちいい」でいっぱいになって、もうなにも考えられない。

「あ……あぁ……ぅ、んく……ん！」

「真白、『秀二』だ。呼べ。呼ばないとこうだぞ」

ぐるんぐるんと中で指が回転して、真白に快感を植え付ける。こんなに激しい指使いでは、身体が壊れてしまいそうだ。

真白は、ベッドの上で磔《はりつけ》になり、腰をガクガクさせながら絶頂を極めてしまった。

「ああ、あ、あぁ……いく……いくっ……あぁんぅ」

真白の身体を全て知り尽くした男の指。その指が、奥まで入ってくる。彼の指は長く、今度は繊細《せんさい》なタッチで指の腹を肉襞《にくひだ》に擦《こす》りつけてくるのだ。

（……すき、すき……しゅう、じ、さん、しゅうじさん、しゅうじさん、すき……しゅうじさん、すき……すき、すき……）

「あぁんぅ、はぁはぁはぁ……いくぅいく！　いく、あっ、あっ、あっ！　ふあぁ……だめぇ……」

頭の中では何度も何度も秀二を呼んでいるのに、口から出てくるのははしたない喘《あえ》ぎ声ばかりだ。

秀二が真白の腰を持ち上げる。足の先が頭の横にきて、秀二の指を挿《い》れられているあそこが天井を向いて丸見えになった。

恥ずかしくてたまらない。秀二は真白に、ゆっくりと指を出し挿《い》れする様を見せつけてきた。

「真白、濡れすぎ。指がふやけそうだ。何回イッた？」

引き抜いた指が纏《まと》うとろとろの愛液《あいえき》を、秀二の舌がれろーっと舐《な》める。

わざとだ。

感じすぎてあふれた体液を、好きな人に見られて、舐《な》められて、平気でいられる女なんかいない。身体だけでなく、心まで辱《はずかし》められても、感じていく。

「ほら、俺の質問に答えて。何回イッた？」

左右の人差し指が中に挿《い》れられて、交互に抜き差ししながら肉襞《にくひだ》を擦《こす》る。気持ちよくて気持ちよくて、啼《な》いてしまう。

「あぁ……」

「答えろよ。でないと、抜くぞ」

脅されて、いやいやと首を横に振る。この人にされること全てが、真白の歓《よろこ》びになっていた。

真白だけに暴君なこの人に――

「わか、わからな……い、……いっぱい……きもちよくて……」

涙目になりながら答えると、蕾《つぼみ》を舌で弄《もてあそ》ばれた。包皮を剥《む》いてあらわれた肉芽にちうちうと吸い付かれ、カリッと歯を立てて食《は》まれる。

「はあぅう!?」

それだけでイッてしまう。

ビクッと震える真白のお尻をまあるく撫《な》でてから、秀二は真白の腰を下ろしてうつ伏せにする。そしてベッドに突っ伏す格好になった真白の腰を、高く持ち上げた。

「はぁう……こ、こんな……」

交尾を受け入れる雌犬のような恥ずかしい格好に、ドキドキする。秀二は真白のスカートを腰まで捲《めく》り上げて、裂けたパンストとショーツを剥《む》くように引き下げた。蕩《とろ》けた割れ目に、秀二の熱い漲《みなぎ》りが押し当てられる。

真白の身体が、また濡れた。

「ご主人様の名前も呼べない。自分のイッた回数も答えられない。真白は悪いペットだ」

漲《みなぎ》りがぬるぬると上下して、真白の身体を興奮させる。

「ご、ごめんなさい」

「いーや。許さない。もっと気持ちよくしてやる」

秀二は真白の腰を力強く押さえつけると、一気に奥まで入ってきた。

「ああっ！」

太い肉棒が蠕動《ぜんどう》する媚肉《びにく》を掻き分けて、服従を強《し》いるように激しく出し挿《い》れされる。

パンパンパンパンパンパン――！

途中何度も深い処《ところ》をぐりぐりと擦《こす》られて、子宮が震える。それは真白にとって快感の震えだ。

「あぁっ！　あぁっ！　もぉ、もお、だめぇっ！」

シーツにしがみつきながら、ポタポタと愛液《あいえき》を垂らす真白は、絶頂に次ぐ絶頂で呼吸もめちゃくちゃだ。目の焦点すら合っていない。気持ちよすぎて、脳がパンクしてしまう。

秀二は真白の背中にのし掛かると、首輪《チョーカー》のロックモチーフを触った。

真白の背中に舌を這《は》わせ、彼がぐっと腰を強く掴んできた。

「真白。俺は怒ってるんだからな。真白が俺からまた逃げようとしたことが許せない。わかるな？」

「はい……ごめんなさい……」

真白は素直に謝った。

こんなに愛されているのに、ひとりで結論を出そうとした自分は馬鹿だ。

秀二の話をちゃんと聞いて、彼が待てと言うなら、その言いつけ通り待っていればよかった。そうするだけの強さが自分にはなかったのだ。愛されているかどうか、ずっと不安だった。

「まぁ、真白があの男とよりを戻そうと自分でこの首輪《チョーカー》を外したとしても、きっと自分から俺のところに帰ってきただろうけどね」

「え……？」

（それは、わたしが寂しくなって、帰ってくるっていう意味？）

真白が聞き返す間もなく、秀二が荒々しい抽送《ちゅうそう》を再開してきた。

「ああっ！　ああっ！　んっく……」

気持ちいい。気持ちよすぎる。お尻を高く上げて、秀二の全てを受けとめる。

「ぁ、ああ、しゅ、ぅじ、さん……すき……ぃ……」

意識が混濁《こんだく》しはじめた真白が、夢見心地でぽろりとこぼす。

「っ、今頃呼びやがって。ご褒美《ほうび》だ。このまま中に射精《だ》すからな」

秀二が強引に唇を合わせてくる。

「愛してる。一生離さない」

（わたしも……）

一段と秀二の物が太くなって、真白を中の好《い》い処《ところ》を突いてくる。

脳髄《のうずい》を痺《しび》れさせる快感に溺れながら、身体の中に熱い物が注がれていくのを真白は感じた。

身体が内側から溶けて、愛する人とひとつになる——

真白はとろんとした目で、秀二の手を握った。彼はなにも言わずに、指を絡める繋ぎ方に変えて、ぐっと後ろから抱きしめてくれる。感じる重みも、熱い肌のぬくもりも、耳に当たる吐息も、秀二の全てが愛おしい。

ゆっくりと秀二が身体を離すと、今まで彼が入っていた処《ところ》から、とろとろとした物があふれてくるのがわかった。身じろぎすると、秀二が向かい合わせに体勢を変え、真白を抱きしめた。

「動くなよ。せっかく射精《だ》したのがこぼれる」

「～～～っ!!」

なにかとてつもないことを言われた気がする。けれどひと言も言い返すことができずに、じっと秀二の腕の中に収まった。顔も、身体も、身体の中も、ものすごく熱い。

彼は大きく息をついて、荒くなっていた自分の呼吸を整えると、丁寧な手つきで真白の髪を撫《な》でてきた。

「なんか、やっと安心できた気がする……」

しみじみとした秀二の声に、真白も頷く。身体だけでなく、愛以上の想いで心も繋がれたことを実感するのだ。それは真白を穏やかで、優しい気持ちにさせた。

「真白、あのアパート、引き払えよ」

急なことだと思って秀二の顔を見つめる。すると彼は、真白の顔を自分の胸に押し付けて、ぎゅっと抱きしめてきた。

「真白が帰る場所なんて、俺のところだけで充分だろう?」

「………」

もしかしてそれは、一緒に住もうということ？

今までも毎日のように彼のマンションに行っていたが、一緒に住んでいたわけではない。長いお泊まりのような中途半端さがあった。だから、彼なりに真白の不安を取り除こうとしているのだろう。

「同棲するの？　嬉しいな……」

(わたし、本当の彼女になれたんだ)

喜びをかみしめる真白に、秀二が「は？」と、大きな声を上げた。

「同棲？　今更そんなことするわけないだろう？　結婚するぞって言ってるんだ」

「……けっ、けっこん……？」

きょとんと目を瞬《またた》くと、秀二がムッとした表情で顔を覗き込んできた。

「再会したときから、俺は一生離さないって言ってる」

「う、うん……」

それは、確かにそうだ。何度も言われた。

「一生って言ったら、一生に決まってるだろう？」

「う、うん？」

「そして真白は俺の女《ペット》だ。可愛い可愛い俺のペット」

「うん……」

「ペットは家族だろう？　それにペットを飼うなら、最期まで一生面倒みる覚悟を決めてからでないとな？」

したり顔で言われて、秀二の言葉の意味をようやく理解する。

彼はただただ本気で、真白を一生離さないと言っていたのだ。

ペット、というのは彼にとっての愛情を示す言葉なのだろう。

「は――――え…………ん～～～っ！」

彼女をすっ飛ばして奥さんだなんて。茹《ゆ》だったように赤面する真白の額《ひたい》に、秀二の額《ひたい》がコツンと合わさる。

「……いやなのか？　俺と結婚したくないのか？」

真白を見つめるその目が不安そうに揺れている。真白しか映さないその瞳が、縋《すが》るよりも強く、執着《しゅうちゃく》に燃えていくのを見て、真白は心からゾクゾクした。

「うれしい……」

真白がやっとそう言うと、秀二があからさまにホッとした顔になった。

「よかった。真白がまた逃げようとしたら、今度はどうしてやろうかと思ったよ」

たぶん彼は本気だ。

今度逃げたら、部屋に閉じ込められそうだなと思いながらも、秀二になら閉じ込められてもいいかもしれないと考えてしまうあたり、真白もたいがい毒《どく》されている。

でも、不安がまったくないと言えば嘘になる。

なにせ秀二は、取引先のご令嬢である上野茉子との婚約を破棄してしまったのだ。彼の家族は、この婚約に賛成だったはずだ。茉子も、かなり乗り気に見えた。秀二の婚約話を邪魔した真白のことを、彼らはよく思わないのではないだろうか。

「でも……結婚ってなったら、あなたのご家族が……」

不安を抱える真白の頭を、秀二がよしよしと撫《な》でる。

「俺の家は大丈夫だ。心配するな。前に一度フラれた俺が、拝《おが》み倒してようやくものにした女だって言ってあるから」

「へっ⁉」

予想だにしなかったことを言われ、面食らう。

なにもかもが間違った説明じゃないか。秀二を振った覚えはないし――いや、逃げた覚えはあるけれど――、拝《おが》み倒された覚えはもっとない！

真白が金魚のように口をパクパクさせていると、彼は無駄にいい笑顔を見せてきた。

「それとも、身も心も俺に捧《ささ》げてくれた従順でドMなペットです――のほうがよかったか？」

「よくな～い‼」

真白はポカポカと秀二の胸を叩きながら、半泣きになって顔を真っ赤にした。

まったくこの人はなんてことを言うのだろう!?

「ドS！　ばか！　嘘つき！　そんな説明しちゃったら、絶対変にハードル上がってるじゃない！　わたし、本当にたいした女じゃないのに！」

「真白は罵《のの》りの語彙《ごい》が少ないなぁ。うんうん。そういうところも可愛い。大丈夫。相当いい女だと思われてるぞ」

「そ、そんな……。会社に居辛い……あの会社、ただでさえ〝長谷川〟ばかりなのに……」

「そういうプレイだろう？　大々的に公表しようか。真白にいやがらせした奴が冷や汗掻くのが見ものだな」

「そういう問題じゃなくて……」

　変に期待されて、がっかりされるのが目に見えている。そのとき、女を見る目がないと言われるのは秀二だ。自分のせいで秀二が悪く言われるのは本当にいやなのだ。

　この気持ちは、どう言ったら伝わるんだろう？

　言葉に詰まる真白に、秀二は優しく笑った。

「真白、自分をたいしたことないとか言うな。真白は俺の大切な女なんだ。俺は真白といるときが一番幸せだ。真白は俺をそういう気持ちにさせてくれる、たったひとりの女なんだよ」

真摯《しんし》な目で見つめられて、それが彼の本心なんだと気付く。

「誰にも文句なんか言わせない。絶対に護る。それとも、まだ俺が信じられないか？」

固く誓うような秀二の言葉に、一度はとまったはずの涙がまたあふれてきた。

この人が真白に向ける言葉はどれも本気で、本当だ。

この人の側にいると、泣いたり笑ったり怒ったり、真白はとても忙しい。

誰にでもにこにこと愛想のいい彼が、自分にだけ見せてくれる、意地悪でぶっきらぼうな素顔。それに、どうしても心奪われる。この人の側にいる幸せから、もう抜け出せないのだ。

「信じる……しんじるよ……」

真白は秀二の腕の中で、声を上げて泣いた。

5

半年後――

「ええっ⁉　及川ちゃん、結婚したの⁉　しかも秀――」

「先輩、シーッ！」

ランチを食べていた小洒落《こじゃれ》たカフェで、真白は慌てて自分の口に人差し指を当てた。

細谷は自分で自分の口を押さえながら、「ゴメン」とまごついている。

周りを見回して、同じ会社の人がいないことを確認し、真白は胸を撫《な》で下ろした。

「ちょっとびっくりなんだけど」

細谷が周りを憚《はばか》って声のトーンを落とす。彼女が驚くのも無理はないとわかっている
真白は、苦笑いして頷いた。

「えへへ……」

真白は自分の左手の薬指にはまっている白銀の指輪にそっと触れた。

真白にプロポーズしてからの秀二の行動は早かった。翌日には真白の実家に挨拶《あいさつ》に行き、両親に向かって「お嬢さんを僕にください」と深々と頭を下げたのだ。

良平と別れてから恋愛関係がサッパリだった娘が、いきなり男を連れてきた。しかも結婚する。その上相手は社長の息子。三重に驚いた真白の両親は、終始ポカンとしていたっけ。

真白の実家に挨拶《あいさつ》した帰りには、秀二の実家に立ち寄り、今度は真白を両親に紹介してくれた。

上野茉子との婚約を破棄してまで連れてきた女が、自分のような会社になんの利益ももたらさない一般社員では、秀二の家族に受け入れてもらえないんじゃないか。そうビ

クビクしていた真白だったが、意外なことに和《なご》やかな雰囲気で歓迎された。

社長に「普通のお嬢さんでよかった」と言われたくらいだ。その口調が心底安心したという感じで、真白は内心苦笑いしてしまった。

「拝《おが》み倒した」だのと、変な前情報を秀二《むすこ》から聞かされていたため、社長は、秀二《むすこ》が高飛車で高慢ちきな女に引っ掛かったんじゃないかと、ずいぶんな想像をしていたらしい。

そこに想像とは対極のモブ顔がビクビクしながらやって来たものだから、別の意味で秀二《むすこ》が「拝《おが》み倒した」のだと解釈したようだ。

——社長の息子という秀二の立場に驚いた真白が、普通すぎる自分では務まらないと逃げて、それを諦めきれない秀二《むすこ》が、結婚してほしいと拝《おが》み倒したのだ、と。

……まったく違うのだが。

けれどこれまた秀二が最高の外面で「そうだよ」だなんて言うものだから、結局そういうことにされてしまった。お陰で真白は、長谷川家で可愛がられている。

秀二はすぐに式を挙げて結婚を公表しようと言ったのだが、真白はそれをいやがった。『絶対に護る』と言ってくれた秀二の言葉を信じていないわけではない。ただ、秀二と一緒に担当している「TOKYO港区プロジェクト」の竣工《しゅんこう》までまだ時間がある。その間、部署内にいらぬ波風を立てたくなかったのだ。

秀二が折れ、婚姻届を先に出すことで同意してくれた。なので真白は既に、長谷川真白だ。

「TOKYO港区プロジェクト」が終わったあとに式を挙げて、真白は秀二について海外部門に行くことになっている。もとより秀二のフィールドは欧州だ。海外に出れば、真白のことをとやかく言う人はいない。語学の壁はあるが、秀二と一緒にいるために、真白は只今、駅前の某英会話スクールに留学中である。

ただ、この気さくな先輩に全てを内緒にしているのが心苦しくなり、真白は、秀二と相談して彼女にだけこっそりと打ち明けることにしたのだった。

「いやぁ〜。おめでとう。本当におめでとう！　じゃあ、こっちで働くのはあと一年なの？」

「そうです。あとは向こうで頑張ります」

「そっか……寂しくなるなぁ……本当におめでたいのに、寂しいよぉ〜。一年なんてあっという間じゃないの〜。あ、ダメだ泣いちゃう。先を越されて悔しいんじゃないよ？　なんかもう、勝手に感極まっちゃって」

顔をくしゃくしゃにしながら細谷が笑う。本当にいい先輩だ。そんな彼女を見て、真白までほろりときた。

「わたしも寂しいです。先輩とランチ食べるの本当に好きだから！　残り一年、一緒にランチ食べてくださいね！」

「当たり前でしょ～。私、及川ちゃんと一緒に行きたい店がたくさんあるんだからね。全部行くよ！」

細谷と手に手を取り合って約束しあっている真白の肩が、トントンと叩かれた。

「真白、話は終わった？」

「秀二さん！」

いつの間に来たのだろう。まるで気付かなかった。

「ん。さっき先輩に話したところ」

真白がにこやかに頷く。秀二の視線が、握り合った真白と細谷の手に落ちた。彼は外面仕様の王子様の笑みを浮かべたままだ。けれど、真白は気付いてしまった。秀二が微妙にイライラしていることを。

（なんでイライラしているの!?　わたし、なにもしてないじゃない！）

「………」

真白が内心焦っていると、秀二が真白の手を、細谷からペリッと無造作に引き剥《は》がした。その途端、彼の空気が穏やかになる。どうやら、真白が細谷と手を握り合っていたのが気に入らなかったらしい。彼の執着心《しゅうちゃくしん》にも困ったものだ。奇怪な行動だと細谷に思われないか、ヒヤヒヤする。

そんな真白を余所《よそ》に、彼は細谷に向かって丁寧に頭を下げた。

「いつも妻と仲良くしてくれてありがとう。これからもいい話し相手になってやってください」

「よ、喜んで！」

細谷が完全に恐縮しきった顔で頷いている。それを満足そうに見て、秀二は真白たちの伝票を取った。ここは彼が奢《おご》ってくれるらしい。

「俺は先に戻るよ。――真白、あとでな」

秀二は真白の頬にツンと一瞬だけ鼻先を当てて、そのまま颯爽《さっそう》と立ち去った。

人前で親しげなところを見られた恥ずかしさと嬉しさに、真白の頬が染まる。細谷が、詰めていた息を「ぷはーっ」と吐き出した。

「秀二さん、会社と全然雰囲気違うね。すんごい迫力。イケメンオーラ半端ないね。及川ちゃん、よく平気だね」

「いや、全然平気じゃないです」

今でも真白は、秀二の綺麗な顔にぽーっとなる。そして彼が自分だけに向ける特別な笑みに、ドキドキするのだ。

たぶんそれは、一生続くのだろう。

「もしかして、及川ちゃんの忘れられない元彼って秀二さんのこと？」

聞かれて真白は、はにかみながらも頷いた。

「あー無理ないわ。あれは忘れられないわ。極上の王子様だもん」

真白にとっては、執着心《しゅうちゃくしん》丸出しの困った王子様だけれど、それを知るのは自分だけでいい。彼の裏の顔は誰にも秘密だ。考えようによっては、真白の執着心《しゅうちゃくしん》も彼には負けないのかもしれない。

柔らかく微笑んだ真白は、彼が歩いていったほうを見つめた。

首輪《チョーカー》の裏側

——初めは自分と同類かと思った。

プロポーズを受けてくれた真白が、隣ですやすやと規則正しい寝息を立てている。そんな彼女を見つめて、秀二はふと、ローズガーデンで初めて出会ったときを思いだしていた。

別に見ようと思ったわけじゃないが、勝手に視界に入ってきたのが、彼女だった。

ローズガーデンを眺めながらひとりでため息をついている後ろ姿が、やけにどんよりとしていて、なんとなく親近感を覚えたのだ。

ああ、現実逃避仲間だな、と。

このときの秀二はちょっと——いや、だいぶ疲れていた。

一族が経営する長谷川コーポレーションに就職して四年目。次期社長のスペアとして育った秀二は、生来の外面のよさと世渡り上手で、親戚一同から可愛がられてきた。だが、次期社長である健一《あに》がどうにも一部の親戚と折り合いが悪い。

健一は跡取りとしての意識が昔から強く、真面目な性格だ。それゆえ、同族経営の悪《あ》しき風潮ともいえる風通しの悪さを一掃するために、社内に大鉈《おおなた》を振るおうとしているのだ。具体的に言えば、高齢役員の除籍なのだが、その高齢役員というのがどれも長谷川の親戚で、当たり前だが大反発を喰らっているというわけだ。中には次期社長には、健一ではなく秀二を……と言っている連中もいるらしい。当の秀二にはまったくそんな気はないというのに、お構いなしだから困る。

（あと十年も待っていれば、勝手に定年になるおっさんなんかほっとけばいいのに……兄さんのアホ）

長谷川コーポレーションの役員は、定年が定められているのだから。

しかしまぁ、役員に定年はあるものの、顧問や相談役といった謎の役職で、後々まで口出しされることになる可能性はゼロではない。それを嫌っての健一の判断というのも、わからないでもないのだ。

健一が「爺《じじい》どもがうるさいから、次期社長の座は降りる」なんて言い出したら、スペアの自分に社長の椅子が回ってきてしまうではないか。秀二は営業は好きだが、経営には興味がない。だから、健一にはなんとしても頑張ってもらわなくてはならないのだ。

ただ、愛想がいいからという理由で弟の自分をクッション役に駆り出すのは、正直言って勘弁願いたいところ……

（ああ……眠いー。海外勤務の俺をしょっちゅう呼び出すのやめろよなぁ）

かといって、実家にいたらまた小言を聞かされる。オフの間くらい、煩《わずら》わしい親戚関係から解放されたいと思うのも仕方がないことだろう。

秀二の旅行好きは、もはや放浪癖《ほうろうへき》に近い。

椅子に座ってぼーっとしていると、写真を撮ってほしいと頼まれた。話しかけてきたのは、さっきの彼女だ。

間近で見た彼女は、かなり好みの顔立ちだった。地味だが、化粧がおとなしいだけで素材はいい部類だ。化粧で化けた女より実態がわかるぶん、印象がよかった。

（この子の誘いなら乗ってもいいな）

自分が無駄に顔がいいことを知っている秀二は、この手のナンパには慣れている。写真をきっかけにして、この先を一緒に回ろうと誘われると思ったのだ。

が、まったくそんなことはなく、秀二が写真を撮り終わると、彼女はお礼を言ってさっさと立ち去ってしまった。本当に写真を撮ってほしかっただけらしい。

（……そうきたか）

ちょっとショックだ。

変に期待したぶん自分がアホに思えて、バツの悪さを感じた秀二は、足早に次の観光ポイントに移動した。だから、ホテルでまた彼女と再会したとき、どこか運命めいたも彼女との食事は楽しかった。

下心なしで自分の話を楽しそうに聞いてくれる女性と、秀二は初めて出会った。

秀二の周りの女たちは、秀二のことを長谷川コーポレーションの社長の息子として見る連中ばかりだ。あわよくば玉の輿《こし》……という魂胆《こんたん》が見え見えで、正直かなり萎《な》える。

しかし彼女は違う。秀二のバックグラウンドを知らないからか、とても無邪気に接してくれる。秀二も初対面の人間と、よそ行きの仮面を被らず、素《す》で話したのは初めてだった。

会社の利益や、親戚関係のごたごたをなにも考えることなく、リラックスしてお互いの好きなことを話す。知らないからこそ、自分をさらけ出せるのだ。

彼女も旅行が好きらしく、中でも体験型のイベントを好むようで、それにもシンパシーを感じる。そして同時に、彼女がひとりで旅している事情にも、なんとなく気付きはじめていた。

（ああ……彼氏と別れたんだろうな。それかフラれたか）

彼女は連れの都合がつかなかったと言ったが、恋人となにかあったんだということくらい察しがつくというもの。だからアニバーサリーケーキを前にした彼女が、突然泣きだしても特に驚きはしなかった。

酔ってフラフラになりながらも、自分をひとりにした男を悪く言わずに笑う姿は、見ていてとても胸が痛んだ。

彼女は失恋して泣くほど、恋に一生懸命だったんだろう。この旅行を手配したのも彼女のようだし、相手の男に尽くしていた姿も容易に想像できた。だからその男が浮気した挙《あ》げ句《く》に、『つまらない女』だのとほざいて彼女を捨てたのだと知って、非常に不愉快に感じたのだ。

彼女はつまらない女なんかじゃない。

自分のために旅行を企画して、楽しませようと頑張ってくれる彼女なんて、いじらしいじゃないか。自分なら嬉しいし、可愛いと思うのに……。どうやら、相手の男はそうは思わなかったようだ。

抱いてくれと言われたときも、据《す》え膳《ぜん》食わぬはの精神より、早く相手の男を忘れさせてやりたいという気持ちのほうが大きかった気がする。そんな男に心を残してほしくなかった。

聞けば相当自分本位のセックスをされていたようで、彼女の身体は真っ新《さら》も同然だった。

傷付いた彼女が、見知らぬ男に身体《じぶん》を任せて泣く被虐的《ひぎゃくてき》な姿に、ゾクゾクした。

彼女はこんなに傷付くまで、ひとりの男を愛したのだ。

そう思ったら、彼女に愛されていた男が無性に羨《うらや》ましくなった。彼女と自分は趣味も合うし、身体の相性もいい。顔も好みだ。少しMっ気のあるところもいい。おまけに愛情深い。そんな彼女がその愛情を自分に向けてくれたら？　本気で泣くほど愛してくれたら？

そう思ったら、彼女からの愛情が欲しくて欲しくてたまらなくなっていた。彼女自身も、彼女と過ごす時間も、全部が秀二の理想そのものだったのだ。ひと目惚れだったのかもしれない。

だから、「婚約者を選んでやったぞ」という親からの電話に、一瞬で頭に血が上《のぼ》った。このとき健一《あに》はまだ独り身だったから、健一を差し置いてなぜ自分に？　という疑問と同時に、跡取り問題が脳裏《のうり》を掠《かす》めたのだ。早くこの件をとめなくては大変なことになるという焦りが、秀二の判断を鈍らせた。

自分の連絡先は渡しても、彼女の連絡先と名前を聞かなかったことを、秀二はその後何年も後悔することになる――

彼女からの連絡がないのだ。

一日に何度もスマートフォンをチェックする日が一ヶ月ほど続けば、さすがの秀二も焦る。こんなことになるとは思っていなかったのだ。

自意識過剰と言えばそれまでだが、自分が感じたシンパシーを、彼女も感じてくれていたと思っていたのに……

ここで頭をよぎったのが、彼女が自暴自棄《じぼうじき》になって変な男に引っかかってやしないかという心配と、彼女を捨てた男とよりを戻したのではないかという不安だ。どちらも最悪で、居ても立ってもいられず、彼女と泊まったホテルに電話して、彼女の情報を得ようとしたくらいだ。そんなこと、できるはずもないと頭ではわかっていたのに。

それでも、なにかしないではいられなかった。

もうこのときには、完全に彼女しか見えない状態になっていたのだと思う。

彼女の連絡先も名前も聞かずに別れたあの日の自分への後悔。彼女が今どうしているか知りたい思い――そして、まったく連絡をくれない彼女への苛立ち。

（なんでだよ……）

可愛さ余って憎さ百倍とはよく言ったもので、愛おしく思えば思うほど、連絡ひとつよこさない彼女が憎くなっていた。彼女に捨てられたようにさえ錯覚《さっかく》した。

定期的な周期で訪れる、愛情が形を変えたあらゆる感情が、蓄積して、固まって、秀二の中に居座る。それは手に入らないから欲しくなる感情とは、少し違っていた。手を離してしまった後悔のほうが近かったかもしれない。一度この手に彼女を抱いたことがあっただけに、それは生々しい記憶となって頭から離れてくれないのだ。

もちろん、彼女が自分を求めていないから連絡してこないという可能性だってある。

でもそれは、絶対にあってはならないことなのだ。

——あの夜、確かに彼女は自分の女《もの》だった。だから今でも彼女は自分の女《もの》だ。名前も知らない女に、妙な執着《しゅうちゃく》をしている自覚はあったが、それでもこの考えは変わらなかった。

好きになってしまったのだ。だからこそ、自分は彼女以外の女と関係を持つべきではない。二股を掛けた、不誠実な彼女の元彼とは違うのだから。

休暇の度に、彼女が行きそうな日本国内の観光地を回った。でも見つからない。見つけたら、縛り上げてでも、首輪を着けてでも自分の女《もの》にして、一生側に置いておかなくてはならないと、本気で思っていた。飢餓感《きがかん》ばかりが尋常じゃなかった。

彼女とホテルで別れた日から一年が過ぎた頃。

秀二は日本に戻り、本格的に彼女を探そうと決意をした。だが経営者の血筋といえども、いや経営者の血筋だからこそ、仕事を疎《おろそ》かにするわけにはいかない。

今、長谷川の海外部門は波に乗っている。ここで自分が離れるわけにはいかないというのもわかっていた。そこで日本のプロジェクトに関わる形にすれば、一時的にでも帰国が叶うと踏んだわけだ。

秀二は手がけていたイギリスの空港ターミナル建設プロジェクトと並行して、日本のプロジェクトの企画にも手を出した。それが、「TOKYO港区プロジェクト」だ。

このプロジェクトの認可が下りるまで二年も掛かってしまったが、秀二は希望通り、日本に戻ることができたのだ。

正月に帰国して実家に顔を出したら、なぜか上野財閥の令嬢、上野茉子とその親が挨拶《あいさつ》に来ていた。驚いたが、茉子との婚約話は三年前に既になかったものになっている。そのことに安心して、いつも通り、取引先への礼儀として愛想よく挨拶《あいさつ》した。茉子なんてどうでもよかったのだ。秀二の目的は、あのときの彼女を探すことだけだったから——

（会社で見付けたのは驚いたけどな……）

眠る真白の髪を撫《な》でて、ふと笑う。

再会したとき、真白は相当驚いた様子だった。そのくせ、ふたりっきりになっても知らんぷりをしようとしていた。それに腹が立って、その場で攫《さら》ってやろうかと思ったくらいだ。

とにかく真白と話がしたかった。

連絡をくれなかった恨み言も、会いたかったこの想いも、好きだという気持ちも、全部伝えたかったのだ。

連絡をしなかったことを謝る彼女に、秀二は「俺の女《もの》になるなら許す」と言った。女に告白なんかしたことのない秀二の、精一杯の告白。けれども彼女は、躊躇《ためら》う素振りを見せた。

知らない人だから、と。

知らない人？　あんなにも激しく濃厚な夜を過ごしたのに？　自分の心を奪っておきながら、知らない人だって？

どうしてそんなことを言うんだ、俺はずっと待っていたのに……男がいるんだと思った。

すぐに問い詰めたら、関係ないと言われて言葉をなくした。

勝手に待っていたのは秀二だが、それでも一日千秋《いちじつせんしゅう》の思いで恋《こ》い焦《こ》がれていた彼女から、「関係ない」と切り捨てられたのは、言葉にならないほどのショックで、頭がどうにかなりそうだった。たぶん、実際にどうにかなっていたのだと思う。真白のひと言で、完全に理性が崩壊した。

もしも他に男がいるなら寝取ればいいと、あり得ない答えを出すくらいには、あのときの秀二は普通じゃなかったのだろう。

そして気が付いたら、真白を無理やり抱いていた。

押し入った彼女の中は、三年前と変わっていなかった。いや、むしろ少しキツくなっていたくらいだ。

（真白に男なんかいない。ああ……！）

真白の身体はちゃんと反応して、秀二を受け入れてくれた。相性のよさは変わらない。久しぶりのセックスに感じて、よがって、潮《しお》まで噴いて、彼女は泣いていた。

可愛かった。涙さえも愛おしくて、たまらなくて、しつこく抱いた。

会いたかった人に会えた。触れた。知りたかった名前も知ることができた。

もっと知りたい。

肉体の欲求より、心の欲求が満たされるのを初めて感じた。

離したくない——秀二の中にある気持ちはそれだけだったのだ。

でも行為が終わって、気を失った真白を見て、とんでもないことをしてしまったと血の気が引いた。

(嫌われるかもしれない。それだけはいやだ)

ちゃんと謝って、会いたかったこの気持ちを話そう。それしかない。

目覚めた真白は、怯《おび》えるよりはぼーっとしていた。まだ快感の中にいるようで、身体を火照《ほて》らせている。それでも身体が痛いと言われて、ずーんと気が重くなった。

抱きしめた彼女は動揺していたが、その仕草さえも可愛くて、やっぱり好きで……

(仕切り直して、ちゃんと伝えよう)

そう思ってシャワーを浴びて寝室に戻ったら、ベッドはもぬけの殻。真白に逃げられたと知ったとき、秀二の中でひとつの結論が出た。

――やっぱり逃げられないようにしたほうがよさそうだ、と。

真白が「知らない人だから」と自分を拒《こば》むなら、彼女の身体に、長谷川秀二という男を徹底的に教え込むまでだ。

（あれは真白が悪いんだぞ？　俺から逃げようとするから……）

完全に手に入れた彼女の寝顔を見る。

自分で着けた首輪《チョーカー》をなぞった。真白の肌は白いから、黒い革紐がよく映えた。

彼女に贈った首輪《チョーカー》は、会えなかった間にずっと考えていたものだ。水に濡れても大丈夫なように鹿の革紐にして、南京錠には彼女のイメージにぴったりな可憐な花をモチーフに選んだ。安物は贈りたくないから素材にもこだわって、誕生石も入れた。真白は外せない首輪《チョーカー》を着けられたことにショックを受けたようだったが……

真白が側にいてくれれば、優しくなれた。彼女の側にいるときの秀二は自然体だったと思う。

会社で特別扱いしないようにするのが難しいくらいには、真白が好きで、可愛くて仕方なかったのだ。

誕生日旅行も行って、距離がぐっと近くなって、真白が笑ってくれるようになって――

愛おしさが増した。

(真白、好きだ)

眠る真白は可愛い。

自分でも知らない間に進められていた婚約話で彼女を泣かせてしまったことには、本当に申し訳なくて、言い訳すらできなかった。自分のために本気で泣いてくれる女が欲しかった秀二だが、こんな涙を流させたかったわけじゃない。

真白の気持ちが、自分に向いてきているのを感じてきていただけに、茉子との婚約を勝手に進めようとした親兄弟が許せなかった。

(なんてことしてくれるんだよ!!)

今まで真白以外に感情を爆発させたことはない。誰に対してもにこにこと愛想よく振る舞うできた次男坊。――それが、秀二への世間の評価だ。だが実態は違う。そうすることは、秀二の処世術だったのだ。

でも、真白を失ったら意味がない。自分から彼女を取り上げた親兄弟と同じ会社で働くのも、尽くすのも無理だ。

秀二は「本気で惚れた女がいる。彼女と一緒になれないなら〝長谷川〟から出ていく」と、直談判した。〝長谷川〟で自分が、クッション材としても、営業としても、それなりに価値があることをわかった上での直談判だ。

中でも一番焦ったのは、社長である父親だろう。

親戚と折り合いの悪い健一が次の社長になったとき、支える秀二がいなければ、今まで長谷川コーポレーションが培《つちか》ってきたものが全部無になってしまうかもしれないのだから。

秀二の親兄弟は納得してくれたのだが、一番ごねたのが自称婚約者の上野茉子だった。

彼女は秀二を相当気に入ったらしく、何度親経由で断っても、聞き入れようとはしなかった。

（俺のことなんかなにも知らないくせに）

知ったら真白のように逃げだすのが普通だ。

業を煮やし、秀二は自分から話し合いの場に赴《おもむ》いて、両家の親もいる前で淡々と言い放った。

「俺は女性に首輪を着けて飼い慣らすのが趣味なのですが、耐えられますか？」と。

これには上野茉子も、彼女の親も、秀二の親でさえもドン引きで、婚約話は二秒で白紙になった。

上野が退席してから、親からはかなり心配され、「お、おまえ……そんな趣味があったのか？」と、謎の探りを入れられたくらいだ。

親に性癖を心配されるなんてどんな罰ゲームだろう？

「大丈夫。あれは婚約を白紙にするために言っただけです。彼女には三年前に一度フラれたんですが、拝《おが》み倒してようやくOKしてもらえたんですよ。彼女以外の女性なんて考えられない。今度連れてきますから会ってくださいね」

秀二の親も、できのいい息子が、彼女に首輪を着けるド変態だとは思いたくなかったらしく、方便と信じてくれたようだ。日頃の行いがいいと、こんなときに便利である。

まぁ、真白以外の女に首輪を着けてやろうなんて思ったことは過去一度もないので、これは自分本来の性癖ではなく、彼女が自分をこういう男にしただけだと確信を持って言えるが。

何度も逃げた真白が悪いのだ。

カタを付けて、真白を迎えに行って――

そこに真白の元彼がいたのは驚いたが、いかにも真白が考えそうなことだとも思った。

秀二と別れなくてはならないと思ったのだろう。

真白の中には、秀二が婚約破棄をして自分を取るという選択肢はなかったのだろうか？

自分を卑下《ひげ》するにもほどがある。おかしくなるほど自分を愛している男がここにいるのだということを、彼女はいい加減に理解するべきなのだ。

（愛し方が足りなかったんだな。もっともっと伝えなきゃな……）

秀二は真白に着けた首輪《チョーカー》のロックモチーフにそっと触れた。

このロックモチーフの裏は、普通に首輪を身に着けている限りは絶対に見えない。だから彼女は、この小さなロックモチーフの裏に、実は刻印があることになんか気付いていないだろう。

この鍵を秀二が外すことは永遠にない。紐《ひも》が劣化して自然に切れるか、真白が自分で切って外さない限り、このロックモチーフの裏に、彫り込まれている文字を彼女が読むことはないのだ。

でも、読む必要なんかない。

ここに刻《きざ》まれた文字と同じものを、一生かけて真白の心と身体に刻《きざ》んでやると決めたから。

愛してる――と。

秀二は眠る真白の唇に、そっとキスをした。

書き下ろし番外編

極上夫の裏の顔

秀二と結婚して長谷川になって迎えた初めての年末休み。真白はかなり張り切って秀二の誕生日旅行を計画した。真白の誕生日に秀二が旅行を計画して祝ってくれたことが嬉しかったから、彼を同じように喜ばせたいと思ったのだ。彼も旅行が好きだから。

「結婚してからの初旅行が夫婦岩《めおといわ》か。真白にしてはいいチョイスじゃないか」

秀二はかなり機嫌がいい。今年最後の日付を入れた特急電車の記念乗車券を真白の頬に当てて、スマートフォンで写真なんか撮っているのがいい証拠だろう。

「へへへ～。夫婦岩の日の出の写真って有名でしょ？　でもね、実は月の出もとっても綺麗なんだって。夫婦岩の間に満月が昇るんだよ。ちゃーんと時間も調べたんだから。今日の十七時四十四分！　神社にお参りする時間も、観光の時間も確保してるからね」

「おお～偉い。偉い。楽しみだ」

秀二の大きな手でガシガシと頭を撫でられた真白は、満面の笑みをこぼした。この旅行を完璧なものにしたい。幸い、今日は天気もいいし、月もよく見えるはず。

予定していた時刻に電車を乗り換え、駅から海に向かってまっすぐ歩いた。海沿いの空気はひんやりしていて身体がキンと冷える。それでも同じく夫婦岩に昇る月の出目当ての参拝客だろうか、人がかなり多い。途中、ガイドにも掲載されていた塩風味ソフトクリームを分け合って食べるうちに、海岸沿いに大きな鳥居が見えてきた。神社の社務所で授かった無垢鹽草《むくしおくさ》を手に、いざ参拝だ。

手水舎《てみずや》では、水をかけると願いが叶うといわれている蛙《かえる》の置物に、夫婦円満を願って真剣な顔で何回も水をかける。七回くらいかけたところで秀二に「かけすぎだろ」と笑いながら写真を撮られてしまった。緑色の屋根が珍しい本殿でも念入りに夫婦円満を祈った。蛙《かえる》の口の中に手を入れて引く蛙《かえる》みくじも引く。真白は小吉だったが、秀二は大吉。通りすがりの人に頼んで、境内《けいだい》の蛙《かえる》の置物と一緒に、秀二との写真も撮ってもらった。絵馬が並ぶ小道を抜ければ、夫婦岩はすぐそこだ。人がどんどん増えてくる。

「おお。結構迫力があるな」

秀二の言葉通り、波が打ち付けるたびに飛沫《しぶき》が舞う景色は圧巻だ。そして、写真で見るよりも海岸と夫婦岩との距離が近い。大小ふたつの岩は仲良く寄り添っているように見えたし、岩を繋ぐしめ縄は運命の赤い糸にも見えた。

様子を窺《うかが》うようにチラリと視線を横にやると、相変わらず端整な顔立ちの秀二がいる。顔がいいだけでなく、雰囲気も優しそうだし、身長もあるし脚も長い。体格もいい。

そんな彼を見ているのは自分だけではない。夫婦岩そっちのけに秀二を見ている女子グループだっている。彼の主人公然とした極上の風貌が注目されるのは今にはじまったことでないが、真白の胸中はモヤモヤでいっぱいだ。結婚してもこの人は他の女の目を攫《さら》う。

真白は黙って秀二の手を握った。その行動が、「この人は私の夫なの！」という、他の女に対する牽制《けんせい》なんだと、彼の手に触れてから気付く。

「寒くなったか？」

彼は反対の手で真白のコートの胸元を合わせてくれる。秀二の不意な行動に、胸がキュンとときめいて、今度は彼の腕に凭《もた》れるようにコテンと頭を押し付けてみた。

「ん？　どうした？」

差し伸べられた彼の手は、潮風で冷えた真白の耳をそっと覆うのだ。その手がとてもあたたかい。甘えたくなって、彼の腕に押し付けた頭をぐりぐりと動かす。

そうしている間に日が落ちてきて、空が青、白、茜《あかね》、紫と神秘的なグラデーションに色づいて、海の青――水平線の彼方《かなた》へと溶けていく。なんだか無性に心が揺さぶられた。

「綺麗……」

ブルーアワーに見惚《みと》れているうちに、海と雲の間から赤金色《あかがねいろ》の満月が顔を覗かせる。ゆっくりと、だが確実に月が昇っていく様《さま》は大自然の織り成す劇場だ。

「いい景色だな」

秀二は頷く真白の手を自分のコートのポケットに入れて、ギュッと強く握ってくれた。

この人と一緒に見た景色を、自分はきっと忘れないだろうと真白は思う。

「明日は初日の出を見に、またここに来るの。そして伊勢神宮に行って、新しい御朱印帳の一ページ目に元日の日付で御朱印を書いてもらう計画してるんだ」

夫婦岩の月の出を堪能《たんのう》して、駅に向かって歩きながら、真白は翌日の予定を説明した。

今見た月の出も美しかったし、日の出も期待できる。せっかく来たのだから、初日の出も拝みたい。

「……無理があると思うぞ、それ」

無理？　なぜ？　その疑問を口に出す前に、ホテル名がボディに書かれた送迎用のマイクロバスが目の前を通過していく。

「あ！　秀二さん、あの送迎バスに乗らないといけないの」

真白たちがバス乗り場に入るのと、ロータリーを迂回《うかい》したバスが停車するのはほぼ同時だった。タイミングがいい。バスに乗って十分でホテルだ。

真白が予約したホテルは創業三十年ほど。老舗《しにせ》というわけでもなく、特別新しいというわけでもないが、食事のレビューがすごく良いのだ。それに温泉もある。ちょっと気合を入れて最高級プレミアムルームを取ってみた。

「お。露天風呂付き」

今日泊まる部屋に入るなり、テラスに設置してある客室露天風呂を見つけた秀二は、続く引き戸をカラリと開けた。

「だって温泉入りたいもん。どうせこれ、外してくれないんでしょ？」

コートを脱いだ真白が、自分の首元にあるチョーカーのモチーフを軽く引っ張ると、その手を秀二がなぞってきた。

「よくわかってるじゃないか」と意地悪に笑う秀二を、半ば呆れ顔で睨《にら》むしかない。この人は結婚しても真白に着けた首輪《チョーカー》を外そうとはしないのだ。でも、外すと言われたら、それはそれでモヤモヤするんだろう。このチョーカーは彼の独占欲の証《あかし》で、真白を離さないという意思の表れでもあるから。

「真白。先に風呂入ろう」

「えっ？　お夕飯は？」

そろそろ二十時を回る。このホテルの夕食は十八時からスタートで、二十時半がラストオーダー。予約時にメニューの注文は済ませているが、早く食べに行ったほうがいい。

「真白、身体が冷えてる。寒かったんだろう？　早くあたたまったほうがいい。風邪引く」

額《ひたい》をコツンと重ねながら頬を撫でてくる秀二に、ドキッと心臓が跳ねた。

潮風で身体が冷えたのは確かだ。なにより彼に心配してもらっていることが嬉しくて、真白はコクンと頷いた。すぐ上がれば大丈夫。

裸体にバスタオルを巻き付けてバルコニーに出れば、一瞬吹き抜けた冷たい風にぶるっと震える。でも、湯船に浸かればほっと力が抜けた。温泉がじんわりと骨身に沁みて、自分で思っていたよりも身体が冷えていたようだ。

（そ、それより……）

自分を背後からすっぽりと包み込む秀二に、真白は困りながら赤面していた。背中にぴったりと彼の胸板を感じてドキドキする。秀二の脚の間に囲われた真白は、体操座りで自分の膝を抱いてぶくぶくと肩まで湯に浸かる。寒いどころか、むしろ熱い。温泉にあたためられているのもあるが、内側から熱くなっていくのは秀二のせいだ。

「寒くないか？　よくあたたまれよ」

そう言いながら秀二は、すくったお湯を真白の首筋にぱしゃりとかけて、そのまま肌をなぞってくる。触られるだけでピクリと身体が反応する。彼は真白にお湯をかけるのを何度か繰り返して、真白の肩に顎《あご》を載せてギュッと抱きしめてきた。振り向くと、得意気な顔をした秀二と目が合ってキスされる。口内に舌を差し込まれて瞼《まぶた》を閉じたら、タオル越しに乳房がゆっくりと揉みしだかれた。腰の辺りに押し付けられた硬い物がなにか、わからない真白ではない。声にならない声を上げるうちに、秀二のもう一方の手が真白の膝を割って当たり前に脚の間に滑り込み――

(い、今からする気⁉　そ、そんなのダメなんだから！　この旅行は完璧にしないと！)

「上がるっ！」

秀二の手を振りほどき、ザバンッと勢いよく立ち上がる。

「えっ？」という素っ頓狂《すとんきょう》な声と共に、秀二が目をぱちぱちと瞬《またた》いていた。彼にとって真白の反応は完全に予想外だったのだろう。

「ご、ご飯食べに行かないと、レストランが閉まっちゃうから」

湯船から出ながら秀二を促《うなが》す。時間に余裕がないのは本当のことだ。「はーっ」というため息付きではあったものの、真白の言う通りに湯船から上がってくれた。少し表情がムスッとしているように見えなくもないが……

(食べたらご機嫌直るかな)

白いニットワンピースをすっぽりと被って支度をする。振り向くと秀二も着替えている。ネイビーの落ち着いたネックニットとスラックスを合わせている。

「用意できたら行きましょうか」

「……ああ」

やっぱり不貞腐《ふさくさ》れている。秀二の手を引くと、不貞腐《ふさくさ》れながらではあったが、それでも彼は手を優しい力加減で握り返してくれた。

なんでも思い通りにしてきた人だから、叶わないことがあると態度に出る場合がある けれど、結局はこうやって真白の言うことを聞こうとしてくれる。感情が表に出るのは、相手が真白だから。真白以外の人間が相手なら、彼はまったく違う。もっとスマートに、王子様の笑みを浮かべて、自分の感情なんて一切表に出さずにうまく受け流すだろう。

ホテル内のレストランで食べたのは和懐石《わかいせき》。海が近いから海の幸がおいしい。赤海老の塩焼き。海老と野菜の天ぷら。どれも洗練されていておいしい。合間に出てきた松阪牛に、鶏の陶板焼きともアクセントになっていたし、茶碗蒸しのお出汁《だし》もいい味だ。量もちょうどいい。

すっかり食べ終わってから、秀二の腕にぶら下がりながら部屋へと戻る。

「おいしかったね。気に入ってくれた?」

「ああ。うまかった」

食べて少しは機嫌が直ったのだろうか。秀二が喜んでくれれば、それだけで気分は上がる。彼に喜んでほしくて、この旅行を用意したのだから。

真白は泊まっている部屋の扉を開けた。

「よかった! プレゼントになった? ——って、え?」

部屋に入って、瞬《また》く間もなくベッドに押し倒される。真白の身体が仰向けに沈むのと同時に、頭の上でぱふんと枕が跳ねる気配がして、覆い被さってきた秀二がニヤリと笑った。

「俺が欲しいプレゼントは真白なんだけど？」

細められた秀二の目が真白を捕らえて離さない。身体が本能的に熱くなった。

「わ、わたしはあなたのものだよ……？」

当然のことを口にするが、秀二はフンと鼻で笑うばかりだ。

「……さっき温泉で俺から逃げたくせに」

やっぱり根に持っていたんじゃないか。断言してもいい。会社の人間誰ひとりとして、彼がこんなに根に持つタイプだとは知らないはずだ。

「あ、あれは！　食事の時間が――」

「真白はすぐ逃げる。捕まえたと思って安心したら駄目なんだな」

真白の声を遮《さえぎ》って、秀二の指先が首のチョーカーをなぞり、同時に唇が首筋に触れてくる。肌を薄く吸われる感触に生唾を呑んだ。

「真白。俺が好きか？」

「……知ってるくせに」

小さな声で呟く。好きじゃ足りないくらい愛してる。

この人に出会ったその日のうちに心が奪われて、それを認められなくて逃げ回っているうちに身体も奪われて――束縛されて飼い慣らされて、そして降り注ぐ惜しみない愛に溺れて……この人と一緒にいることを選んだ。恋人でも妻でも、ペットでもいい。この人の一番なら、ふたりの関係の呼び方なんてなんでもいい。一番ならそれでいい。それぐらい愛してる。この人はそれを知っているくせに今更こんなことを聞く。

真白がじとーっとした目で見つめると、秀二が意地悪く笑って真白のスカートの中に手を入れてきた。

「んん？　素直じゃないな。お仕置きしてやらないと」

「なんで――……ンッ！ん……んん、ぁはん……んっ、ん……は……ぁんっ……」

不意にショーツの上から蕾《つぼみ》を押し潰されて声が出る。秀二は真白の唇を舐《な》めて口内に舌を差し込みながら、ショーツのクロッチを寄せて隘路《あいろ》を指先で浅くいじってきた。

くちくちと焦らすような手つきに呼吸が荒くなる。秀二に慣らされた身体が敏感に快感を拾い上げる。ニットの上から乳房を強めに揉まれて、真白は悩ましく眉を寄せた。

「少しいじっただけでもう濡れた。真白は本当に感じやすいな――真白はドMだから」

耳元で嬉しそうに囁《ささや》く声と共に、彼の指が二本、つぷーっと身体の中に入ってくる。お腹の裏を内側から押し上げるように擦《こす》られて、真白はぴくぴくと震えた。決して深い処《ところ》を弄《もてあそ》ばれているわけではない。そのせいなのか、悶《もだ》えたくなるくらいに苦しい。気持ちいいのと苦しいのが混在して、蜜口が催促《さいそく》するように彼の指をしゃぶった。

彼に繋がれた心と身体が貪欲《どんよく》に彼を求めてしまう。この人に触られて平常心でいられるはずがないのだ。この人は真白を初めて感じさせた人だから。

「ほら、真白。俺が好きか？」

「ん……んっ、んんっ……は……はあっ……」

苦しいのを耐えようとすればするほど、秀二の指が襞《ひだ》を掻き分け真白の好《い》い処《ところ》を擦《こす》り、そして同時に親指で蕾《つぼみ》を左右に揺らす。緩急を付けながらも優しい手つきは、脳を突き刺す快感を知っている女の身体を期待させるだけ期待させて、もどかしさに狂わせる。

抱かれたい。抱いてほしい。本当は温泉でだってあのまま抱かれたかった。真白が秀二を愛しているなんて当たり前のこと。愛しているから抱かれたいのが女なのに。秀二だってわかっているくせに。

「……あぁ……もぉ、いじわる……いじわるしないでぇ～」

半分泣きを入れた声で縋《すが》ると、秀二は明らかに興奮した目で真白を見下ろしながら、自分のベルトを外しはじめた。

「真白が悪いんだぞ？　俺から逃げるなんて許すわけないだろ？　今度は逃げるなよ？」

指が引き抜かれ、代わりに聳《そび》え立つ漲《みなぎ》りがずっぽりと女の身体を貫《つらぬ》く。燃えるような摩擦熱と圧迫感。そして痺《しび》れる快感に、目の前が弾《はじ》け飛んだ。

「はああああっ……い、んっ……ああああぁ……」

悲鳴に似た善《よ》がり声を上げて仰《の》け反《ぞ》っているうちに、大胆なストロークで二回、三回、四回、五回と、連続で突き上げられる。秀二は自分の上着を一気に脱ぎ落として、真白の唇にかぶり付いてきた。絡まる舌に息の仕方も忘れる。キスをしながら見つめ合って、自分の身体の奥に彼が入ってくる感覚にゾクゾクした。

無造作に捲《めく》り上げたニットワンピースを真白から脱がせて、ブラを押し上げまろび出た乳房が彼の口に含まれるまで数秒も掛からなかった。ベッドの軋《きし》みが強く激しくなって、快感に追い詰められる。

「真白、好きだよ。真白は？　真白、俺が好きか？」

連続で穿《うが》たれながらの問い掛けに、真白は遂に音《ね》を上げた。

「すき……すき……いちばん、すきぃ……あいしてる……あなたをあいしてる……」

両手を秀二の背に回して抱きしめると、同じように抱きしめられた。

「俺も真白だけを愛してる」

少し掠《かす》れた声で囁《ささや》かれて、心が満たされる。そうしたら、身体が満たされるまではすぐだった。

「ひ――ぃく……だめ……まって、まっていま、いったばかり、んん～～っ！」

「イキながら突かれるの気持ちいいだろ？」

彼の言う通りだ。容赦《ようしゃ》なく子宮口を突き上げられて痺《しび》れるほど気持ちいい。休ませてもらえないことに興奮する。強引で意地悪なセックスに感じてしまう。狂いそうになるほどの連続絶頂を味わわされて愛液があふれ、漲《みなぎ》りを出し挿《い》れされるたびに粘っこい糸を引く。彼のリズムで、真白の首に着けられたチョーカーのモチーフが上下した。

愛する男《ひと》に女として求められ、身体ごと愛される至福に、内側から蕩《とろ》けていく……

（きもちいい、きもちいい、きもちいい、きもちいい、ああ……もっとぉ）

彼の思うがままに抱いてもらいたい。

秀二の手は優しく乳房を揉んで押し出された乳首を舌先でピンと弾《はじ》いてから口に含んだ。赤くしこった乳首が餌食《えじき》になり、むしゃぶり吸われる。真白は胸が感じやすいことを知っている秀二は、乳首を舌先で嬲《なぶ》り、扱《しご》きながら吸って、重点的に攻め立てる。

「はーっ、はーっ、はーっ、あ……あぁ……すき……いくぅ……」

蜜路が細かく痙攣《けいれん》して、漲《みなぎ》りを締め付ける。乳首を解放した秀二は、満足そうに真白を見下ろして腰を使った。秀二は真白の両手首をシーツに押し付け、ぐちょぐちょになった隘路《あいろ》を大きく掻き回す。

抱きしめられて、キスされて。思考が飛んで、そのまま溶け合いながら溺れていく。子宮口に鈴口をしっかりと押し付けられたところで、たっぷりと射液を注がれた。その熱が心と身体を貫《つらぬ》いて、真白を恍惚《こうこつ》の表情《かお》にさせる。

「可愛い奴」

秀二はそう言うと、真白の身体を貫《つらぬ》いたまま再び抽送《ちゅうそう》をはじめた。

そして迎えた元日の朝――九時を大きく回ってから目覚めた真白は、乱れたベッドの上で両膝を抱え、ズーンと落ち込んでいた。隣に座っているのは秀二。カーテンを閉めていなかったんだろう。裸のふたりに燦々《さんさん》と眩《まぶ》しい朝日が降り注いでいる。

「初日の出が……夫婦岩に昇《のぼ》る初日の出、見たかったのに……初日の出がぁ……うう」

初日の出？　そんなもの、三時間以上前に昇りきってしまった。一年に一度の大イベントを逃した真白の嘆《なげ》きは大きい。明けましておめでとうどころじゃない。

「無理だって言ったろ。俺との旅行で朝、まともに起きられるわけないんだから」

秀二に頬を突かれながら、真白は呻《うめ》き声を上げた。この人の絶倫と執着っぷりを甘く見ていた。真白が温泉で逃げたことが気に入らないからって、あんなに攻め立てるなんて。一方でずいぶんと満足したのか秀二の顔はツヤツヤだ。

（でも、気持ちよかった……）

身体が覚えている感覚にぽっと頬が赤らんだ。求められて抱かれた悦《よろこ》びは消えない。

「あとこの時期、夫婦岩の間に日は出ないぞ」

「え!?」

思わぬことを告げられて目を剥《む》く。そんなはずはない。夫婦岩の日の出といったら有名で、誰でも頭にその風景が浮かぶくらいなのに。

「昨日の月みたいに、夫婦岩の間に日が出るのは夏。五月から七月だな。今の時期だと、だいぶ端の山から日が出るから、真白が思ってるのと違うんじゃないか？　勘違いしてる人が多いらしいけど、出回ってる夫婦岩の日の出の写真は元旦じゃないんだ」

思い込みというやつか。かなり調べたつもりでいただけに、地味にショックである。

「か、勘違い……？　秀二さんのお誕生日旅行、完璧にしたかったのに……」

しょぼんと落ち込む真白に秀二が抱きついてきて、チョーカーのモチーフをいじった。

「真白は一生懸命で可愛いなぁ～。そこが好きだ。初日の出は無理だけど、真白の誕生日に日の出を見に来ようか？　五月だし、時期的にちょうどいいはずだ」

秀二からの思わぬ提案に、真白の表情がみるみるうちに綻《ほころ》んで、あっという間に満開の笑顔になる。彼が自分の意図を汲《く》んでくれた。考えてくれた。それが――

「嬉しいっ！」

パアッと華やいた笑みのまま、真白はベッドに押し倒された。顔を覗き込んでくる秀二の目に閉じ込められているのは、頬を赤らめた自分だ。

「今日の予定は伊勢神宮だったな。予約してるわけじゃないし、もう少しゆっくりしてから出掛けようか」

「ほ、本当にゆっくり？」

「ん～？　激しいかも」

秀二の意地悪な笑みに見惚《みと》れている間にキスされて、真白は甘い声を上げた。

恋愛小説「エタニティブックス」の人気作を漫画化!

恋に臆病なOL・真白は、かつて失恋旅行中に偶然出会った男性と、一夜限りの関係を持ったことがある。官能的な夜を過ごし、翌日には別れたその相手。彼を忘れられずに3年が過ぎたのだけれど……なんとその人が、上司としてやってきた!?　人当たりのいい王子様スマイルで周囲を虜にする彼・秀二だが、真白の前では態度が豹変。
「なぜ逃げた。——もう離さない」と熱く真白に迫ってきて——…。

B6判　定価：704円（10%税込）　ISBN 978-4-434-31494-0

大手化粧品メーカーで研究員として働く華子《はなこ》。研究一筋の充実した毎日を送っていたものの、将来を案じた母親から結婚の催促をされてしまう。かくして、結婚相談所に登録したところ――――マッチングしたお相手は、なんと勤務先の社長子息である透真《とうま》！　どういうわけか彼はすぐさま華子を気に入り、独占欲剥き出しで捕獲作戦に乗り出して!?　百戦錬磨のCSOとカタブツ理系女子のまさかの求愛攻防戦！

B6判　各定価：704円（10%税込）

EB エタニティ文庫 ～大人のための恋愛小説

Hanako & Toma

絶倫狼に捕食される!?

ドS御曹司の花嫁候補

槇原まき

装丁イラスト／白崎小夜

大手化粧品メーカーで研究員として働く華子。恋とは無縁な毎日を送っていたら、母親から結婚の催促をされてしまう。さっそく婚活を始めた華子が結婚相談所でマッチングされた相手は……勤め先の御曹司サマだった!?　しかも、なぜか彼に気に入られ、順調に話が進んで……？

赤

定価：704円（10%税込）

Komachi & Eiki

どっちの彼が運命の人!?

黒猫彼氏

槇原まき

装丁イラスト：キタハラリイ

占いで「前世で縁あった人と現世で結ばれる」と告げられた小町。するとその後訪れた猫カフェで、素敵な男性と出会う。イケメンで優しくておまけに同じ猫好き！　彼に、会うたびにどんどん惹かれていく小町だが、親から強制されたお見合いで、新たな出会いもあり――!?

赤

定価：704円（10%税込）

※エタニティブックスは大人の女性のための恋愛小説レーベルです。ロゴマークの色で性描写の有無を判断することができます（赤・一定以上の性描写あり、ロゼ・性描写あり、白・性描写なし）。

詳しくは公式サイトにてご確認下さい

https://eternity.alphapolis.co.jp

携帯サイトはこちらから！

本書は、2018年6月当社より単行本として刊行されたものに、書き下ろしを加えて文庫化したものです。


この作品に対する皆様のご意見・ご感想をお待ちしております。

おハガキ・お手紙は以下の宛先にお送りください。

【宛先】

〒150-6008 東京都渋谷区恵比寿4-20-3 恵比寿ｶﾞｰﾃﾞﾝﾌﾟﾚｲｽﾀﾜｰ 8F
（株）アルファポリス　書籍感想係

メールフォームでのご意見・ご感想は右のＱＲコードから、
あるいは以下のワードで検索をかけてください。

アルファポリス　書籍の感想　検索

ご感想はこちらから

エタニティ文庫

極上御曹司《ごくじょうおんぞうし》の裏《うら》の顔《かお》

槙原《まきはら》まき

2023年2月15日初版発行

文庫編集－熊澤菜々子
編集長－倉持真理
発行者－梶本雄介
発行所－株式会社アルファポリス
〒150-6008 東京都渋谷区恵比寿4-20-3 恵比寿ｶﾞｰﾃﾞﾝﾌﾟﾚｲｽﾀﾜｰ8F
TEL 03-6277-1601（営業）　03-6277-1602（編集）
URL https://www.alphapolis.co.jp/
発売元－株式会社星雲社（共同出版社・流通責任出版社）
〒112-0005 東京都文京区水道1-3-30
TEL 03-3868-3275
装丁イラスト－芦原モカ
装丁デザイン－AFTERGLOW
（レーベルフォーマットデザイン－ansyyqdesign）
印刷－株式会社暁印刷

価格はカバーに表示されてあります。

落丁乱丁の場合はアルファポリスまでご連絡ください。

送料は小社負担でお取り替えします。


ISBN978-4-434-31610-4 C0193